CONTACTOS OBSESIVOS

Las Crónicas de Krinar: Volumen 2

ANNA ZAIRES

♠ Mozaika Publications ♠

Publicado por Mozaika Publications, una marca de Mozaika LLC.
www.mozaikallc.com

Portada de Najla Qamber Designs
http://www.najlaqamberdesigns.com/

e ISBN-13: 978-1-63142-402-1
Print ISBN-13: 978-1-63142-403-8

El krinar contemplaba la escena frente a él apretando los puños con fuerza.

El holograma tridimensional mostraba a Korum y a los guardianes aproximándose a la choza de la playa. Uno de los guardianes levantó el brazo y la choza voló en mil pedazos, haciendo salir despedidos fragmentos de madera en todas direcciones. La frágil construcción humana no era rival, obviamente, para las sencillas nanoarmas de ráfagas que llevaban los guardianes.

El K levantó la mano y la imagen cambió al acercarse el dispositivo de grabación volador a los restos para echar un vistazo más de cerca. No le preocupaba que el dispositivo fuera detectado; era más pequeño que un mosquito y había sido diseñado por el propio Korum.

No, el dispositivo era perfecto para esta tarea.

Planeando sobre la choza, le mostró al K el drama que se desarrollaba en el sótano, que había quedado expuesto por la explosión. Los guardianes bajaron allí de un salto, mientras que Korum parecía estar estudiando cuidadosamente los restos de la choza en la superficie.

Por supuesto, pensó el K, su archienemigo iba a ser concienzudo. Korum querría asegurarse de que ni nada ni nadie escapasen del lugar de los hechos.

Los kets, como el K había empezado a llamarles mentalmente también, eran presas del pánico, y Rafor atacó estúpidamente a uno de los guardianes. El K pensó con frialdad que ese había sido un movimiento insensato por su parte, al tiempo que veía como el escudo protector invisible que rodeaba a los guardianes repelía el ataque. Ahora el krinar de pelo negro estaba retorciéndose incontrolablemente en el suelo, con el sistema nervioso frito por el contacto con el mortal escudo. Si hubiese sido humano, habría muerto en el acto.

Los guardianes no le dejaron sufrir demasiado. En cuanto su líder dio la orden, uno de ellos utilizó el arma paralizante insertada en sus dedos para dejar inconsciente a Rafor.

El resto de los kets fueron lo bastante inteligentes como para evitar el destino de Rafor y se quedaron allí quietos mientras colocaban los collares de contención plateados en sus cuellos. Parecían enfadados y desafiantes, pero no había nada que pudieran hacer. Ahora eran prisioneros, y el Consejo los juzgaría por su crimen.

Un par de minutos después, Korum saltó a su vez al

sótano, y el K vio que su enemigo estaba furioso. Sabía que lo estaría. Los kets podían darse por perdidos; Korum no les mostraría piedad alguna.

Suspirando, el K apagó la imagen. Más tarde lo volvería a ver todo en detalle. Por ahora, tenía que pensar en algún otro modo de neutralizar a Korum y poner en práctica su plan.

El futuro de la Tierra dependía de ello.

CAPÍTULO UNO

—Bienvenida a casa, querida —dijo Korum con suavidad mientras el verde paisaje de Lenkarda se extendía bajo sus pies, y la nave aterrizaba tan silenciosamente como había despegado.

Con el corazón latiéndole muy fuerte en el pecho, Mia se levantó del asiento en el que tan confortablemente se había acomodado su cuerpo. Korum ya estaba de pie, tendiéndole la mano. Ella vaciló durante un segundo y después la aceptó, agarrándose a ella con todas sus fuerzas. El amante que había considerado su enemigo durante el último mes constituía ahora su única fuente de consuelo en esta extraña tierra.

Salieron de la nave y caminaron unos pasos antes de que Korum se detuviera. Se volvió hacia la nave e hizo un pequeño gesto con su mano libre. De repente, el aire alrededor de la cápsula empezó a titilar, y Mia escuchó de nuevo el zumbido grave que acompañaba al funcionamiento de las nanomáquinas.

—¿Estás construyendo algo más? —le preguntó, sorprendida.

Él sonrió y negó con la cabeza.

—No, estoy desmantelándolo.

Y ante la mirada de Mia, de la superficie de la nave parecieron irse desprendiendo capas de material marfileño, que se disolvían frente a sus ojos. En menos de un minuto, la nave había desaparecido por completo, y todos sus componentes se habían disgregado de nuevo en los átomos individuales que habían sido fabricados allí en Nueva York.

A pesar de su estrés y agotamiento, Mia no pudo dejar de maravillarse ante el milagro que acababa presenciar. La nave que acababa de recorrer miles de kilómetros en cuestión de minutos para traerles hasta aquí se había desintegrado totalmente, como si, desde un principio, nunca hubiera existido.

—¿Por qué has hecho eso? —le preguntó a Korum—. ¿Por qué desmantelarla?

—Porque ahora mismo no hay necesidad de que exista y ocupe espacio —le explicó él— Puedo volver a crearla cada vez que necesitemos usarla.

Era verdad, él podía. Mia lo había visto por sí misma hacía solo unos minutos, en la azotea de su apartamento de Manhattan. Y ahora él la había deshecho. La cápsula que les había llevado hasta allí ya no existía.

Cuando cayó en la cuenta de las implicaciones de

todo eso, su ritmo cardíaco se aceleró de golpe otra vez, y se dio cuenta de repente de que le costaba respirar.

Una ola de pánico la inundó.

Allí estaba, tirada en Costa Rica, en la principal colonia K y dependiendo para todo de Korum. Él había construido la nave que les había llevado hasta allí y acababa de desmantelarla. Si había alguna otra forma de salir de Lenkarda, Mia no la conocía.

¿Y si antes él le había mentido? ¿Y si jamás podía volver a ver a su familia?

Debía de parecer tan aterrorizada como se sentía por dentro porque Korum le apretó la mano con delicadeza. Sentir su mano grande y cálida era extrañamente tranquilizador.

—No te preocupes —dijo él con suavidad—. Todo irá bien, te lo prometo.

Mia se concentró en respirar hondo, intentando luchar contra su pánico. Ahora no le quedaba más opción que confiar en él. Hasta cuando estaban en Nueva York, él podía hacerle lo que quisiera. No había ninguna razón para que le hiciera promesas que no tenía intención de mantener.

Aun así, el miedo irracional la devoraba por dentro, sumándose al desagradable cóctel de emociones que bullía en su interior. Saber que Korum la había estado manipulando todo el tiempo, usándola para aplastar a la Resistencia, era como un ácido ardiente en su estómago. Todo lo que él había hecho, todo lo que había dicho... todo era parte de su plan. Mientras ella se moría de angustia al espiarlo, probablemente él se habría estado riendo secretamente de sus patéticos intentos de ser más lista que él apoyando una causa que él desde el principio sabía que estaba condenada al fracaso.

Ahora se sentía tan idiota por haberse dejado arrastrar por todo lo que le había contado la Resistencia… En aquel momento, le había parecido que tenía toda la lógica; ella se había sentido muy noble ayudando a los suyos a luchar contra los invasores que les habían arrebatado el planeta... Y en vez de eso, había participado sin saberlo en el golpe de estado de un pequeño grupo de K.

¿Por qué no se había parado a pensar, a analizar exhaustivamente la situación?

Korum le había contado que todo el movimiento de la Resistencia había estado desencaminado, completamente errado en su misión. Y muy a su pesar, Mia le había creído.

Los K no habían matado a los luchadores por la libertad que habían atacado sus Centros, y ese simple hecho le decía mucho acerca de los krinar y su opinión sobre los seres humanos. Si los K hubieran sido realmente los monstruos que la Resistencia decía que eran, ninguno de los combatientes habría sobrevivido.

Al mismo tiempo, no se fiaba del todo de la explicación de Korum sobre lo que era una charl. Cuando John le había hablado de su hermana secuestrada, su voz había mostrado demasiado dolor para que todo fuese mentira. Y el comportamiento de

Korum con ella concordaba mucho más con las explicaciones de John que con las de él. Su amante había negado que los K tuvieran humanos como esclavos sexuales; sin embargo, él le había dejado escasas opciones para decidir sobre ningún aspecto de su relación hasta el momento. Él la había deseado y, así de fácil, su vida ya no le pertenecía. Ella había perdido la cabeza hasta encontrarse dentro de su ático de Tribeca... y ahora, aquí estaba, en el Centro K de Costa Rica, siguiéndole hacia algún destino desconocido.

Por mucho que temiera la respuesta a su pregunta, tenía que saberlo.

—¿Está Dana aquí? —le preguntó Mia con cautela, sin querer provocar su mal genio— ¿La hermana de John? John dijo que era una charl en Lenkarda...

—No —dijo Korum, dirigiéndole una mirada impenetrable—. John estaba mal informado, me imagino que deliberadamente, por los kets.

—¿Ella no es una charl?

—No, Mia, ella nunca ha sido una charl en el verdadero sentido de la palabra. Ella era lo que tú llamarías una xeno: una humana obsesionada con todo lo de los krinar. Su familia nunca lo supo. Cuando conoció a Lotmir en México, le suplicó que la llevara con él, y él accedió a hacerlo durante un tiempo. Lo último que oí acerca de ella es que había conseguido que alguien se la llevara a Krina. Imagino que es muy feliz allí, dadas sus preferencias. En cuanto a por qué se fue sin decirle nada a su familia, creo que eso probablemente tenga algo que ver con su padre.

—¿Su padre?

—Dana y John no han tenido una infancia muy feliz —dijo Korum, mientras ella notaba como se tensaba la mano que sujetaba la suya—. Su padre es alguien que debería haber sido exterminado hace mucho tiempo. Basándonos en los informes que hemos reunido acerca de tu contacto en la Resistencia, el padre de John tiene un fetiche concreto que involucra a niños muy pequeños…

—¿Es pederasta? —preguntó Mia quedamente, con la bilis subiéndole por la garganta de pensarlo.

Korum asintió

—Efectivamente. Creo que a sus propios hijos fueron los principales destinatarios de sus afectos.

Asqueada y sintiendo una profunda pena por John y Dana, Mia apartó la mirada. Si eso era cierto, no podía culpar a Dana por querer alejarse y dejar atrás todo lo relacionado con su antigua vida. Aunque la familia de Mia era normal y cariñosa, ella había tenido algunas interacciones con víctimas de violencia doméstica y abuso infantil como parte de sus prácticas del verano pasado. Conocía las cicatrices que eso dejaba en la psique de un niño. Cuando se hacían mayores, algunos de ellos recurrían a las drogas o al alcohol para paliar su dolor. Al parecer, Dana había recurrido a acostarse con los K.

Contando, por supuesto, con que Korum no le estuviera mintiendo sobre todo esto.

Mia lo pensó y decidió que probablemente no fuera así. ¿Qué necesidad tendría él? Ella no podría dejarle aunque se enterara de que Dana había estado retenida aquí contra su voluntad.

—¿Y qué hay sobre John? —preguntó—. ¿Está bien? ¿Y Leslie?

—Supongo que sí —dijo él, y su tono se tornó notablemente más frío—. Ninguno de los dos ha sido capturado aún.

Aliviada, Mia decidió dejarlo estar. Sospechaba que hablar con Korum sobre la Resistencia no era el proceder más inteligente para ella en ese momento. En lugar de eso, volvió a centrarse en lo que les rodeaba.

—¿Adónde vamos? —preguntó, mirando a su alrededor. Estaban caminando a través de lo que parecía una selva virgen. Bajo sus pies crujían palitos y ramas, y se escuchaban los sonidos de la naturaleza por todas partes: pájaros, los zumbidos de algún insecto, el susurro de las hojas... No tenía ni idea de lo que él tenía previsto para lo que quedaba del día, pero ella sólo deseaba enterrar la cabeza bajo una manta y esconderse unas cuantas horas. Los acontecimientos de esa mañana y la borrasca emocional resultante la habían dejado completamente agotada, y necesitaba con urgencia un rato tranquilo para empezar a asumir todo lo que había pasado.

—A mi casa —contestó Korum, volviendo la cabeza hacia ella. En su rostro había otra vez una leve sonrisa—. Está a un paso de aquí. Podrás relajarte y descansar un poco en cuanto lleguemos allí.

Mia le lanzó una mirada de desconfianza. Su

respuesta se acercaba increíblemente a lo que ella acababa de pensar.

—¿Puedes leerme la mente? —preguntó, horrorizada ante esa posibilidad.

Él sonrió, haciendo aparecer el hoyuelo de su mejilla izquierda.

—Eso estaría bien, pero no. Ya te conozco lo suficientemente bien como para saber cuándo estás exhausta.

Aliviada, Mia asintió y se concentró en poner un pie delante del otro mientras caminaban por la selva. A pesar de todo, esa deslumbrante sonrisa suya le había enviado una sensación cálida que le recorrió todo el cuerpo.

Eres una idiota, Mia.

¿Cómo era posible que se sintiera así después de lo que él le había hecho pasar, después de haberla manipulado de esa forma? ¿Qué clase de persona era ella, para enamorarse de un alienígena que había asumido por completo el control de su vida?

Se daba asco a sí misma, pero aun así no podía evitarlo. Cuando él sonreía de esa forma, casi podía olvidarse de todo lo que había sucedido, simplemente por la pura alegría de estar con él. A pesar de toda su amargura, en el fondo era inmensamente feliz de que la Resistencia hubiese fracasado, porque él todavía seguía estando en su vida.

Sus pensamientos seguían volviendo a lo que él le había dicho antes... al momento en que había admitido que había llegado a sentir algo por ella. Él no había pretendido que ocurriera, le dijo, y Mia se dio cuenta de que había hecho bien en temerlo y resistirse a él al principio, porque por aquel entonces él la había considerado un mero entretenimiento, un juguetito humano que poder usar y tirar a su antojo. Por supuesto, "sentir algo" distaba bastante de ser una declaración de amor, pero era más de lo que ella había esperado escucharle decir. Como un bálsamo aplicado a una herida supurante, sus palabras la hicieron sentirse un poquitín mejor, dándole esperanzas de que tal vez todo saliera bien al final, de que tal vez él cumpliera sus promesas y de que ella iba a volver a ver a su familia.

La sensación de algo blando y húmedo bajo su pie la sacó de sus pensamientos. Dando un respingo, Mia miró hacia abajo y vio que había pisado un insecto grande con caparazón.

—¡Puaj!

—¿Qué te pasa? —preguntó Korum, sorprendido.

—Acabo de pisar algo —le explicó Mia con cara de asco, intentando limpiarse la zapatilla en la zona de hierba más cercana.

Él la miró divertido.

—No me digas. ¿Tienes miedo a los insectos?

—No diría miedo, exactamente —dijo Mia con cautela—. Más bien es que los encuentro realmente repugnantes.

Él se rio.

—¿Por qué? Son solo un tipo de seres vivos, al igual que tú y que yo.

Mia se encogió de hombros y decidió no explicárselo más. Ella misma no estaba segura de entenderlo. En vez de eso, decidió prestar más atención a lo que la rodeaba. A pesar de haberse criado en Florida, en realidad no se sentía cómoda con la naturaleza tropical en su forma más pura. Ella prefería caminos ordenadamente pavimentados en hermosos parques bellamente diseñados, donde podía sentarse en un banco y disfrutar del aire fresco con los mínimos encuentros posibles con insectos.

—¿No tenéis carreteras ni aceras? —preguntó consternada a Korum, saltando por encima de algo que parecía ser un hormiguero.

Él le sonrió con indulgencia.

—No. Nos gusta que nuestro entorno se aproxime lo máximo posible a su estado original.

Mia arrugó la nariz: eso no le gustaba en absoluto. Sus zapatillas ya estaban cubiertas de tierra, y daba gracias de que la temporada de lluvias en Costa Rica no hubiera comenzado oficialmente todavía. De ser así, se imaginaba que estarían abriéndose paso entre pantanos. Dado el nivel tan avanzado de la tecnología krinar, le parecía extraño que eligieran vivir en esas condiciones tan primitivas.

Un minuto después, entraron en otro claro, esta vez uno mucho más grande. En el centro había una particular construcción color crema. Tenía la forma de un cubo estirado con esquinas redondeadas, sin ventanas, puertas ni ninguna otra abertura visible.

—¿Esta es tu casa?

Mia ya había visto antes, ese mismo día, estructuras así en el mapa tridimensional de la oficina de Korum. Le habían parecido muy raras y extraterrestres desde lejos, y ahora que estaba junto a una de ellas, esa sensación era todavía más intensa. Parecía tan increíblemente *extraña*, tan diferente a todo lo que ella había visto en su vida…

Korum asintió, guiándola hacia el edificio.

—Sí, este es mi hogar; y ahora también el tuyo.

La ansiedad de Mia aumentó al escuchar la última parte de su frase y tragó saliva, nerviosa. ¿Por qué seguía repitiendo eso? ¿Pretendía en serio que ella se quedara a vivir allí permanentemente? Le había prometido llevarla de vuelta a Nueva York para terminar su último curso universitario, y Mia se aferraba desesperadamente a ese pensamiento mientras observaba los pálidos muros de la casa que se erigía imponente ante ella.

Al acercarse, una sección de la pared se desintegró de repente frente a ellos, creando una abertura lo bastante grande para que pudieran entrar por ella.

La sorpresa hizo que Mia se quedase sin aliento, y Korum sonrió ante su reacción.

—No te preocupes —dijo—. Este es un edificio inteligente. Se anticipa a nuestras necesidades y crea entradas cuando hace falta. No hay nada que temer.

—¿Lo hace para todo el mundo o solo para ti? —preguntó Mia, deteniéndose ante la entrada. Sabía que su reticencia a entrar era algo ilógico. Si Korum pretendía mantenerla prisionera, no había nada que pudiera hacer al respecto: ella ya estaba en una colonia alienígena sin forma de escapar. Aun así, no podía permitirse a sí misma entrar voluntariamente en su nuevo "hogar" hasta estar segura de poder abandonarlo por sus propios medios.

Intuyendo al parecer la fuente de su preocupación, Korum le lanzó una mirada tranquilizadora.

—También lo hará para ti. Podrás entrar y salir siempre que quieras, aunque sería conveniente que te quedaras cerca de mí durante las primeras semanas... al menos hasta que te hayas acostumbrado a nuestro estilo de vida y tenga la ocasión de presentarte a los demás.

Respirando aliviada, Mia levantó la vista hacia él.

—Gracias —dijo con voz queda, mientras una parte de su pánico se desvanecía.

Tal vez no estaría tan mal quedarse allí, después de todo. Si él la llevaba de verdad de vuelta a Nueva York cuando acabase el verano, al final su estancia en Lenkarda sería solo eso: un par de meses en un sitio increíble que pocos humanos podían imaginar siquiera, con la extraordinaria criatura de quien se había enamorado.

Mia se sintió ligeramente mejor acerca de la situación, y dio un paso hacia la puerta, entrando por primera vez en una residencia krinarLo que vio al entrar era algo totalmente inesperado.

Mia había estado preparándose para alguna cosa extraterrestre y de alta tecnología, quizás sillas flotantes similares a los que había en la nave que les había transportado hasta allí. En lugar de eso, la habitación era exacta al ático de Korum en Nueva York, hasta por el cómodo sofá color crema. Mia se sonrojó al recordar lo que había ocurrido en ese sofá tan solo hacía un rato. Lo único distinto eran las paredes: parecían estar hechas del mismo material transparente que la nave, y a través de ellas se podía ver la vegetación del exterior en lugar del río Hudson.

—¿Tienes los mismos muebles aquí? —preguntó sorprendida, soltando su mano y dando un paso hacia adelante para mirar boquiabierta el inesperado panorama. No se podía creer que las tiendas de muebles hicieran entregas en los Centros K…pero claro, seguramente él podía crear todo lo que quisiera usando su nanotecnología.

—No exactamente —dijo Korum sonriéndole—. He preparado esto antes de que llegaras. Pensé que sería más fácil para ti adaptarte si te podías relajar en un entorno familiar durante el primer par de semanas. Cuando ya te sientas más cómoda, podré enseñarte cómo vivimos normalmente.

Mia le miró y parpadeó.

—¿Lo has preparado solo para mí? ¿Cuándo?

Incluso con su sistema de fabricación rápida, o como fuera que Korum llamara la tecnología que le permitía crear objetos a partir de la nada, habría necesitado algo de tiempo para hacer todo esto. ¿Cuándo había tenido ocasión de pensar en ello siquiera, con los acontecimientos de esa mañana? Intentó imaginárselo fabricando un sofá mientras capturaba a los kets y casi tuvo que disimular una risita.

—Hace poco —dijo Korum crípticamente, encogiéndose ligeramente de hombros.

Mia frunció el ceño.

—Entonces... ¿no ha sido hoy? —Por alguna razón, saber cuándo lo había hecho le parecía importante.

—No, hoy no.

Mia se lo quedó mirando fijamente.

—¿Has estado planeando esto desde hace tiempo? ¿El que yo viniera aquí, quiero decir?

—Por supuesto —dijo él con aire despreocupado—. Yo lo planifico todo.

Mia cogió aire.

—¿Y si yo no hubiera estado en peligro a causa de la Resistencia? ¿Aun así me habrías traído hasta aquí?

Él la miró, con rostro inescrutable.

—¿Tiene eso alguna importancia? —preguntó suavemente.

Tenía importancia para Mia, pero no estaba lista para tener esa discusión justo en ese momento. Así que simplemente se encogió de hombros y apartó la mirada, estudiando la habitación. *Era* bastante reconfortante estar en algún sitio que parecía al menos familiar, y tenía que admitir que crear un entorno humano para ella en su casa había sido algo muy considerado por su parte.

—¿Tienes hambre? —preguntó Korum, observándola con una sonrisa.

Cocinar para ella parecía ser una de sus actividades

favoritas; incluso le había dado algo de comer esa mañana cuando ella temía que fuera a matarla por ayudar a la Resistencia. Era una de las cosas que siempre la habían hecho estar en conflicto consigo misma acerca de él, de su relación en general. A pesar de su arrogancia, podía ser increíblemente cariñoso y atento. A Mia le sacaba de quicio el hecho de que él nunca hubiera actuado como el villano que ella creía que era.

Ella negó con la cabeza.

—No, gracias. Todavía estoy llena por el sándwich de antes. —Y lo estaba. Lo único que quería hacer era acostarse y tratar de dar un descanso a su cerebro.

—Vale entonces —dijo Korum—. Puedes relajarte un rato. Yo tengo que salir durante una hora o así. ¿Crees que estarás bien aquí sola?

Mia asintió.

—¿Tienes una cama por alguna parte? —preguntó.

—Claro. Ven por aquí.

Mia caminó detrás de Korum por un pasillo familiar hasta el dormitorio, que era idéntico al que él tenía en Tribeca. También tomó nota de dónde estaba el baño.

—Entonces, ¿todo lo que hay aquí son cosas que sé cómo usar? —preguntó.

—Sí, básicamente —dijo él, estirando el brazo para acariciar brevemente su mejilla. Notó sus dedos calientes contra la piel—. La cama es probablemente más cómoda que las que acostumbras a usar porque utiliza la misma tecnología inteligente que el asiento de la nave y las paredes de esta casa. Pensé que no te importaría. No te asustes cuando se ajuste a tu cuerpo, ¿vale?

A pesar de la tensión que se agolpaba en sus sienes, ella sonrió al recordar lo cómodo que había sido el asiento de la nave.

—Vale, eso suena bien. Estoy deseando probarla.

—Estoy seguro de que te encantará. —Sus ojos resplandecían por alguna emoción desconocida—. Échate una siesta si quieres, y pronto estaré de vuelta.

Se inclinó, le dio un casto beso en la frente y se fue, dejándola sola en una vivienda inteligente dentro del asentamiento alienígena.

A MENOS DE DOS KILÓMETROS, el krinar observó cómo llegaba su némesis junto con su charl.

La forma tan dulce en la que Korum sujetaba su mano al guiarla hacia su casa era algo tan poco propio de él que el K casi se echó a reír. El que hubiera una chica humana involucrada suponía un nuevo e interesante parámetro. ¿Eso cambiaría algo? De algún modo, él lo dudaba.

Su enemigo no dejaría que nadie le apartara de su camino y, desde luego, no una pequeña humana.

No, solo había una forma de salvar a la especie humana.

Y él era el único que podía hacerlo.

CAPÍTULO DOS

Mia se despertó en medio de una total oscuridad.

Se quedó allí tumbada un momento, intentando averiguar qué hora era. Se sentía increíblemente bien descansada, con cada músculo de su cuerpo relajado y su mente totalmente clara. Enseguida se dio cuenta de que estaba en casa de Korum en Lenkarda, tumbada en su cama "inteligente". Se estiró, bostezando, y se preguntó cómo habría podido Korum dormir en un colchón humano normal allá en Nueva York. No podía imaginarse querer dormir en ningún otro sitio que no fuera esta cama durante el resto de su vida.

Las sábanas se abrazaban a su cuerpo, acariciando su piel desnuda con un tacto ligero y sensual. No tenía ni frío ni calor, y la almohada sostenía su cabeza y su cuello justo de la forma más adecuada. Cualquier tensión que hubiera sentido antes había desaparecido por completo.

No había tenido la intención de dormirse, pero el descanso definitivamente había obrado maravillas en su estado de ánimo. En cuanto se había metido en la cama, las sábanas se habían movido solas, arropándola en forma de una agradable crisálida, y había sentido vibraciones sutiles por debajo de las zonas más tensas de su cuerpo. Era como si unos dedos suaves la masajearan haciendo desaparecer los nudos de su espalda y su cuello. Recordaba estar disfrutando de la sensación, y después debió de haberse dormido, porque no se acordaba de nada más.

Notando al parecer que estaba despierta, la habitación se fue haciendo gradualmente más luminosa, aunque no hubiera ninguna fuente evidente de luz artificial.

Era una idea ingeniosa, pensó Mia, que la luz se fuera encendiendo tan poco a poco. La luz brillante después de la oscuridad total era a menudo dolorosa para los ojos, pero así era como funcionaban la mayoría de aparatos de iluminación humanos, simplemente encendiendo y apagando, sin tener en cuenta que las transiciones de luz a oscuridad en la naturaleza eran bastante más sutiles.

Reacia a abandonar la comodidad de la cama, Mia se quedó allí tendida e intentó decidir qué iba a hacer después. Su sensación de pánico y malestar físico anterior había desaparecido, y podía pensar con más claridad.

Era cierto que Korum la había usado y manipulado.

Pero, para ser justos, él lo había hecho para proteger

a su especie, de igual modo en que ella pensaba que estaba ayudando a toda la humanidad al espiarle a él. El sentimiento de traición del día anterior había sido irracional y había estado fuera de lugar considerando la naturaleza de su relación y sus propios actos con respecto a él. El hecho de que él no hubiera hecho realmente nada para castigarla por *su* traición decía mucho acerca de sus intenciones.

Ella se había equivocado anteriormente al verle bajo un prisma tan negativo. Si no le había hecho ningún daño por lo que ella había hecho hasta entonces, probablemente ya no iba a hacérselo jamás.

Sin embargo, estaba claro que él no tenía problema alguno en ignorar sus deseos. Como ejemplo ilustrativo: aquí estaba ella, en Lenkarda. Aunque, para ser sinceros, todavía podría visitar pronto a sus padres, e incluso volver a Nueva York para terminar la universidad.

En general, su situación era mucho mejor de lo que se había temido esa mañana, cuando pensó que él podría matarla por colaborar con la Resistencia.

Aun así, las circunstancias en las que se encontraba eran inquietantes. Estaba en un Centro K, sin saber hablar el idioma, sin conocer a nadie excepto a Korum, y sin tener ni idea de cómo usar ni la tecnología krinar más básica. Como humana, era el máximo exponente de forastera que podía haber allí. ¿Pensarían los K que era estúpida por ser lo que era? ¿Por no poder entender el idioma krinar o leer diez libros en un par de horas como hacía Korum? ¿Se burlarían de su ignorancia y su analfabetismo tecnológico? Ella no era exactamente una experta en tecnología, ni siquiera para los estándares humanos. En general, ¿era la arrogancia de Korum simplemente parte de su personalidad, o era algo típico de su especie y de su actitud general hacia los seres humanos?

Por supuesto, torturarse con todo esto no cambiaría los hechos. Le gustase o no, iba a quedarse en Lenkarda al menos durante un par de meses, y tenía que sacarle el mayor partido. Y mientras tanto, había tanto que aprender allí...

La puerta del dormitorio se abrió sin hacer ningún ruido, y Korum entró, interrumpiendo sus pensamientos.

—Eh, dormilona, ¿qué tal te encuentras?

Mia no pudo evitar sonreírle, olvidándose de sus preocupaciones por el momento. Por primera vez desde que se conocían, Korum vestía con ropas krinar: una camisa sin mangas confeccionada con algún tipo de tejido blanco de aspecto suave y un par de pantalones cortos y holgados de color gris que le llegaban justo por encima de las rodillas. Era un atuendo sencillo, pero obraba maravillas en su apariencia física, acentuando su complexión musculosa. Se le hacía la boca agua al verle tan atractivo, con su suave piel de bronce radiante de salud y esos ojos ambarinos que brillaban al verla acostada en su lecho.

—La cama es impresionante —admitió Mia—. No sé cómo has sido capaz de dormir en ninguna otra.

Él sonrió, y se sentó junto a ella, eligiendo un mechón de su pelo con el que juguetear.

—Lo sé. Era un verdadero sacrificio... pero tu presencia lo hizo bastante tolerable.

Mia se rio y se tumbó sobre su estómago, sintiéndose absurdamente feliz.

—¿Y ahora qué? ¿Voy a conocer a otros objetos inteligentes? Tengo que decir que vuestra tecnología es genial.

—Oh, no tienes ni idea de lo genial que es nuestra tecnología —dijo Korum, mirándola con una sonrisa misteriosa—. Pero pronto lo verás.

Se agachó, besó su hombro desnudo, y luego posó su boca suave y cálida contra su piel y le mordisqueó levemente el cuello. Cerrando los ojos, Mia se estremeció por la agradable sensación. Su cuerpo respondió de inmediato a su contacto, y ella gimió suavemente, sintiendo como una ola de cálida humedad brotaba entre sus piernas.

Él se detuvo y se sentó derecho.

Sorprendida, Mia abrió los ojos y le miró.

—¿No me deseas? —preguntó con voz queda, intentando evitar que su voz mostrara un tono dolido.

—¿Qué? No, querida mía, te deseo muchísimo. —Y era cierto: ella veía las cálidas motas doradas de sus expresivos ojos, y como el suave tejido de sus pantalones cortos a duras penas ocultaba su erección.

—Entonces, ¿por qué has parado? —preguntó Mia, intentando con todas sus fuerzas no sonar como una niña a la que hubieran quitado un caramelo.

Él suspiró, con aspecto frustrado.

—Un amigo mío va a venir a conocerte. Estará aquí en unos minutos.

Mia lo miró sorprendida.

—¿Tu amigo quiere conocerme? ¿Por qué?

Korum sonrió

—Porque me ha oído hablar mucho de ti. Y también porque es uno de nuestros principales expertos en el campo de la mente y puede ayudarte con el proceso de adaptación.

Mia frunció ligeramente el ceño.

—¿Un experto en temas de la mente? ¿Quieres que vea a un psiquiatra?

Korum meneó la cabeza, sonriendo.

—No, él no es ningún psiquiatra. En nuestra sociedad, un experto en la mente es alguien que tiene que ver con el cerebro en todos los aspectos. Es como un neurocirujano, psiquiatra y terapeuta todo junto: literalmente, un experto en todos los asuntos que tienen que ver con la mente.

Eso era interesante, pero en realidad, no respondía a su pregunta.

—Entonces, ¿por qué quiere verme?

—Porque creo que hay algo que puede hacer para que te sientas aquí más como en tu casa —dijo Korum, bajando los dedos por su brazo y acariciándola suavemente.

Mia había notado que a él le gustaba hacer eso, tocarla de manera casual durante sus conversaciones, como si ansiara su contacto físico constantemente. A

Mia no le importaba. Era esa química de la que él le había hablado antes: sus cuerpos gravitaban el uno hacia el otro como dos objetos en el espacio exterior.

Se obligó a volver a concentrarse en la conversación.

—¿Como qué? —preguntó ella, sintiéndose un poco recelosa.

—Bueno, por ejemplo, ¿querrías ser capaz de entender y hablar nuestra lengua?

Mia abrió mucho los ojos, y asintió con energía.

—¡Claro!

—¿Te has preguntado alguna vez cómo puedo hablar inglés tan bien? ¿Y cualquier otro idioma humano? ¿Cómo todos nosotros hablamos así?

—Yo no sabía que hablabas más idiomas aparte del inglés —confesó Mia, mirándole asombrada. Se había preguntado brevemente cómo hablaba un inglés americano tan perfecto, pero siempre había asumido que el K básicamente lo había estudiado todo antes de venir a la Tierra. Korum era increíblemente inteligente, así que ella nunca se había cuestionado seriamente el hecho de que él hablara su idioma y fuera capaz de hacerlo sin ningún acento. ¿Y ahora le estaba contando que también hablaba un montón de otros idiomas?

—Entonces, ¿hablas francés? —preguntó. Cuando él asintió, prosiguió—: ¿Español? ¿Ruso? ¿Polaco? ¿Chino mandarín? —Con cada idioma él iba haciendo un gesto afirmativo.

—Vale... ¿Y qué hay del swahili? —preguntó Mia, segura de haberle pillado esa vez.

—Ese también —dijo, sonriendo ante su expresión atónita.

—Vale —dijo Mia lentamente—. Supongo que estarás a punto de decirme que no se trata de pura inteligencia por tu parte.

Él sonrió.

—Exacto. Pude haber aprendido esos idiomas por mí mismo, si hubiera tenido bastante tiempo, pero existe un sistema más eficiente… y eso es lo que Saret puede hacer por ti.

Mia se le quedó mirando fijamente.

—¿Puede enseñarme a hablar krinar?

—Mejor que eso. Puede proporcionarte las mismas capacidades que tengo yo: comprensión y conocimiento instantáneos de cualquier idioma, ya sea humano o krinar.

Mia soltó un gritito ahogado de sorpresa, y su corazón se puso a latir más deprisa por la emoción.

—¿Cómo?

—Poniéndote un pequeño implante que influirá en una región específica de tu cerebro y actuará como un dispositivo muy avanzado de traducción.

—¿Un implante cerebral? —Su emoción rápidamente se transformó en terror cuando las entrañas de Mia rechazaron violentamente esa idea. Él ya le había insertado dispositivos de seguimiento en las palmas de las manos: lo último que ella necesitaba era una tecnología alienígena que influyera en su cerebro. La habilidad que él había descrito era increíble, y ella deseaba desesperadamente tenerla, pero no a ese precio.

—El dispositivo no es lo que te estás imaginando —dijo Korum—. Va a ser diminuto, del tamaño de una célula, y no sentirás ningún tipo de molestia, ni durante su inserción ni después.

—¿Y si digo que no, que no lo quiero? —preguntó Mia con voz queda, alarmada ante la idea de que Korum ya tenía al experto de la mente yendo hacia allí.

—¿Por qué no? —Él la miró con el ceño un poco fruncido.

—¿De verdad tienes que preguntarlo? —dijo ella con incredulidad—. Tú me *iluminaste*, me colocaste dispositivos de seguimiento con la excusa de curarme las palmas de las manos. ¿De verdad te has creído que me parecería bien que me pusieras algo en el cerebro?

El ceño de Korum se hizo más pronunciado.

—Esto no tiene ninguna funcionalidad extra, Mia. —No parecía ni mínimamente arrepentido de haberla iluminado.

—¿En serio? —le preguntó ella, mordaz— ¿No hace nada extra? ¿No influye en mis pensamientos o sentimientos de ninguna manera?

—No querida mía, no lo hace. —Él parecía encontrar la idea vagamente divertida.

—No quiero un implante cerebral —dijo Mia con firmeza, mirándole con expresión desafiante.

Él le devolvió la mirada.

—Mia —dijo con voz suave—, si hubiese querido

poner algo realmente perverso en tu cerebro, lo podría haber hecho de un millón de formas distintas. Puedo implantar en tu cuerpo lo que sea en cualquier momento y tú no te darías ni cuenta. La única razón por la que te ofrezco esta habilidad es porque quiero que te sientas cómoda aquí, para que puedas comunicarte con todos por tu cuenta. Si tú no quieres, entonces esa es tu elección. No te voy a obligar a hacerlo. Pero muy pocos humanos tienen esta oportunidad, así que te recomendaría pensar muy bien en ello antes de rechazarla.

Mia apartó la mirada, sorprendida al darse cuenta de que tenía razón. Él no necesitaba informarle u obtener su consentimiento para hacer con ella lo que quisiera. El pánico que pensaba que tener bajo control amenazaba con volver a desbordarse, y lo contuvo haciendo un esfuerzo.

Había algo que no tenía sentido. Mia respiró hondo y volvió a mirarle a la cara, estudiando su expresión inescrutable. Le molestaba lo poco que lo entendía todavía, que la persona que tenía tanto poder sobre ella constituyese todavía una gran incógnita.

—Korum... —No estaba segura de si debía sacar el tema, pero no pudo resistirse. Hacía semanas que le atormentaba la pregunta— ¿Por qué me iluminaste? Ni siquiera había conocido a la Resistencia en ese momento, así que no necesitabas controlarme para cumplir tu gran plan...

—Porque quería asegurarme de que siempre pudiera encontrarte —dijo, y en su voz había una nota posesiva que la asustó—. Te sostuve en mis brazos ese día, y supe que quería más. Lo quería todo, Mia. Desde ese momento, me perteneciste, y no tenía ninguna intención de perderte, ni siquiera por un instante.

¿Ni siquiera por un instante? ¿Se daba cuenta él de cuán loco sonaba eso? Había visto a una chica a la que deseaba, y se había asegurado de estar siempre informado de su ubicación.

El hecho de que pensara que tenía derecho a hacer eso era aterrador. ¿Cómo se podía lidiar con alguien así? No tenía ningún concepto de los límites en lo que a ella respectaba, ni respeto por su libre albedrío. Acababa de arrogarse un acto horrible y arbitrario como si tal cosa, y ahora ella no tenía ni idea de qué decirle.

En respuesta a su silencio, Korum respiró profundamente y se puso en pie.

—Deberías vestirte —dijo, con voz tranquila—. Saret estará aquí en un minuto.

Mia asintió y se sentó, sujetando las sábanas contra el pecho. Ahora no era el momento de analizar las complejidades de su relación. Respiró hondo mentalmente y dejó sus temores de lado. No tenía modo alguno de cambiar su situación en ese momento, y centrarse en lo negativo sólo empeoraría las cosas. Necesitaba encontrar una manera de llevarse bien con su amante y averiguar cómo arreglárselas mejor con su naturaleza dominante.

—¿Qué debería ponerme? —preguntó Mia— No me he traído nada de ropa...

—¿Quieres tu camiseta y tus vaqueros habituales, o

preferirías vestirte como todos los de por aquí? —preguntó Korum, mientras su rostro se iluminaba con una sonrisa. Una parte de la tensión que había en el cuarto se disipó.

—Eh, como todo el mundo, supongo. —No quería destacar como un perro verde.

—Vale, pues. —Korum hizo un pequeño gesto con la mano y le entregó un pedazo de tela de color claro que no había estado allí sólo un segundo antes.

Con los ojos como platos, Mia miró la prenda de ropa que él acababa de darle.

—¿Más fabricación instantánea? —preguntó, intentando comportarse como si no fuera aún un shock enorme para ella ver cosas materializándose de la nada.

Él sonrió.

—Así es. Si no te gusta, puedo conseguirte otra cosa. Vamos, pruébatelo.

Mia soltó la sábana y salió de la cama, cómoda con su desnudez. A pesar de todos sus defectos, Korum había hecho maravillas por su imagen corporal y su confianza en sí misma. Como le decía sin parar lo hermosa que la encontraba, ya no le preocupaba ser demasiado delgada o tener el pelo rizado y la piel pálida. De haber estado allí él habría supuesto una bendición en sus tiempos de inseguridad adolescente.

No, tacha ese pensamiento. Ninguna adolescente debería estar sometida a alguien tan avasallador.

Cogió el vestido y se lo puso, asegurándose de que la parte de escote más bajo quedaba en la espalda.

—¿Qué te parece? —preguntó, dando un pequeño giro.

Él sonrió con un cálido resplandor en sus ojos.

—Te queda perfecto.

En sus shorts era visible un bulto, y Mia sonrió para sí misma, satisfecha. A pesar de todo, era agradable saber que causaba ese tipo de efecto sobre él, que su necesidad era tan intensa como la de ella. Al menos en eso eran iguales.

Curiosa por saber cómo le quedaba el vestido, se acercó al espejo del otro lado de la habitación.

Korum tenía razón; el atuendo era precioso. Su estilo era parecido a los que había visto llevar a las kets, el color era un bonito tono de marfil con matices melocotón, y se ajustaba a su cuerpo justo de la manera en que debía. Tenía la espalda y los hombros casi del todo al aire, y su pecho estaba castamente cubierto, con unos pliegues estratégicamente colocados para ocultar sus pezones. El largo también era perfecto para ella y la vaporosa falda le llegaba a solo unos centímetros por encima de las rodillas.

Cuando se dio la vuelta, él le entregó un par de sandalias planas color marfil, hechas de algún material inusualmente suave. Mia se las probó. Se ajustaban a sus pies a la perfección y eran sorprendentemente cómodas.

—Genial, gracias —dijo. Entonces, recordando un último elemento crucial, preguntó—: ¿Y qué hay de la ropa interior?

—En general, no llevamos —dijo Korum—. Puedo

hacerla para ti si insistes, pero podrías probar a llevar solo nuestras prendas.

—¿Sin ropa interior? ¿Y si se me levanta el vestido o algo?

—No lo hará. La tela también es inteligente. Está diseñada para adherirse a tu cuerpo de la forma más adecuada posible. Si te mueves o te inclinas en alguna dirección, se moverá contigo para que siempre quedes tapada.

Eso era práctico. Mia pensó en los innumerables fallos de vestuario de Hollywood que podrían haberse evitado con ropa de los K.

—Bueno, pues entonces estoy lista, supongo —dijo—. Tengo que usar el lavabo, y después estoy lista para salir.

—Estupendo —dijo Korum, sonriendo—. Nos vemos en la sala de estar.

Y después de darle un rápido beso en la frente, salió de la habitación.

—Me gusta lo que has hecho en este sitio. Un estilo muy del siglo veintiuno norteamericano.

El amigo de Korum acababa de entrar y estaba mirando a su alrededor con una sonrisa. Era cuatro o cinco centímetros más bajo que Korum, pero con su misma complexión musculosa, y tenía el tono de piel más moreno típico de los K. Sin embargo, su rostro era algo más redondo y sus pómulos más pronunciados, lo que a ella le recordó un poco a alguien de ascendencia asiática.

—¿Qué puedo decir? Sabes que tengo buen gusto —dijo Korum, levantándose del sofá donde había estado sentado con Mia para saludar al recién llegado. Korum se acercó y le tocó ligeramente el hombro con la palma de la mano, y el otro K le correspondió con el mismo gesto.

Mia se preguntó si esa sería la versión K de un apretón de manos.

Volviéndose hacia ella, Korum dijo:

—Mia, este es mi amigo Saret. Saret, esta es Mia, mi charl.

Saret sonrió, con sus ojos castaños centelleantes. Parecía verdaderamente encantado de verla.

—Hola, Mia. Bienvenida a nuestro Centro. ¿Lo habrás encontrado todo a tu gusto hasta ahora, espero?

Mia se levantó y le devolvió la sonrisa. Era extraño conocer a otro K. Con la excepción de un par de breves encuentros con colegas de Korum, su amante era el único krinar con el que había interactuado hasta el momento.

—Ha sido muy agradable, gracias.

¿Debería ofrecer su mano para estrechársela? ¿O hacer eso del hombro que acababa de hacer Korum? En cuanto le sobrevino ese pensamiento, lo descartó. Ella no tenía ni idea de cuáles eran las reglas K en cuanto al contacto físico, y no quería causar ninguna ofensa sin pretenderlo.

—¿Has tenido ocasión de visitar alguna parte de

Lenkarda hasta ahora? Korum me ha dicho que has llegado esta misma mañana.

Mia negó con la cabeza con gesto de pesar.

—No. Me temo que me he pasado la mayor parte del día durmiendo. —Pero, ¿qué hora debía de ser? A través de las paredes transparentes de la casa, ella podía ver que afuera estaba oscuro. Tenía que ser el final de la tarde, o puede que incluso estuvieran en mitad de la noche.

—Mia tenía jet-lag y estaba agotada por lo que había pasado antes —explicó Korum, acercándose a ella y rodeándole los hombros con gesto de propiedad. Él la hizo sentarse en el sofá a su lado, y Saret ocupó uno de los mullidos sillones frente a ellos.

—Por supuesto —dijo Saret—, lo entiendo perfectamente. Ha tenido que ser muy traumático para ti, enterarte de la verdad de esta manera.

Mia le miró sorprendida. ¿Cuánto sabía? ¿Le habría contado Korum todo, incluyendo su papel en el ataque de la Resistencia a los Centros? No tenía ni idea de cómo verían sus actos los krinar. ¿Le castigarían de algún modo por haber colaborado con la Resistencia?

—Bien, lo bueno es que todo ha terminado —dijo Korum, cogiendo una de las manos de Mia entre las suyas y acariciando suavemente la palma de su mano con el pulgar. Se volvió hacia ella y le prometió—:No tendrás que volver a preocuparte por nada de esto nunca más.

—De hecho —puntualizó Saret con una expresión

de pesar en su hermoso rostro—, me temo que puede que haya una cosa más que Mia tenga que hacer.

La cara de Korum se ensombreció.

—Ya les dije que no. Ella ya ha sufrido suficiente.

Saret suspiró.

—Hubo una solicitud formal de las Naciones Unidas.

—Que les den a las Naciones Unidas. No tienen derecho a solicitar nada después de este fiasco. Son condenadamente afortunados de que no hayamos tomado represalias...

—Sea como sea, la mayor parte del Consejo opina que sería importante concedérselo como gesto de buena voluntad hacia ellos.

Mia les escuchaba discutir con una sensación de frío en la boca del estómago. ¿Las Naciones Unidas? ¿El Consejo? ¿Qué tenía todo esto que ver con ella?

—El Consejo puede ir y que le den también —dijo Korum con tono inflexible—. Nada de todo esto es necesario, y lo saben. Ella es mi charl y no tienen derecho a decirme lo que tengo que hacer.

—Ella no es sólo tu charl, Korum, y tú lo sabes. Ella es uno de los testigos en lo que será el juicio más grande de los últimos diez mil años, y eso sin mencionar los procesos judiciales humanos...

A Mia le dieron ganas de vomitar al empezar a entender a dónde iba a parar la conversación.

—Disculpadme —dijo con voz queda—, exactamente, ¿qué necesitan de mí?

—Eso no importa —dijo Korum, tajante—. No pueden obligarte a hacer nada sin mi permiso.

Saret volvió a suspirar.

—Mira, también el Consejo quiere que testifique. Realmente lo mejor sería que la dejaras hacerlo...

Mirándolos a los dos, Mia empezó a sentirse enfadada. Se referían a ella como si fuera una niña o una mascota o algo así. Fuera lo que fuese lo que ellos quisieran de ella, debería ser su decisión, no la de Korum.

—Ella no necesita nada de esto ahora mismo —dijo Korum con firmeza. Tienen un montón de pruebas, y no pienso exponerla a ningún tipo de estrés adicional...

—Perdonadme —intervino Mia con frialdad—. Quiero saber de qué cojones estáis hablando.

Evidentemente descolocados, Korum lanzó a Mia una mirada de desaprobación, y Saret se echó a reír.

—Creo que tu charl tiene más agallas de las que tú le reconoces —le dijo a Korum, todavía risueño. Dirigiéndose a Mia, le explicó—: Verás, Mia, los traidores que nos ayudaste a atrapar, los kets, como los llamaron tus amigos de la Resistencia, serán juzgados de acuerdo con nuestras leyes. Aunque nuestro proceso judicial sea bastante diferente a lo que tú estás acostumbrada, sí requerimos que todas las pruebas disponibles se presenten, entre ellas la declaración de todos testigos. Ya que estuviste implicada a lo largo de todo el proceso, tu testimonio podría jugar un importante papel en decidir si se les condena y en la severidad de las penas impuestas.

—¿Queréis que testifique en un juicio krinar? —preguntó Mia con incredulidad.

—Sí, exacto, y también hemos recibido una petición formal requiriendo tu comparecencia por parte del embajador de las Naciones Unidas...

—No va a hacerlo, Saret. Olvídalo. Ya puedes volver con Arus y decirle que eso no va a ocurrir.

—Mira, Korum, ¿estás seguro de que quieres hacer esto? Estamos tan cerca de conseguir la aprobación... Sabes que esto no va a verse con buenos ojos.

—Lo sé —dijo Korum—. Estoy dispuesto a asumir ese riesgo. No será la primera vez que están cabreados conmigo.

Saret parecía frustrado.

—Vale, pero creo que estás cometiendo un gran error. Lo único que ella tiene que hacer es ponerse en pie y hablar...

—Sabes tan bien como yo que si sube al estrado, el Protector intentará hacerla pedazos. No voy a hacerla pasar por eso. Y no quiero que se acerque lo más mínimo a las Naciones Unidas ahora mismo: sería demasiado peligroso. Además, los medios de comunicación humanos podrían olerse la historia, y Mia no necesita que el mundo entero esté observando como testifica ante la ONU. Su familia ni siquiera sabe nada aún.

Con su ira ya olvidada, Mia apretó la mano de Korum en señal de gratitud. No podía evitar conmoverse por su afán de protección. Era difícil decidir lo que menos le atraía: la idea de presentarse delante del

Consejo de los Krinar, o la de comparecer ante las Naciones Unidas con el mundo entero pendiente de ella.

—Arus dijo que se podría disponer todo de otra forma para ella. La audiencia con la ONU puede tener lugar a puerta cerrada, sin filtraciones a los medios de comunicación. Y el Consejo ha acordado aceptar su testimonio grabado para el juicio.

—Dile a Arus que venga él mismo a hablar conmigo si está tan decidido a que eso suceda —dijo Korum bajando la voz, y con los ojos entornados por la furia—. Ella es mi charl. Si él quiere que ella haga algo, necesita pedírmelo muy pero que muy amablemente. Y entonces, si Mia dice que le parece bien, puede que esté dispuesto a considerarlo.

Saret sonrió con tristeza.

—Vale. Sabes que odio estar en medio de esta forma. Arus y tú podéis hablarlo entre vosotros. Me pidieron que te diera el mensaje, y ahí es donde termina mi responsabilidad.

Korum asintió

—Entendido. —La expresión de su rostro seguía siendo dura, y Mia se removió en su asiento, sintiéndose incómoda por el papel que había jugado sin pretenderlo en toda esa discusión. Necesitaba saber más acerca de ese juicio y todo lo que implicaba, pero no quería hacer más preguntas delante de Saret. En vez de eso, preguntó cautelosamente, con intención de rebajar la tensión de la sala:

—Entonces, ¿de qué os conocéis vosotros dos?

Saret le sonrió, al entender lo que ella estaba haciendo.

—Oh, nos conocemos desde hace mucho. Desde que éramos niños.

Mia abrió mucho los ojos. Si habían crecido juntos, se encontraba en presencia de dos alienígenas que medían su edad en milenios.

—¿Erais compañeros de clase o algo? —preguntó fascinada.

Korum meneó la cabeza, y sus labios esbozaron una leve sonrisa.

—No exactamente. Éramos compañeros de juegos. Nuestros niños se educan de forma muy distinta a la humana: no tenemos colegios como los vuestros.

—¿No? Entonces, ¿cómo aprenden los niños?

Saret le sonrió, encantado al parecer por su curiosidad.

—Gran parte de ello se basa en el juego. Les dejamos desarrollar la mayoría de las habilidades que necesitan a través de la socialización y la interacción con los demás, ya sea con otros niños o con los adultos. Más adelante, llevan a cabo una formación en diferentes campos, con el objetivo de afinar sus habilidades de resolución de problemas y pensamiento crítico.

Mia lo miró fascinada.

—Pero ¿cómo aprenden cosas como las matemáticas, la historia y la escritura?

Saret agitó la mano desdeñosamente.

—Oh, esas son materias fáciles. No sé si Korum te ha hablado antes sobre todo esto...

—Todavía no —intervino Korum—. Has llegado cuando Mia se acababa de despertar. Lo único que me ha dado tiempo a hacer es mencionarle lo del implante de idiomas.

—Oh, fantástico —Saret sonaba entusiasmado—. ¿Te gustaría que te lo pusiera esta noche, Mia?

Mia dudó. Si Korum no le mentía, sería una idiota si dejara pasar esta oportunidad.

—¿Podrías explicarme de nuevo lo que es exactamente ese implante y qué es lo que hace, por favor? —preguntó, dirigiéndose a Saret.

Korum suspiró, con pinta de estar exasperado.

—Sí, Saret, por favor, cuéntale a Mia exactamente lo que es el implante. Parece que no se fía de mi explicación.

—¿Me culpas? —le preguntó ella a Korum, intentando que el resentimiento no se dejara ver en su tono.

Las cejas de Saret se levantaron, y sonrió nuevamente:

—Veo que hay algunos asuntos sin resolver todavía. —Korum le lanzó una mirada de advertencia, y la sonrisa de Saret desapareció con celeridad—. Es igual —dijo apresuradamente—. No sé lo que Korum te habrá contado, Mia, pero el implante de idiomas es un dispositivo muy sencillo y muy básico que muchos krinar nos ponemos cuando somos adultos, una vez nuestro cerebro se ha desarrollado. Es un ordenador de tamaño microscópico fabricado con materiales biológicos especiales que fundamentalmente actúa como un traductor muy avanzado. Su función es convertir datos de una forma a otra: patrón de pensamiento a lenguaje y viceversa. Actúa solo en un área del cerebro y no tiene ningún efecto secundario perjudicial en absoluto.

—¿Funciona mal alguna vez? —preguntó Mia—. ¿O puede hacerme alguna otra cosa?

—¿Como qué? —Saret tenía aspecto de estar perplejo—. Y no, esta tecnología ha existido durante más de diez mil años, por lo que ha sido perfeccionada por completo. No funciona mal, nunca.

—¿Puede hacerme creer cosas que yo no quiero creer? ¿O transmitir mis pensamientos? —En cuanto Mia lo dijo en voz alta, notó lo ridículo que sonaba.

Saret negó con la cabeza, sonriente:

—No, nada de eso. Es un aparato muy básico. Tú estás hablando de ciencia mucho más avanzada. El control mental y la lectura de pensamiento todavía están en etapas teóricas de desarrollo.

—¿Pero son teóricamente posibles? —preguntó Mia asombrada; a la estudiante de psicología dentro de ella repentinamente se le hizo la boca agua ante la posibilidad de aprender incluso una minúscula fracción de lo que los krinar sabían sobre el cerebro. Ahora que ya no estaba tan nerviosa se le ocurrió que el K sentado frente a ella probablemente fuera un auténtico cofre del tesoro de conocimientos sobre su campo de estudios.

Saret asintió:

—En teoría, sí. En la práctica, todavía no.

Mia abrió la boca para preguntarle otra cosa, y Korum la interrumpió, divertido al parecer por su inagotable interés:

—Entonces, ¿te sientes más cómoda ante la idea de ponerte el implante?

Mia lo sopesó por un segundo. ¿Cuánto debería confiar en ellos? Korum ya había probado ser un maestro de la manipulación, y ella no tenía ni idea de cómo era Saret. Pero, por otra parte y como había dicho Korum, realmente no necesitaban pedirle permiso para hacer esto. El hecho de que le estuvieran dejando decidirlo es lo que la convenció por fin.

—Creo que sí —dijo despacio.

—Vale, entonces. Saret, ¿puedes por favor hacer los honores?

—Eh, esperad —dijo Mia, con el corazón empezando a acelerársele—, ¿queréis decir que me lo puedo poner ahora mismo? ¿Tenéis anestesia o algo?

Saret sonrió.

—No, nada de eso. Es muy fácil... ni siquiera lo vas a notar.

—Vale...

Korum se levantó, todavía sujetando la mano de Mia. Saret también se puso de pie y se acercó a ellos.

—¿Me permites? —le preguntó a Korum, acercándose a Mia.

Korum asintió, y Saret extendió su mano derecha, recolocando el cabello de Mia detrás de su oreja izquierda. Ella se estremeció un poco por el contacto poco familiar. Sus uñas se clavaron en la mano de Korum, y luchó contra el impulso de echarse hacia atrás. A pesar de que le habían dicho que no le iba a doler, no podía evitar su reacción instintiva.

—Ya está. —Saret se apartó.

—¿Qué? —Mia lo miró, parpadeando por la sorpresa.

—Ya está hecho. Ya tienes tu implante. Le daremos un minuto para sincronizar con tus vías neuronales, y luego lo probaremos.

—¿Pero cómo? ¿Por dónde ha entrado?

—Ha atravesado tu piel —le explicó Korum, sonriendo—. No has notado nada, ¿verdad?

—No, no he notado nada. —¿Le estarían gastando una broma?

Saret se rio, encantado por su reacción.

—Bueno, se supone que no deberías. El dispositivo en sí tiene propiedades analgésicas, así que no tendrías que haber notado el diminuto corte que ha hecho en la fina piel de detrás de tu oreja.

Mia se tocó con la mano izquierda, buscando la incisión, pero allí no había nada.

—Así que, Mia, cuéntame, ¿te sientes distinta de alguna manera? ¿Estás teniendo pensamientos que no deberías tener? —le preguntó Korum con un brillo socarrón en los ojos.

Mia negó con la cabeza, frunciendo ligeramente el ceño en su dirección. No le agradaba que él se mofara de su ignorancia.

Y entonces se le cortó la respiración.

Korum acababa de hablarle en krinar... y ella había entendido cada una de sus palabras.

—Espera un momento —dijo, y las palabras que salieron de su boca eran extrañas y desconocidas. Sin embargo, sabía exactamente lo que significaban, y sus músculos faciales no parecían tener ningún problema en formar las palabras—. ¡Acabas de hablar en krinar!

Korum sonrió

—Lo mismo que tú. ¿Qué te parece?

Mia le miró pestañeando. Era raro, pero no requería de ningún esfuerzo.

—Todo parece ir bien —dijo otra vez en krinar—. Solo es que no entiendo cómo funciona. ¿Y si quiero decir algo en inglés?

—Si quieres decir algo en inglés, solo tienes que pensar "inglés" y cambiarás de idioma —le explicó Saret. Ahora mismo, la respuesta natural de tu cerebro es hablar en krinar porque ese es el idioma en el cual nosotros nos estamos dirigiendo a ti. Tienes que pensar activamente que quieres hablar en inglés para poder hacerlo mientras los demás hablamos en krinar. Sin embargo, más adelante, cuando te acostumbres al implante, cambiar de un idioma a otro será algo automático y no requerirá de ningún pensamiento extra por tu parte. No es muy distinto a ser políglota. Estoy seguro de que conocerás gente que habla varios idiomas con fluidez... y ahora tú tienes esa misma habilidad, solo que llevada a otro nivel.

Mia escuchó su explicación, mientras iba calando en ella que era algo real.

—Guau —suspiró suavemente—, así que de verdad, en serio, ¿puedo hablar cualquier idioma ahora mismo? ¿Tan sencillo como eso?

Quería saltar y correr por la habitación gritando de alegría, e hizo un esfuerzo por controlarse y no parecer una niña tonta delante del amigo de Korum. Es que era todo tan increíblemente alucinante... Siempre se le habían dado bien los idiomas, y había estudiado español y francés en secundaria, pero nunca había logrado hablarlos con fluidez. ¿Y ahora podía hablar cualquier lengua que se le antojara? Habiendo olvidado sus recelos anteriores, Mia solo podía pensar ahora en las extraordinarias posibilidades.

—Así de fácil —le confirmó Korum, mirándola con una sonrisa, y Saret asintió también.

Intentando comportarse con decoro y dignidad, Mia refrenó la enorme sonrisa que amenazaba con extenderse por toda su cara.

—Gracias —le dijo a Saret—. Te lo agradezco de verdad.

—De nada, Mia. Espero verte pronto. —Y tras esas palabras, tocó el hombro de Korum otra vez y se fue por la pared de la derecha, que se desintegró momentáneamente para permitirle pasar.

CAPÍTULO TRES

En cuanto Saret se fue, Mia fue incapaz de contener su euforia por más tiempo. Sentía tanta alegría por dentro que casi era una sensación asfixiante, y sabía que estaba sonriendo de oreja a oreja, probablemente con cara de idiota. Pero no podía obligarse a hacer que eso le importara, su entusiasmo era demasiado intenso para poder refrenarlo.

¡Ahora era políglota!

Intentó imaginarse hablando en cantonés y las palabras vinieron a ella de repente. Abrió la boca y escuchó los discordantes sonidos tonales salir de ella y decirle a Korum:

—No me puedo creer que esto sea verdad. —Cambiando al ruso de golpe, continuó—: ¡No me puedo creer que sepa hacer esto! —Y una vez más, cambió al alemán, casi dando saltitos de emoción—: ¡Oh, Dios mío, puedo hablarlos todos!

Él sonrió, con la cara radiante de gozo. La soltó de

la mano y le rodeó la mejilla con la palma curvada. Bajó la mirada hacia ella y le dijo en inglés:

—Estoy encantado de verte ilusionada. Hay tantas cosas que quiero enseñarte, querida...

Mia levantó la vista hacia él, y su emoción por su habilidad adquirida recientemente se transformó de repente en otra cosa. Él era tan atractivo... y la expresión cálida que había en su rostro al mirarla hizo que se le encogiera el corazón.

—Korum —dijo suavemente—, yo...

No sabía que podía decirle, cómo expresarle lo que sentía. Había todavía muchas cosas por resolver entre ellos pero, en ese momento, no podía obligarse a que le importara la manera en que había empezado su relación ni todas las mentiras y traiciones mutuas. En ese momento, solo sabía que le amaba, que cada parte de ella se moría por estar con él.

Levantó el brazo, le puso la mano en la nuca, y vacilantemente atrajo la cara de él hacia la suya. Poniéndose de puntillas, le besó en la boca, sus labios suaves e indecisos sobre los de él. Ella rara vez tomaba la iniciativa, normalmente era él quien iniciaba el sexo en su relación, y pudo notar la tensión repentina que se apoderaba de su cuerpo al tocarle.

Él le devolvió el beso, con su boca caliente y ansiosa, y ella sintió como la cogía en sus brazos y se la llevaba a alguna parte. Su destino resultó ser el dormitorio, y ambos acabaron en la cama, con el poderoso cuerpo de él encima del de ella, apretándola con su peso contra el colchón. Las manos de Mia tiraron frenéticamente de su camisa, intentando encontrar la forma de quitársela, de sentir su desnudez contra su cuerpo. Sentía como si estuviera ardiendo, como si su piel fuera demasiado sensible y la barrera de ropa entre ellos algo sencillamente insoportable. Deseando más, ella le besó más intensamente, atrapando su labio inferior entre los dientes y mordiéndolo ligeramente.

Korum inspiró súbitamente, y ella sintió cómo se apartaba con brusquedad. Antes de que pudiera pestañear siquiera, se alzó sobre la cama y se quitó velozmente la camisa y los shorts, mostrando su enorme erección. A Mia se le hizo la boca agua ante la visión de su cuerpo desnudo, musculoso, de piel dorada y suave y con ese pecho ligeramente salpicado de oscuro vello. Y entonces él ya estaba sobre ella, arrancándole el vestido y dejándola allí tumbada, con las piernas abiertas y expuesta a sus ojos.

Arrastrándose hasta ponerse encima de ella, la besó de nuevo, esta vez más agresivamente, y su mano encontró el camino hacia abajo, hacia la parte de su cuerpo donde se unían sus piernas. Mia gimió en la boca de él, arqueando las caderas hacia su mano, y él le acarició delicadamente todos sus pliegues, hasta que un dedo encontró el acceso a su vagina y entró hasta dentro, causando que sus músculos internos se tensaran por la súbita oleada de placer.

—Me encanta lo mojada que estás —murmuró él, penetrándola primero con un dedo y luego con dos, ensanchándola, preparándola para su posesión. Mia gritó, dejando caer la cabeza hacia atrás y sintió la cálida humedad de su boca en su cuello, lamiendo y mordisqueando esa zona tan sensible.

Notaba algo más, una sensación extraña pero agradable que percibía en segundo plano, una cálida vibración como unos dedos masajeando la parte posterior de su cuerpo, envolviendo y acariciando sus hombros, la curva de su espalda, apretando suavemente su trasero y la parte de atrás de sus muslos.

La cama, cayó vagamente en la cuenta, tenía que ser la cama inteligente; y entonces se olvidó de ello, demasiado inmersa en lo que le hacía Korum para prestar atención a nada más. Sus dedos habían encontrado un ritmo: dos empujones superficiales, uno profundo. Su pulgar estaba acariciando en círculo alrededor de su clítoris de una forma que la hacía enloquecer. Le clavó las uñas en la espalda, con el cuerpo entero temblando por el ansia. Entonces su pulgar le presionó directamente en el clítoris, y ella se deshizo en mil pedazos, sacudiéndose entre sus brazos, con oleadas de placer irradiando hasta la punta de sus dedos.

Cuando la última réplica hubo cesado, Mia abrió los ojos y le miró. Él la estaba mirando con tal rostro de ardiente deseo que se le cortó el aliento y sintió como su estómago se tensaba de nuevo de ansia, correspondiéndole con sus propias ganas. Todavía tenía los dedos dentro de ella, y los sacó lentamente, haciéndola estremecerse de placer.

Korum se acercó la mano hasta la cara y se lamió

despacio los dedos, disfrutando claramente de su sabor. Mia lo miró, hipnotizada, incapaz de apartar los ojos ni en el momento en que sintió como su rodilla le abría los muslos y su dura polla empujaba contra sus vulnerables pliegues.

Empezó a entrar en ella, todavía mirándola a los ojos, y la sensación hizo jadear a Mia de repente. A pesar de que habían tenido relaciones sexuales sólo unas horas antes y él la había preparado con sus dedos, su cuerpo aún necesitaba un momento para acostumbrarse a él, para ensancharse en torno al órgano que tan implacablemente la penetraba. Había algo increíblemente íntimo en estar así con él, sintiendo su piel desnuda contra sus pechos y su pene dentro de ella, mirándose a la vez directamente a los ojos. Era como si él quisiera poseer algo más que solo su cuerpo, pensó Mia vagamente, como si él buscara algo más que solo sexo.

Todavía mirándola, él comenzó a mover las caderas, lentamente al principio y luego a un ritmo más rápido. Con cada empujón aumentaba la tensión que una vez más había comenzado a enroscarse como un muelle dentro de ella. Dejándose llevar por sus sensaciones, Mia gimió y cerró los ojos, notando cada embestida en lo más profundo de su vientre. Él inclinó la cabeza, y ella notó la calidez de su aliento contra su oreja al lamerla ligeramente, haciéndola estremecerse de nuevo. Y entonces su ritmo volvió a acelerarse, y sus caderas empujaron hacia dentro de ella con tal fuerza que se sintió empotrada contra el colchón, apenas capaz de recuperar el aliento entre cada poderosa embestida.

Su cuerpo entero se tensó, y Mia gritó al llegar a un nuevo orgasmo, apretándole a él fuertemente con sus músculos internos. Cuando sus palpitaciones se detuvieron, pudo notar como su polla se hacía más grande dentro de ella, y él se corrió con un grave rugido, empujando contra ella hasta que sus contracciones se terminaron por completo.

Después, Mia se encontró allí tumbada, jadeando con fuerza, y sintiendo su pesado cuerpo encima de ella. Al parecer, él se dio cuenta, se puso de lado y la liberó, atrayéndola contra él y abrazándola en posición de cuchara. Su mano encontró el camino hasta su pecho y simplemente la sostuvo de esta forma, sujetándola contra su cuerpo. Cuando el galopar de su corazón se redujo un poco, ella se sintió lánguida, relajada... e increíblemente satisfecha.

—¿Tienes sueño? —susurró Korum contra su pelo, acariciándole suavemente el pezón con el pulgar y haciendo que se levantara al contacto de su mano.

—No —susurró ella. Sentía que cada uno de sus músculos se había convertido en gelatina, pero no tenía sueño. Su larga siesta de antes se había encargado de ello—. En cualquier caso, ¿qué hora es?

—Son más o menos las once de la noche.

—¿He dormido todo el día? —No era de extrañar que se encontrara tan descansada.

—Debías de estar exhausta —murmuró él, levantando la mano para apartar su pelo. Los rizos probablemente le estaban haciendo cosquillas en la cara, pensó Mia algo divertida.

—¿Entonces Saret hace visitas a estas horas? —preguntó ella, volviendo a acordarse de su nueva y extraordinaria habilidad. Una sonrisa enorme apareció en su rostro cuando se imaginó demostrando sus habilidades a su familia y amigos. Le tendrían tanta envidia...

—Para nosotros no es tarde —explicó Korum, dándole la vuelta entre sus brazos para que estuvieran cara a cara—. Ya sabes que no dormimos tanto como los humanos. Cualquier hora antes de la una de la mañana y después de las 5 de la madrugada se considera un horario normal de trabajo y de visitas.

Mia parpadeó, a la par que su sonrisa se desvanecía. Tenía sentido, claro, pero este sería otro motivo para que ella destacara como extranjera aquí. Si intentaba mantener su horario "normal", rápidamente se encontraría aquejada de privación de sueño.

—Debes de haberte aburrido en Nueva York —dijo con voz queda—, conmigo durmiendo todo el rato, y pocos sitios abiertos a altas horas de la noche.

Él sonrió y negó con la cabeza:

—No, en absoluto. Entonces es cuando normalmente trabajo, cuando tú duermes tan dulcemente en mi cama.

—¿Qué clase de trabajo? ¿Tus diseños? —preguntó Mia con curiosidad. Había tanto que ella aún no sabía de él, tanto sobre cómo pasaba sus días, y sus noches, cuando no estaba con ella. Había sido revelador observar sus interacciones con Saret hoy. Había captado un pequeño destello de quién era Korum fuera de su relación, y estaba ansiosa por saber más.

—Sí, a menudo trabajo en mis diseños: esa es mi pasión, es lo que realmente me encanta hacer —respondió él sin reparos, mirándola con una cálida luz en los ojos—. También tengo que gestionar mi empresa, lo cual absorbe una gran parte de mi tiempo. Tengo varios diseñadores con talento trabajando para mí, tanto aquí como en Krina, y siempre hay algo que precisa de mi atención...

—¿Tienes gente trabajando para ti en Krina? —preguntó Mia, sorprendida—. ¿Cómo te comunicas con ellos o les supervisas?

—Tenemos un sistema de comunicaciones a velocidad superior a la de la luz—, explicó Korum—, así que desde aquí no es mucho más difícil comunicarse con Krina que, digamos, con China. Por supuesto, no me resulta fácil reunirme con ellos en persona, pero disponemos de lo que tú llamarías "realidad virtual", donde podemos tener reuniones en entornos que simulan estar muy cerca de la realidad. Tú lo has experimentado un poco con el mapa virtual...

Mia asintió, mirándole atentamente. Sospechaba que muy pocos humanos sabían lo que le estaba contando ahora mismo.

—Bueno, ese mapa es una versión muy básica de esa tecnología. La que usamos para establecer reuniones interplanetarias es mucho más avanzada.

—¿También es eso diseño tuyo? La realidad virtual,

quiero decir —preguntó Mia, queriendo saber lo lejos que llegaba su repercusión en lo tecnológico.

—Algunas de las últimas versiones, sí. La tecnología básica ha existido desde hace mucho tiempo; es bastante anterior tanto a mí como a mi empresa.

El estómago de Mia rugió de repente. Ella se sonrojó, avergonzada, y él le respondió con una gran sonrisa, alcanzándole un pañuelito de papel para que se limpiara.

—Por supuesto, debes estar muerta de hambre después de llevar todo el día durmiendo. ¿Por qué no comemos algo y continuamos con nuestra conversación durante la cena?

—Eso suena bien —dijo Mia, al darse cuenta que estaba famélica.

Él se puso en pie, arrastrándola a la vez a ella fuera de la cama. Antes de que pudiera abrir la boca para pedírselo, él le alcanzó una nueva prenda de ropa que acababa de crear en cuestión de segundos. Era otro vestido, de un estilo similar al que ahora yacía sobre la cama hecho jirones. Este era de color amarillo pálido, y Mia se lo puso encantada, sintiendo el suave tacto del material contra su piel. Korum se puso sus shorts y su camisa de antes, que habían sobrevivido de algún modo a su sesión de sexo.

—¿Lista? —preguntó, y Mia asintió. Cogiéndola de la mano, la guió hacia la cocina.

IGUAL QUE EL salón y el dormitorio, la cocina tenía un

aspecto parecido a la de su apartamento de Tribeca. Mia pensó que eso evidenciaba aún más los esfuerzos de Korum para que ella se sintiera cómoda allí. Se acercó a una de las sillas, se sentó y se lo quedó mirando ansiosa. Era un cocinero increíble, lo cual formaba parte de su pasión por fabricar cosas, e incluso sus más básicas creaciones eran más deliciosas que nada de lo que Mia podría preparar jamás.

—¿Qué te apetecería? —le preguntó, acercándose a la nevera.

Mia se encogió de hombros, sin saber qué responderle.

—No lo sé. ¿Qué tienes?

Él sonrió.

—Básicamente de todo. ¿Quieres probar algunos alimentos nativos de Krina o preferirías por ahora limitarte a los sabores conocidos?

Ella abrió mucho los ojos.

—¿Tienes aquí alimentos de Krina?

—Bueno, no han sido importados desde Krina, los cultivamos aquí mismo, en Lenkarda y en nuestros otros Centros, pero trajimos las semillas de nuestro planeta.

—Me encantaría probarlos —dijo Mia con sinceridad. Era una aventurera en términos de comida y le encantaba probar cosas nuevas. Gracias a su ascendencia polaca, Mia había crecido comiendo platos que normalmente no formaban parte de la dieta americana estándar, y ahora tenía una mentalidad abierta con respecto a disfrutar de diferentes tipos de cocinas.

Korum sonrió, encantado por su entusiasmo. Cogió algunas cosas de la nevera, picó rápidamente algunas plantas y raíces de extraño aspecto y lo puso todo a cocer en una olla.

—¿Cómo cocináis normalmente por aquí? —le preguntó, observando sus movimientos con fascinación—. No puedo imaginaros usando todos estos utensilios en condiciones normales...

—Tienes razón, no lo hacemos. De hecho, por lo general, no cocinamos nunca —dijo Korum, sacando algunas plantas de hojas rojas que se parecían vagamente a la lechuga—. ¿Te acuerdas cuando te conté que nuestras casas son inteligentes?

Mia asintió.

—Bueno, una de sus funciones es mantenernos siempre bien provistos de comida y prepararla en cualquier forma que queramos.

Mia ahogó una exclamación de sorpresa, incapaz de contener su entusiasmo.

—¿En serio? ¿Tu casa cocina para ti siempre que quieras?

Él sonrió, divertido ante su reacción.

—Puedo por qué eso te resultaría algo atractivo. —Las habilidades culinarias de Mia eran nulas, algo de lo que su madre se lamentaba con frecuencia, pero a ella le encantaba comer.

—¿Atractivo? ¡Es alucinante! —¿Por qué se

molestaría nadie en cocinar cuando podrían hacer que su casa lo hiciera por ellos?

—No está mal —dijo él encogiéndose ligeramente de hombros—. Es cómodo y sin duda ahorra un montón de tiempo, pero a veces siento la necesidad de hacer algo por mí mismo, de ver si puedo mejorar las recetas que la casa tiene en su base de datos.

—¿Es así como has aprendido a cocinar tan bien? ¿Trasteando con esas recetas?

Korum asintió, amasando con las manos las verduras de hojas rojas de una forma que hizo que de ellas brotara una sustancia anaranjada.

—Más o menos. Cocinar es una afición bastante reciente para mí: solo la he adquirido desde que llegué a la Tierra. Hace solo unos meses que he aprendido a usar los utensilios humanos en vez de simplemente programar la casa, para poder afinar las recetas que ella utiliza.

Mia se quedó mirando con incredulidad a su amante. ¿Teniendo una casa inteligente que podía cocinar lo que él quisiera, perdía el tiempo en aprender a usar el horno? ¿A cortar verduras con un cuchillo en vez de usar su moderna tecnología? Eso era algo que ella nunca iba a entender, pensó Mia para sí misma. No es que le pareciera mal, por supuesto. Que él tuviera este extraño hobby la había hecho disfrutar de muchos platos deliciosos cuando estaban en Nueva York.

Él terminó de exprimir el líquido anaranjado de las hojas rojas, se lavó las manos y sacó una planta alargada de color amarillo que se parecía un poco a un calabacín de piel brillante. Cortándolo rápidamente, lo añadió al bol donde las hojas rojas flotaban en su jugo naranja, y luego aderezó el plato completo con algún tipo de polvos verdes. Dejó el bol en medio de la mesa y puso unas cuantas cucharadas de la ensalada de brillantes colores en el plato de Mia y una ración más grande en el suyo. Los utensilios que utilizaba eran peculiares, algo parecidos a unas pinzas con un lado plano y otro curvado.

—Pruébalo —la invitó, observándola expectante.

Una versión más pequeña de los mismos utensilios estaba dispuesta junto al bol de Mia. Imitando sus gestos, Mia cogió algunas hojas con sus pinzas y les dio un mordisco. El sabor explotó en su lengua, una combinación perfecta de dulce y salado con un potente toque especiado de fondo.

—¡Oh, Dios mío, qué bueno está esto! ¿Qué es? —logró decir después de tragar. Sentía casi un hormigueo en la boca por la profusión de sensaciones.

Él sonrió.

—Es un plato tradicional de Rolert, la región de Krina de donde es mi familia. Es muy fácil de hacer, como has visto, pero el truco es exprimir bien el *shari*, la planta roja, para que libere todos los sabores y los nutrientes.

Mia escuchó su explicación mientras devoraba el resto de su ración. En cuanto la terminó, se sirvió inmediatamente una segunda. Él sonrió y acabó con la ensalada que quedaba en su propio plato.

—Ha sido increíble. Gracias —dijo Mia cuando la ensalada se terminó por completo.

—Me alegro de que te haya gustado —dijo Korum, llevándose los platos. En vez de meterlos al lavavajillas, los sostuvo junto a una pared. Apareció una abertura, y él los metió allí. Y así de fácil, los platos sucios habían desaparecido.

Viendo el rostro sorprendido de Mia, Korum le explicó:

—No me gusta limpiar, así que *sí* utilizo algo de nuestra tecnología para que se ocupe de eso.

—¿Entonces el lavavajillas es estrictamente decorativo?

—Más o menos. Puedes usarlo si quieres, pero has visto lo que acabo de hacer, ¿verdad?

Mia asintió.

—Puedes hacer justo igual si estás sola en casa. O simplemente dejar los platos en la mesa, y la casa se ocupará de ellos en unos minutos. —Volviendo hacia la mesa, se sentó frente a ella y sonrió—. El plato principal estará listo en un par de minutos.

—No puedo esperar a probarlo —le dijo Mia, esbozando una sonrisa solo de pensarlo.

Hasta ahora, estar en Lenkarda estaba resultando ser una experiencia fantástica en todos los sentidos, y sintió como una oleada intensa de felicidad la inundaba al mirar el hermoso rostro de Korum. Era difícil creer que tan sólo esta mañana creía que él iba a ser deportado a Krina y que ahora estaba sentada en su casa de Costa Rica, charlando con él en krinar y disfrutando de la comida que él había vuelto a preparar para ella.

Cuando su mente se dejó arrastrar a los acontecimientos previos, se le borró lentamente la sonrisa. Se dio cuenta de nuevo de que podría haberle perdido hoy. Si Korum tenía razón sobre las intenciones de los kets, podrían haberlo asesinado en caso de que la Resistencia hubiera triunfado. Una sensación de frío corrió por sus venas, haciendo que se sientiera enferma de pensarlo.

Eso no había sucedido, se dijo a sí misma, tratando de centrarse en el presente, pero su mente siguió divagando. A pesar de que los rebeldes habían fallado, el hecho era que ella había participado en el ataque a las colonias K. Y ahora querían que testificara, recordó con un escalofrío recorriéndole la espalda, que se presentara frente a su Consejo y frente a las Naciones Unidas y que hablara de su implicación. Korum parecía creer que tenía el poder de protegerla del Consejo, pero ella no entendía cómo funcionaba algo así.

—¿Qué te pasa? —preguntó Korum, al parecer perplejo por la repentina expresión de seriedad que había aparecido en su cara.

Mia cogió aire.

—¿Podemos hablar de lo que ha pasado esta mañana? —preguntó cautelosamente—. ¿Y sobre lo que va a pasar ahora?

Su expresión se hizo un poco más fría, y la sonrisa desapareció de su rostro.

—¿Por qué? —preguntó—. Se acabó. Quiero que lo dejemos atrás, Mia.

Ella lo miró.

—Pero...

—¿Pero qué? —le preguntó él con voz queda, entornando los ojos—. ¿De verdad quieres volver a hablar de cómo me traicionaste? ¿De cómo casi me envías a la muerte? Estoy dispuesto a dejarlo correr porque sé que estabas asustada y confusa... pero ciertamente, lo que más te conviene no es seguir sacando el tema, querida.

Mia cogió aire bruscamente, intentando contener su genio.

—Sólo hice lo que pensé que era mejor —dijo con tono neutro—. Y tú lo sabías todo desde el principio... y me *utilizaste*. Y ahora parece que el Consejo quiere utilizarme también, así que perdóname si no estoy lista para "dejarlo correr".

—El Consejo no tiene ningún poder en lo que a ti respecta, Mia —dijo Korum, con una inescrutable mirada ambarina—. No pueden decirte qué hacer.

—¿Y eso por qué? —preguntó Mia, con el corazón empezando a acelerarse— ¿Porque soy tu charl?

—Exacto.

Ella lo miró frustrada.

—¿Y eso qué quiere decir? ¿Lo de que soy tu charl?

Él la miró sin expresar ninguna emoción.

—Quiere decir que me perteneces y que no tienen ninguna jurisdicción sobre ti.

Antes de que Mia pudiera decir nada más, él se

levantó y se acercó a la olla que había en el fogón. Levantó la tapa y removió ligeramente el contenido, haciendo que un aroma extraño pero agradable inundara la cocina.

—Casi está listo —dijo, volviendo a la mesa.

La pausa de dos segundos ayudó a Mia a recobrar su compostura.

—Korum —dijo suavemente— necesito entenderlo. Tú, yo... siento como si estuviera jugando a un juego del que desconozco las reglas. ¿Qué es exactamente una charl en vuestra sociedad?

Él suspiró.

—Ya te lo conté, es la palabra que usamos para los humanos con los que mantenemos una relación.

—Entonces, ¿por qué vuestro Consejo no tiene jurisdicción sobre los charl? Es como vuestro gobierno, ¿verdad?

—Sí, exactamente —Korum dijo, respondiendo a la segunda parte de su pregunta—. El Consejo es nuestro cuerpo de gobierno.

—¿Y tú formas parte de él? —Mia había recordado que John le dijo algo en ese sentido una vez.

—Cuando yo lo decido. No soy un gran fan de la política, pero a veces es inevitable.

—¿Cómo puedes decidir tú algo así? —le preguntó Mia, mirándole con asombro— ¿Eres un funcionario electo o eso funciona de manera diferente en Krina?

—Para nosotros es muy distinto —Korum se levantó y se acercó otra vez a los fogones—. No tenemos una democracia como la vuestra. Se determina quién forma parte del Consejo según nuestra posición social en general.

Mia enarcó las cejas.

—¿Qué quieres decir? ¿Hablas de nacer en una clase superior o algo así?

Él negó con la cabeza.

—No, no es un derecho de nacimiento. Nuestra posición social se adquiere con el tiempo. Se basa en gran medida en nuestros logros y en cuánto contribuimos a la sociedad. Nuestro gobierno es casi como una especie de oligarquía, pero basada en la meritocracia.

Esto era fascinante y de algún modo intimidatorio. Korum debía de haber contribuido bastante a la sociedad K para tener tanta influencia como tenía.

—Entonces, ¿cuántos sois en el Consejo? —preguntó Mia, observándole servir el plato con pinta de estofado en dos boles. No parecía tan exótico como la ensalada de shari, aunque se veía algo morado entre los vegetales de color marrón rojizo.

—En la actualidad, hay quince miembros en el Consejo. El número fluctúa con el tiempo: ha llegado a ser hasta de veintitrés y a reducirse hasta a siete. Cerca de un tercio de nosotros estamos aquí en la Tierra, y los demás siguen todavía en Krina.

Él trajo los boles hasta la mesa, se sentó y acercó uno hacia ella.

—Adelante —le dijo—, tengo curiosidad por saber si también te gusta esto.

Dejando a un lado sus preguntas por el momento,

Mia probó una cucharada del guiso. Para su sorpresa, tenía un sabor contundente y sabroso, como si llevara algún tipo de carne.

—¿Todo esto es vegetal? —preguntó, y Korum asintió, observando su reacción con una sonrisa. Su rostro volvía a mostrarse cálido.

Mia probó otra cucharada. La textura era suave y algo pastosa, como si estuviera comiendo patatas, pero el sabor era completamente diferente. Le recordaba un poco a la comida japonesa con sus sutiles sabores de fondo como a algas, solo que con muchos más matices. Después del segundo mordisco, Mia se sintió hambrienta de repente, sus papilas gustativas ansiaban más de ese rico sabor, y rápidamente devoró el resto de la comida de su plato.

—Esto está realmente bueno —masculló entre mordisco y mordisco, y Korum asintió, mientras se terminaba su propia ración.

Cuando acabaron, él repitió el proceso con los platos, llevándolos hacia la pared y dejando que la casa se ocupara de lavarlos. Mia lo observó cuidadosamente, tomando nota de sus gestos exactos. No le pareció difícil, la tecnología era más intuitiva aún que la de algunos de los nuevos iPads, y ella esperaba recordar cómo hacerlo si alguna vez necesitaba lavar los platos ella misma.

—Gracias… estaba delicioso —dijo cuando Korum terminó.

—De nada —respondió él despreocupadamente, sentándose de nuevo a la mesa. Su cara mostraba una expresión divertida y un poco burlona, como si sospechara exactamente lo que ella iba a decir después.

El genio de Mia volvió a reavivarse, y decidió no decepcionarle.

—Entonces, ¿por qué los charl no están bajo la jurisdicción del Consejo? —preguntó obstinada.

—Porque así es como ha sido siempre, Mia —contestó él suavemente—. Porque solo se acepta a los humanos dentro de la sociedad krinar en esos términos, como pertenecientes a uno de nosotros. La única excepción son aquellos como Dana, que deciden dejar su antigua existencia para convertirse en proveedores de placer en Krina. Así que ya ves, mi vida, el Consejo no puede dirigirse directamente a ti. Ellos tienen que pasar primero por mí, porque según la ley krinar, tú me perteneces.

Mia tomó aire, sintiendo que no había bastante en la habitación.

—Entonces yo tenía razón —dijo con voz tranquila —. La Resistencia no me mintió: lo hiciste tú.

Él se inclinó hacia ella, , con los ojos volviéndose de un tono dorado más intenso.

—Te mintieron. Un charl no es un esclavo sexual o lo que sea que te contaran. Es muy excepcional para nosotros tener charls, y cuando lo hacemos, son relaciones auténticas y de afecto.

—¿Cómo puede existir una relación auténtica y afectuosa cuando sus dos miembros no se consideran iguales en vuestra sociedad? —preguntó ella con tono amargo.

Él se echó a reír, con pinta de que eso le parecía divertido de verdad.

—Ese tipo de relaciones existe desde siempre, Mia. Basta con mirar a tu sociedad humana. ¿Vas a decirme que no tenéis cariño por vuestros hijos, vuestros adolescentes o hasta por vuestras mascotas? Sin mencionar que vuestros denominados "países desarrollados" acaban de aceptar recientemente la idea de los derechos de las mujeres, mientras que en muchas regiones de la Tierra todavía no lo hacen...

—¿Eso es lo que soy yo para ti? ¿Una mascota? —notaba como se le revolvía el estómago mientras esperaba su respuesta.

Él negó con la cabeza, mirándola fijamente.

—No, Mia, tú no eres ninguna mascota. Eres una chica humana de veintiún años a la que todavía le falta madurar un poco. Ojalá pudiera dejarte en paz, para que pudieras conocer a alguien como el chico bonito del club...

Mia se dio cuenta, sorprendida, de que estaba hablando de Peter.

—...pero no puedo.

Él se levantó, rodeó la mesa y se sentó en una silla a su lado. Levantó la mano y le acarició suavemente la mejilla mientras Mia le miraba, incapaz de apartar la vista de la dorada calidez de sus ojos.

—Te has metido bajo mi piel —dijo él con dulzura —, y ahora te deseo de una forma en la que nunca pensé que fuera posible. Sé que todavía tienes mucho que aprender sobre mí y sobre tu nuevo hogar aquí, y haré todo lo posible para facilitarte las cosas, para ayudarte con tu adaptación. Pero debes dejar de preocuparte tanto y de luchar contra mí a cada paso. Las cosas entre nosotros pueden ser muy buenas, Mia... especialmente si tú le das una oportunidad a lo nuestro.

CAPÍTULO CUATRO

sa noche, su primera noche en Lenkarda, Mia tuvo unos sueños extraños e inquietantes. Ella volvía a volar hacia algún sitio, sólo que esta vez Korum la sostenía en su regazo durante todo el viaje. Sentía el cuerpo inusitadamente pesado y lánguido, y no podía moverse: solo podía quedarse entre sus brazos sin hacer nada, mientras él la llevaba a alguna parte después de aterrizar. En su sueño, él la conducía hasta un extraño edificio blanco donde todo parecía flotar y las paredes se disolvían a intervalos regulares. De repente, se encontró acostada en uno de esos objetos flotantes, y se sentía muy cómoda en él, como si hubiera sido fabricado específicamente para su cuerpo. Había una luz tenue iluminándolo todo, y una hermosa mujer le habló con dulzura, y le acarició suavemente la mejilla con sus elegantes manos. Mia soñó también que hablaba con la mujer, se admiraba de lo hermosa que era, y que ella se reía y le decía a Korum que su charl era encantadora.

Y luego solo hubo oscuridad, y Mia durmió profundamente el resto de la noche, y el sueño se desvaneció de su memoria.

En cuanto se despertó a la mañana siguiente, su mente inmediatamente comenzó a rememorar la conversación del día anterior y ella gimió, enterrando la cara en la almohada. Al instante, la cama empezó a darle un tratamiento suave de masaje diseñado para relajar sus músculos repentinamente tensos.

Suspirando de placer, Mia le dejó hacer lo suyo mientras yacía allí, tratando de encontrarles algún sentido a Korum y a su relación.

Después de su pequeño discurso de la noche anterior, la había llevado al dormitorio y se pasó las siguientes horas mostrándole exactamente lo buenas que podrían ser las cosas entre ellos. Su sexo todavía palpitaba delicadamente cuando pensaba en todo lo que él le había hecho, la multitud de formas en las que la había hecho gritar de puro éxtasis animal.

Todavía no entendía lo que Korum quería realmente de ella. ¿De verdad pensaba que ella tragaría tranquilamente con todo? Por lo que sabía hasta ese momento, ser una charl en la sociedad de los krinar no era muy diferente a ser una esclava. En lo que a sus leyes se refería, era posesión de Korum, algo que le pertenecía. ¿Cómo podía surgir una relación auténtica y afectuosa de eso? Él tenía todo el poder, podía hacer con ella lo que quisiera, y nadie podría interferir.

E incluso si ella estuviera dispuesta a aceptar ese tipo de dinámica, quedaban tantas otras cuestiones que superar... Tal como él había dicho, ella era una chica humana de veintiún años, inmadura e inexperta en comparación con un K que había vivido dos milenios. ¿Cómo podría verla él jamás como algo más que una ingenua y una ignorante? No solo es que su especie tuviera una tecnología y una ciencia muchísimo más avanzada, sino que el mismo Korum debía de haber conseguido un tremendo bagaje de sabiduría durante sus siglos de existencia. ¿Cómo podía un humano acercarse a eso siquiera con una esperanza de vida de meramente ochenta o noventa años? Aunque no es que él la fuera a desear cuando ella se hiciera mayor. Daba igual lo intensa que fuera ahora su atracción, seguro que él perdería interés en ella cuando empezara a tener arrugas y canas, si no mucho antes.

Cerrando los ojos ante algo tan doloroso, Mia intentó pensar en otra cosa, para distraerse de esas reflexiones tan deprimentes.

Viendo el lado bueno, físicamente se encontraba genial. A pesar de los sueños que recordaba de una manera vaga, debía de haber dormido bien porque se sentía llena de energía, y su cuerpo estaba completamente libre de las molestias que solían conllevar sus largas sesiones sexuales. Supuso que Korum debía de haber usado el aparatito curativo ese en su cuerpo otra vez.

Era difícil de creer que estuvieran a sábado nada más. ¿Había sido solo la semana pasada cuándo ella estaba escribiendo frenéticamente sus ensayos? Con todo lo que había ocurrido en los últimos dos días, parecía como si aquello perteneciera a una vida anterior.

Se suponía que debía empezar con sus prácticas en Orlando el lunes, trabajando como orientadora en un campamento para chicos con problemas, y en lugar de eso... Bueno, Mia no tenía ni idea de lo que estaría haciendo en lugar de eso, ni de lo que el futuro en general le depararía. Su vida había tomado un giro tan inesperado que le era imposible hacer ningún tipo de plan.

De repente, se acordó de que debía recoger sus cosas y dejar su habitación el lunes, y se le encogió el estómago. Hacía varios meses que Mia lo había dispuesto todo para subarrendar su cuarto y la inquilina, una chica muy agradable llamada Rita, iba a mudarse a principios de la semana siguiente. Sin embargo, dada su marcha repentina de Nueva York, todas sus cosas todavía seguían allí.

Mia saltó de la cama y corrió hacia la mesita donde se encontraba su bolso. Lo había traído consigo desde Nueva York y contenía algo extremadamente valioso: su teléfono móvil. Necesitaba llamar a Jessie enseguida. Su compañera de cuarto probablemente ya estaría preocupada porque no había sabido nada de Mia desde el día anterior, y seguro que iba a darle algo si todas las pertenencias de Mia todavía estaban en su habitación cuando Rita se mudase. Jessie nunca la creería tan irresponsable como para olvidarse del subarriendo.

Mia sacó su móvil y contuvo el aliento, rezando para que hubiera cobertura. Pero, por supuesto, sus esperanzas fueron en vano: no tenía ni una rayita que marcara señal. Mia se dio cuenta de que no solo estaba en un país extranjero, sino que además la tecnología del escudo de protección de los K probablemente bloqueaba todas las señales de las torres de telefonía móvil.

Suspiró, se puso un albornoz y fue a cepillarse los dientes antes de salir a buscar a Korum. Si no contactaba con Jessie ese fin de semana, era fácil que su compañera de piso tuviera a la policía llamando a la puerta del apartamento de Korum en Tribeca el lunes por la mañana.

AL ENTRAR en la sala de estar, Mia vio a Korum sentado en el sofá con los ojos cerrados. Sorprendida, se detuvo y se quedó observándole. ¿Estaría durmiendo? Dudando de si molestarle, se quedó allí parada, aprovechando esa ocasión poco habitual de estudiar a su amante alienígena cuando él tenía la guardia baja.

Con los ojos cerrados, la perfección broncínea de su rostro era aún más sorprendente. Sus altos pómulos se combinaban sinérgicamente con una nariz fuerte y una mandíbula firme, conformando un rostro que era tan masculino como bello. Sus cejas eran oscuras y gruesas, dibujando una línea oblicua sobre sus ojos, y sus pestañas parecían increíblemente largas, como oscuros abanicos abiertos sobre sus mejillas. Le había crecido el pelo en el mes que hacía que se conocían y ya comenzaba a rozarle las orejas: probablemente había estado demasiado ocupado persiguiendo a los kets para cortárselo, pensó Mia con ironía.

Como si hubiera percibido su mirada, él abrió los ojos y sonrió al verla allí de pie.

—Ven aquí —murmuró, dando unas palmaditas a su lado, sobre el sofá—. ¿Cómo te encuentras?

Mia se sonrojó un poco.

—Estoy bien —le contestó.

Él solo se quedó allí, observándola con una misteriosa expresión en la cara, casi como si la estuviera estudiando por algún motivo. Como Mia no estaba muy segura de en qué punto estaban después de la conversación del día anterior, se acercó a él con cautela. A pesar de que había pasado la mayor parte de la noche retorciéndose de placer entre sus brazos, todavía había mucho por resolver entre ellos. Se detuvo a un par de pasos, y preguntó:

—¿Estabas durmiendo? Siento haberte interrumpido si lo estabas...

—¿Durmiendo? No. —Pareció sorprenderse por su suposición—. Solo me ocupaba de algunos negocios.

—¿Virtualmente? —aventuró Mia, y Korum asintió, dándole palmaditas al sofá de nuevo.

Mia se acercó, y él la cogió y tiró de ella hasta subirla a su regazo. Enterrando la mano en su oscura melena rizada, le giró la cara hacia él y la besó con su boca cálida y apremiante, acariciándole la lengua con la suya hasta hacerla olvidarse de todo excepto de las increíbles sensaciones que él le provocaba. Apenas capaz de respirar, Mia gimió, fundiéndose sin remedio contra él, sintiendo como su interior se llenaba de un líquido calor, a pesar de que debería de haberse quedado seca después de los excesos de la noche anterior.

Aparentemente satisfecho con su respuesta, Korum levantó la cabeza y bajó la mirada hacia ella con una media sonrisa, soltando su pelo pero todavía sujetándola firmemente entre sus brazos.

—Ya ves, Mia —le dijo con voz suave—, realmente no importan las etiquetas que le pongas a nuestra relación. Eso no cambiará nada entre nosotros.

Mia se pasó la lengua por los labios. Estaban suaves e hinchados después del beso.

—No, tienes razón. Eso no cambia nada —añadió con voz tranquila. Aprender más sobre su papel dentro de la sociedad K no había disminuido lo más mínimo su atracción por él. A su cuerpo le daba igual que ella, como charl, no tuviera ni voz ni voto en su propia vida.

Korum sonrió y se levantó, dejándola de pie.

—Tengo que salir para el juicio en unos treinta minutos. ¿Te gustaría verlo desde aquí?

Mia abrió mucho los ojos.

—¿Como en la tele?

—A través de realidad virtual —le dijo él—. No te quiero allí en persona por si el Consejo intenta presionarte para testificar.

—¿Qué pasaría si lo hiciera? ¿Testificar, quiero decir? —Mia tenía de repente curiosidad por saber por qué Korum estaba tan empeñado en protegerla de eso. No es que tuviera unas ganas locas de declarar frente al Consejo de los krinar, pero él parecía excesivamente preocupado por ello.

—Los traidores tendrán un Protector —explicó Korum. Es un poco como vuestros abogados, pero algo distinto. El Protector es alguien que realmente cree en la inocencia del acusado; puede tratarse de un familiar o de un amigo. Cuando actúas como Protector, te lo juegas todo: tu reputación, tu posición en la sociedad... Si no logras probar la inocencia de aquellos a los que estás protegiendo, entonces pierdes casi tanto como ellos.

—¿Y tienen los acusados siempre ese Protector? —preguntó Mia, tratando de aclararse acerca de ese sistema tan extraño.

Korum negó con la cabeza.

—No. Pero estos traidores sí, por desgracia. Uno de ellos, Rafor, es el hijo de Loris, uno de los miembros más antiguos del Consejo, y Loris ha asumido la responsabilidad de ser el Protector en este caso. Es uno de los individuos más despiadados que conozco, y no se detendrá ante nada para proteger a su hijo. Además, me odia. Si te dejara subir allí como testigo, haría todo lo pudiera para que tu testimonio parezca que proviene de un ser humano irracional e histérico que he manipulado para mis propios fines. Te humillaría en público, haría que te desmoronaras delante de todo el mundo, y no dejaré que eso suceda.

Mia tragó saliva, empezando a entenderlo un poco.

—¿No tenéis algún tipo de reglas sobre el tipo de preguntas que pueden hacerse a los testigos?

—No —dijo Korum—. Cuando hay tanto en juego, todo vale. Lo único que el Protector no tiene permitido es hacerte daño físicamente. Pero nada podría evitar que te destrozara verbalmente, y créeme, Loris es realmente bueno en eso.

—Ya veo —dijo Mia lentamente, con un nudo en el estómago, al pensar en enfrentarse contra un despiadado miembro del Consejo de los krinar decidido a proteger a su hijo.

—Pero no te preocupes —la tranquilizó Korum—. Eso no va a ocurrir. Como mucho, tendrán un testimonio tuyo grabado, y eso solo si Arus lo pide de rodillas.

—¿Quién es Arus? —Mia recordó que ese nombre se había mencionado anteriormente, durante la visita de Saret.

—Es otro miembro del Consejo, y entre otras cosas, nuestro embajador ante a los líderes humanos.

—¿Tampoco él te cae bien? —aventuró Mia.

Los labios de Korum esbozaron una sonrisa amarga y carente de humor.

—Digamos tan solo que ya hemos tenido nuestra ración de desavenencias políticas. —La mirada en sus ojos era fría y distante, y Mia se estremeció ligeramente, alegrándose de que no estuviera dirigida a ella.

—Ya veo —repitió. Realmente no lo veía, pero pensó que no sería conveniente redundar más en ese tema. Respirando hondo, se acordó del motivo original por el que quería hablar con él—. Eh... Korum, quería pedirte algo...

Su expresión se suavizó un poco.

—Claro, ¿qué es?

Mia le miró de manera suplicante.

—Tengo que llamar a Jessie. Parece que mi móvil no tiene cobertura aquí...

Sus cejas se arquearon.

—¿Llamar a tu compañera de piso? ¿Por qué?

—Porque si no sabe nada de mi durante dos días se va a preocupar —explicó Mia—, y porque tengo que pedirle un gran favor. Todas mis cosas siguen en mi habitación, y la chica que la subarrienda va a mudarse el lunes. Tendría que haberlo recogido todo ayer, pero...

—Pero en vez de eso, acabaste aquí —dijo Korum, entendiéndolo inmediatamente—. Está bien, puedes contactar con Jessie y decirle dónde estás. Tal vez ella pueda embalar tus cosas por ti. Si lo hace, mandaré a mi chofer para que las recoja y las lleve a mi apartamento de Nueva York.

—Eso sería genial, gracias —dijo Mia, sonriendo aliviada—. Y si también pudiera hacer una llamada rápida a mis padres, sería maravilloso.

Él sonrió.

—Claro. Solo que a *ellos* yo no les diría donde estás.

—No, decididamente no —coincidió Mia. Intentó imaginar la reacción de sus padres ante la noticia de que estaba en una colonia alienígena en Costa Rica, y la escena no era nada agradable. Adelantándose a los acontecimientos, preguntó—: ¿Y qué pasará cuando vaya a Florida? ¿Qué voy a decirles entonces?

Korum se encogió de hombros.

—La verdad, supongo. Iré contigo, así que podrán preguntarme todo lo que quieran para tranquilizarse con respecto a tu seguridad.

Mia se quedó boquiabierta.

—¿Vas a conocer a mis padres?

—Claro, ¿por qué no?

—Eh... —A Mia se le ocurrían una docena de razones. Se quedó con la primera—. Bueno, no sé cómo reaccionarían, ya sabes, a lo que tú eres...

A él pareció divertirle eso.

—¿Un krinar? Se tendrán que ir haciendo a la idea si quieren seguir viéndote.

Mia se le quedó mirando fijamente.

—¿Qué quieres decir con lo de si quieren seguir viéndome?

—Quiero decir, Mia —dijo él suavemente—, que ahora estás conmigo, y tu familia tendrá que aceptarlo. Ante la expresión ansiosa de su rostro, agregó—: Y no te preocupes, tendré paciencia con ellos. Sé que te quieren, y haré lo que pueda para que se queden tranquilos.

Unos minutos después, con Mia todavía en shock por imaginarse a sus padres conociendo a su amante alienígena, Korum le dio un brazalete fino y plateado que se parecía a un reloj de pulsera.

—Esto es algo que acabo de crear para ti —le explicó, colocándolo alrededor de su muñeca izquierda—. Este será tu dispositivo informático personal mientras estés en Lenkarda. Lo hice para que pudiera conectarse con teléfonos móviles y ordenadores humanos, y lo puedes utilizar para hacer llamadas o videollamadas a tu familia. Lo he programado con todos tus contactos...

Sorprendida, Mia estudió el bonito objeto de su antebrazo. Se parecía mucho a una elegante pieza de joyería, y recordaba vagamente haber visto a algunos K por la tele llevando algo parecido.

—¿Cómo funciona? —preguntó, al no encontrar ningún botón a la vista.

—Responderá a tus órdenes verbales: esa será la forma más fácil para que tú puedas utilizar nuestra tecnología ahora mismo.

—Entonces, ¿me entenderá si le doy instrucciones hablándole normalmente?

Korum asintió.

—Te entenderá perfectamente en cualquier idioma que hables, porque lo he diseñado específicamente para ti.

Mia parpadeó. No estaba segura, pero sospechaba que Korum era uno de los pocos K que podía hacer algo así: crear una pieza única de tecnología para el uso exclusivo de su charl.

—Gracias —dijo agradecida—. Voy a llamar a Jessie ahora mismo.

En busca de un poco de privacidad, Mia entró en el dormitorio. Se sentó en la cama, acercó su muñeca izquierda hasta su boca y le dijo al brazalete: "Por favor, llama a Jessie". Dos segundos después, escuchó lo que le parecieron sonidos de marcación, indicando que la llamada estaba siendo conectada.

—¿Hola? —Era la voz de Jessie, y provenía del pequeño dispositivo en la muñeca de Mia. A diferencia de los teléfonos con altavoz con los que Mia estaba familiarizada, podía escuchar a Jessie con una precisión cristalina, como si estuviera en la habitación con ella.

Con la esperanza de que Jessie pudiera oírla igual de bien, Mia dijo:

—Eh Jessie, ¿cómo te va? Soy Mia.

—¿Mia? ¿Desde dónde me llamas? —Jessie sonaba sorprendida—. A mí me sales como número desconocido.

—Eh... sí, en cuanto a eso... De hecho, estoy fuera de la ciudad...

—¿Qué? ¿Dónde?

—Eh... en Costa Rica.

—¿QUÉ? —El chillido de Jessie por poco le revienta los tímpanos.

Mia se frotó las orejas.

—Sí, ha sido algo así como un viaje no planificado, pero todo va bien. Estoy con Korum y...

—Oh Dios mío, ¿qué coño estás haciendo en Costa

Rica? ¿Te ha obligado ese cabrón a ir allí? Porque si es así...

—¡No, Jessie, no pasa nada! Mira, yo sólo quería llamar y decirte dónde estaba...

—Mia, ¿qué estás haciendo en Costa Rica? —Jessie sonaba ligeramente más tranquila, aunque Mia aún podía escuchar un matiz de pánico en la voz de su compañera de piso—. ¿Y dónde estás exactamente de Costa Rica?

Mia hizo un segundo de pausa, intentando pensar la mejor manera de explicárselo todo.

—Bueno, en realidad estoy en Lenkarda, que es el Centro K de Costa Rica...

—Oh, Dios mío, Mia, ¿te ha llevado allí? ¿Te descubrió? —Ahora la voz de Jessie reflejaba puro terror—. ¿Sabe lo de... ya sabes?

Mia suspiró.

—Sí. Lo supo todo el tiempo. No te preocupes, todo está genial ahora...

—¿Qué quieres decir con que lo supo todo el tiempo?

—Mira, Jessie, no quiero enrollarme con la historia entera ahora mismo, pero simplemente, créeme cuando te digo que no estoy en ninguna clase de peligro, ¿vale? —Mia habló rápidamente, sabiendo era probable que sólo tuviera unos minutos antes de que Jessie hiciera algo drástico, como ponerse en contacto con la Resistencia otra vez—. Hemos hablado las cosas, hubo un malentendido por mi parte, y ahora todo está bien. Estoy aquí solo para pasar el verano. Iremos a

Florida en un par de semanas a visitar a mis padres, y luego regresaré a Nueva York para el próximo curso. No hay nada de qué preocuparse, te lo prometo...

Durante unos segundos, se hizo el silencio, y luego Jessie dijo con voz queda:

—Mia, sencillamente no lo entiendo. ¿Me estás contando que el alienígena al que estabas espiando te ha llevado a un Centro K y esperas que me crea que todo va bien?

Mia cogió aire.

—Todo *va* bien. En serio. Cometí un error al mezclarme con la Resistencia. Korum me lo ha explicado todo, y la verdad es que antes simplemente no entendía la situación.

—¿Y ahora sí? ¿Cómo puedes creerte nada de lo que te diga?

—Mira, tengo que confiar en él, Jessie. No tiene razón alguna para mentirme ahora mismo. —Al menos, eso esperaba Mia.

—¿Y te deja llamarme?

Mia sonrió.

—Sí, por supuesto, ya lo ves: de verdad que él no es lo que piensas. —Casi podía escuchar los engranajes girando en el cerebro de Jessie.

—Entonces, ¿me estás diciendo de verdad que estás en un Centro K y que te encuentras perfectamente bien? ¿Vas a volver para las clases y todo?

—Totalmente —dijo Mia, aliviada porque Jessie estaba entrando en razón—. Ha resultado que en lugar de ir a Florida para el verano, he venido a Costa Rica, y ya está.

—¿Qué pasa con tus prácticas en Orlando?

—Eso todavía no lo he resuelto del todo —admitió Mia con reluctancia. Voy a tener que llamarles y explicarles que no voy a poder hacerlas.

—¿Así que no vas a hacer prácticas el verano antes de tu último año? Eso es realmente malo para tu carrera, Mia...

—Sí, lo sé —dijo Mia, sin necesidad de que su compañera de piso se lo recordara—. Tal vez pueda conseguir algo durante el año escolar con la oficina de colocación laboral... Ya me las arreglaré. Pero pronto iré a pasar unos días a Florida, y eso estará bien.

—¿Irás con él?

—Pues sí. —Mia sonrió, imaginando la reacción de su compañera de piso a lo que estaba a punto de decir —. Quiere conocer a mis padres.

—¿QUÉ? ¿Te estás quedando conmigo?

Mia se rio.

—Lo sé, ¿vale?

—Qué, ¿quiere casarse contigo o algo así? —Jessie sonaba tan incrédula como Mia aún se sentía.

—No, claro que no —respondió Mia, patidifusa ante esa idea—. Creo que solo está siendo amable. Tal vez. No tengo ni idea de si conocer a los padres es algo significativo en la cultura K o no. Además, él es mucho más viejo que mis padres, así que no es como si ellos pudieran intimidarle...

—Vaya, Mia —dijo Jessie lentamente—. No sé ni qué decirte...

—No tienes que decir nada, Jessie. Sé que todo el asunto es una locura, pero estoy bien del todo. Mira, en realidad quería pedirte un favor enorme...

—Déjame adivinar —dijo Jessie secamente—. Rita se muda el lunes, y tu maravillosa ropa nueva está por todas partes.

—Sí, exacto —Mia le dio a su voz un tono suplicante—. Jessie, si haces esto por mí estaré tan agradecida...

Escuchó como suspiraba Jessie.

—Por supuesto. Lo haré. ¿Pero dónde debería ponerlo todo? ¿En algún almacén?

—No, el chofer de Korum en Nueva York puede recogerlo y llevarlo a su casa.

—Oh... Ya veo —dijo Jessie, sonando extrañamente vacilante—. Así que ¿significa esto que te mudas oficialmente a vivir con él?

—¡No, claro que no! Es solo durante el verano, para ahorrarme el almacenaje, ya sabes.

—No sé, Mia. —Jessie sonaba disgustada de nuevo—. De alguna manera, no te veo viviendo aquí otra vez...

—Jessie... —Mia no sabía qué decirle exactamente. Ella no podía prometerle nada porque había muchas cosas que aún suponían una gran incógnita ¿Querría Korum que ella viviera con él en Tribeca cuando volviesen a Nueva York? ¿Y sería tan malo lo quisiera? Lo conocía desde hacía solo un mes en ese punto, y era difícil para Mia imaginarse cómo iba a ser su relación dentro de dos meses.

—No pasa nada, no tienes que decir nada —dijo Jessie, sonando falsamente alegre—. No podíamos ser compañeras de piso para siempre, ya sabes. Esto tenía que ocurrir. Por supuesto, ha ocurrido en circunstancias bastante raras, pero estoy segura de que su ático es mucho más bonito que nuestro edificio infestado de cucarachas.

—Jessie, vamos... Es demasiado pronto para hablar de eso...

—No sé —dijo Jessie, con un matiz jocoso en la voz—. Vosotros dos parecéis avanzar bastante deprisa, conociendo ya a los padres y todo eso...

Mia se echó a reír, sacudiendo la cabeza con un gesto de reprobación a pesar de que su compañera de piso no podía verlo.

—Oh, venga, ahora estás diciendo tonterías.

Charlaron un poco más, y Jessie estuvo preguntando sobre la experiencia de Mia en Lenkarda hasta el momento. Mia le habló alegremente de la comida y presumió de la tecnología inteligente que había visto, describiéndole la cama con todo lujo de detalles. Como era de esperar, Jessie estuvo de acuerdo en que había algunas ventajillas en tener un romance con un K. También se quedó deslumbrada por las nuevas habilidades lingüísticas adquiridas por Mia.

—¿De verdad me entiendes? —le preguntó Jessie en chino mandarín, un idioma que había aprendido de sus padres inmigrantes.

—Si, Jessie, te entiendo de verdad. ¿No es asombroso? —respondió Mia en el mismo idioma, y tuvo que frotarse las orejas otra vez cuando Jessie soltó un agudo grito de emoción.

Por fin, después de prometer a Jessie que la llamaría en unos días, Mia le dijo al pequeño dispositivo que finalizara la llamada y se desconectara.

Sus padres eran los siguientes de la lista.

Su madre se alegró de saber de ella, a pesar de que pareció preocuparse porque Mia no estaba llamando desde su teléfono habitual.

—No te preocupes, mamá —explicó Mia—. Mi móvil funciona mal, acaban de darme este teléfono para usarlo temporalmente y todavía no he averiguado cómo van todos los ajustes. —Lo cual era casi todo cierto. Su móvil, de hecho, no funcionaba bien en el Centro K, y no había explorado todavía todas las opciones del dispositivo de Korum.

—Vale, cielo —dijo su madre—. Pero no te olvides de llamarnos o de mandar algún mensaje, por favor.

—No lo haré —prometió Mia—. Estaré liada unos días con el proyecto de voluntariado, pero os llamaré el miércoles seguro.

—¿Cómo te va con eso, por cierto? —preguntó su madre, sonando un poco irritada. Mia les había dicho a sus padres que se quedaba en Nueva York un par de semanas más para ayudar a su profesor con un programa especial para chicos desfavorecidos de secundaria. Naturalmente, a su madre no le había hecho gracia la demora en ver a su hija más pequeña.

—Va genial —mintió Mia—. Estoy aprendiendo mucho, y va a ser fenomenal para mi currículum. —Mentalmente, se retorcía por tener que mentir a sus padres así, pero no podía decirles la verdad, todavía no. Korum tenía razón: lo mejor sería que supieran de él conociéndole en persona y tuvieran la oportunidad de hablar con él cara a cara para aliviar sus preocupaciones. Si Mia les dijera donde estaba ahora mismo, sus padres se volverían locos.

Intentando redirigir la conversación, preguntó:

—¿Cómo está papá? ¿Ha tenido dolores de cabeza últimamente?

—Sí, hace unos días tuvo uno —dijo su madre, suspirando—. Gracias a Dios, no fue uno de los peores.

—Dile a papá que deje de estresarse y que no se pase con el ordenador. Y dad paseos regulares, ¿de acuerdo?

—Claro, cariño, lo estamos intentando.

—Cuidaos, ¿vale?

Su madre le prometió que lo harían, hablaron un poco más y Mia se despidió y fue a buscar a Korum antes de que se saliera para el juicio.

Él le había ofrecido la oportunidad de observar el proceso y Mia pretendía aceptar su oferta.

CAPÍTULO CINCO

*P*arte de la pared se desintegró para dejarla pasar cuando Mia entró en el edificio de la alta cúpula blanca sin dudarlo. Korum le había asegurado que nadie podría verla, oírla o sentirla en esta versión particular de su mundo virtual y que ella podría conseguir la experiencia completa de asistir al juicio sin ningún estrés ni encuentros desagradables con el Protector. También había versiones interactivas de la realidad virtual, le había explicado él, pero esas no eran apropiadas para esta situación. Él mismo asistiría en persona; era su responsabilidad como miembro del Consejo y uno de los principales acusadores en este caso.

Al entrar en la cúpula, Mia se quedó sin aliento. El lugar estaba atestado tanto de hombres como de mujeres krinar, todos vestidos con las ropas de colores claros que su raza parecía preferir. Era una visión impresionante, con miles de extraterrestres altos, hermosos y de piel dorada ocupando el gigantesco edificio desde el suelo hasta el techo. Los espectadores, o al menos eso es lo que Mia supuso que eran, estaban literalmente amontonados unos encima de otros, cada uno ocupando los asientos flotantes que Mia estaba empezando a aprender que eran un elemento básico aquí en Lenkarda. Los asientos estaban organizados en círculos en torno al centro de la cúpula, cada círculo flotando directamente por encima del siguiente. Mia se dio cuenta de que esa era una disposición práctica, como si se tratara de alguna clase de coliseo o estadio, pero con asientos flotantes.

En el centro, había alrededor de una docena de lugares con apariencia de estrados, ocupados más o menos en una tercera parte por krinar. El resto estaban vacíos.

Mia se abrió camino con precaución hacia allí, intentando no chocar contra nadie, pero era inevitable. El espacio estaba sencillamente demasiado abarrotado. Los asistentes no podían percibirla a *ella*, pero Mia definitivamente podría sentirlos a *ellos* cuando alguien le golpeaba con el codo o le pisaba. No tenía ni idea de cómo funcionaba ese asunto de la realidad virtual, pero era molesto y algo doloroso ser la chica invisible en medio de la multitud. Por fin, consiguió abrirse paso hasta el centro, donde había un espacio circular totalmente vacío.

Ya segura en esa zona, Mia miró a su alrededor asombrada.

Desde el interior, las paredes de la cúpula eran

transparentes, y la brillante luz del sol la inundaba desde todas las direcciones, reflectándose en el blanco de los asientos y las vestimentas de color claro de los krinar. A diferencia de los atuendos ligeros y vaporosos que les había visto llevar hasta entonces, sus ropas ese día parecían menos informales, con líneas más estructuradas y cortes más ceñidos tanto para los hombres como para las mujeres. La mayoría de los K parecían tener el pelo y los ojos oscuros, aunque salpicados aquí y allá había unos pocos con el pelo castaño o castaño claro. Aquí Korum era de estatura media, pensó Mia, observando a los altos alienígenas que la rodeaban. Alguien como ella, con un metro sesenta de altura y 45 kilos de peso, probablemente sería considerada una enana.

Volviéndose hacia las estructuras que parecían estrados, Mia vio que Korum estaba sentado tras uno de ellos. Sonriendo al pensar en observarlo sin que él la viera, Mia se acercó hasta él. Él parecía ocupado con algo que había en su mano, probablemente con el ordenador que tenía insertado allí, y no prestó ninguna atención a su presencia virtual. Con una sonrisa maliciosa, Mia se le acercó por detrás y le acarició, pasando las manos por su ancha espalda. Por supuesto, no hubo reacción alguna por su parte, y Mia se echó a reír, imaginándose las posibilidades. Ella podía hacer lo que quisiera con él, y él no tendría ni idea.

Probando otra teoría, le lamió la nuca. De nuevo, no hubo reacción, pero *ella* podía notar el leve sabor salado de su piel, oler el conocido y cálido aroma de su cuerpo. Como era de esperar, Mia se sintió excitada, y se apretó contra él, restregando sus pechos contra el suave material de su camisa color marfil. Les rodeaban miles de espectadores, pero no importaba porque nadie, ni siquiera Korum, sabía lo que ella estaba haciendo.

Con una enorme sonrisa, Mia mordió suavemente su cuello y alargó la mano hacia su entrepierna, acariciando la zona a través de su ropa. Se sentía increíblemente traviesa, como si estuviera haciendo algo prohibido, aunque sabía que todo eso estaba teniendo lugar más o menos dentro de su cabeza. Pero antes de que pudiera ir más allá, el ruido de la multitud bajó repentinamente de volumen, y Mia se apartó, al darse cuenta de que estaba empezando el juicio.

El tiempo de los juegos se había acabado.

La mesa tipo estrado ante la cual se sentaba Korum era lo bastante baja para que Mia pudiera subirse encima, y eso fue lo que hizo, acomodándose allí. Parecía un buen lugar desde el cual observar el drama que se avecinaba.

Examinando cuidadosamente su entorno, llegó a la conclusión de que las otras zonas de estrados estaban ocupadas por los otros miembros del Consejo. Un tercio de ellos estaban allí en persona, mientras que los otros asientos, los vacíos, se habían llenado de imágenes holográficas de krinar masculinos y femeninos. Asumió que los hologramas eran para aquellos que no podían estar allí en persona, tal vez porque seguían en Krina. Vio a Saret sentado al otro lado de la sala, pero no tenía ni idea de quiénes eran los otros krinar. Mia contó quince estrados en torno al círculo vacío, pero solo catorce estaban ocupados. Pensó que probablemente ese sería el asiento del Protector; tenía sentido que él no estuviera juzgando dado el papel de su hijo como uno de los acusados.

Un sonido parecido al de una campana reverberó a través de la cúpula y se hizo el silencio absoluto en la multitud. De repente, el suelo en el centro del círculo se desintegró, y siete grandes cilindros plateados ascendieron flotando.

El suelo volvió a hacerse sólido otra vez, y los cilindros aterrizaron sobre él. Mientras Mia observaba conteniendo la respiración, las paredes de los cilindros se desintegraron, dejando intactas las partes circulares superiores e inferiores. Y dentro de cada uno de ellos, Mia vio a los kets: los siete K que lo habían arriesgado todo para ayudar a la humanidad a obtener un futuro más brillante.

O, según Korum, para intentar gobernar en solitario la Tierra.

Los kets se quedaron allí, cada uno dentro de su propio círculo, con expresiones amargas y desafiantes. Rodeaban sus cuellos unos collares plateados, los mismos que Mia había visto que les ponían los guardias al ser capturados. Supuso que serían la versión K de las esposas. Había cinco hombres y dos mujeres, todos altos y atractivos, como era propio de su especie.

Curiosa por ver la reacción de Korum, Mia miró tras de sí y por poco retrocede por el gélido desprecio que mostraba su rostro al contemplar a los traidores. Ella podía distinguir las peligrosas motitas doradas de sus ojos, y el cruel rictus que dibujaba su boca.

Él odiaba y despreciaba de verdad a los kets por lo que habían hecho, notó Mia con un escalofrío, y se preguntó una vez más cómo había conseguido perdonarla *a ella* por sus actos.

El foro seguía mortalmente silencioso. No se oían broncas ni abucheos, como uno podría esperar de una gran multitud. Era el juicio más importante de los últimos diez mil años, según dijo Saret, y Mia notó como eso se reflejaba en la seriedad del público.

Una parte del suelo se disolvió de nuevo, y otro krinar ascendió. Estaba sentado en un amplio asiento flotante, y se levantó en cuanto el suelo volvió a hacerse sólido. A diferencia de todos los demás krinar, llevaba ropa de color negro. Mia pensó que probablemente se trataba del Protector.

Resonó otra campanada en el edificio, y todos los miembros del consejo se levantaron de detrás de sus estrados. Uno de ellos se adelantó y se acercó al recién llegado. Tocando su hombro, el miembro del Consejo dijo:

—Bienvenido, Loris.

El Protector sonrió y correspondió al gesto de tocar el hombro.

—Gracias, Arus. —Entonces, volviéndose hacia el resto del Consejo, les saludó con unas parcas inclinaciones de cabeza.

Así que esos eran los oponentes de Korum, pensó Mia, observándolos con gran interés. El cabello de Loris era negro como el azabache, y sus ojos eran del color del ónice. Le recordaba a un halcón, con sus atractivos rasgos afilados, y su expresión ligeramente parecida a la de un animal de presa. Por el contrario, Arus parecía mucho más afable. Con su piel aceitunada, su cabello negro y sus ojos castaño oscuro, era muy representativo de su especie, y había cierta autenticidad en su sonrisa que hizo pensar a Mia que él no podía ser tan malo como persona.

Tras los saludos, Arus volvió a su estrado, dejando a Loris allí de pie.

Al oír algo detrás de ella, Mia se giró y vio que Korum se había levantado. Él rodeó el estrado y se acercó a la zona central, con movimientos lentos y deliberados. Sonriendo fríamente a Loris, preguntó:

—¿Está listo el Protector para la presentación?

Loris asintió, con una expresión de ira apenas contenida en su rostro. Parecía que Korum no había exagerado cuando dijo que Loris le odiaba.

Con un giro de su muñeca, Korum hizo aparecer una imagen tridimensional flotando en el aire, fácilmente accesible para que todos la vieran.

—Compañeros míos, habitantes de la Tierra y todos los que nos estáis observando desde Krina —dijo Korum, y su voz resonó por toda la cúpula—, me gustaría presentaros pruebas de un crimen tan atroz que no se había visto nada así en la historia krinar durante más de cien mil años. Un crimen mediante el cual un puñado de traidores, descontentos con su posición, intentó enviar a cincuenta mil conciudadanos a la muerte en un patético intento de obtener poder. Estos traidores, los siete individuos que veis ahora ante vosotros, no tenían ningún deseo de hacernos avanzar como especie, como sociedad. No, simplemente anhelaban poder, y no les importaba lo que tuvieran que hacer para conseguirlo. Mintieron, traicionaron a nuestro pueblo, manipularon a seres humanos susceptibles a sus promesas vacías... y os habrían matado a todos y cada uno de vosotros en su afán por gobernar este planeta en particular, por ser venerados por los crédulos humanos como sus salvadores...

—Eso es mentira —interrumpió Loris, hablando entre apretados dientes. Unas manchas de color rojo afloraron en su piel morena y Mia casi podía sentir el esfuerzo que le costaba controlarse—. Tú les incriminaste...

—Ahora no es tu turno de intervención, Protector —le dijo Korum, con sus labios curvándose en una sonrisa despectiva—. Es mi turno de presentar las pruebas. —Y con eso, hizo un pequeño gesto con la mano, y la grabación tridimensional se puso en marcha.

La escena era una que a Mia le resultaba familiar, ella había estado allí en un entorno virtual tan solo un día antes. Según avanzaba la grabación, vio otra vez la vieja choza donde los traidores se habían refugiado durante el ataque de la Resistencia y escuchó su conversación con el misterioso general humano. Fue testigo del intento de las fuerzas de la Resistencia de atacar Lenkarda con sus armas K y revivió su aplastante derrota. Y a pesar de que estaba viéndolo por segunda vez y que sabía que la mayoría de los combatientes humanos habían sobrevivido, Mia todavía sintió el estómago revuelto al acabar la película.

Con otro movimiento de la mano de Korum se puso en marcha la siguiente grabación, esta de una conversación telefónica entre uno de los kets y algunos líderes de la Resistencia. Claramente estaban coordinando sus actuaciones antes del ataque. Y hubo más: videos tridimensionales de las reuniones de la Resistencia en las que hablaron sobre los kets, interacciones entre funcionarios del gobierno humano discutiendo el potencial de la liberación de la Tierra e incluso un video de John contándole a Mia su cambio de planes y cómo ella tenía que robar los diseños de Korum.

Viendo todo esto, Mia volvió a darse cuenta de hasta qué punto Korum la había manipulado. Mientras ella pensaba que le espiaba a él, él había estado al tanto de cada uno de sus movimientos; ella nunca había tenido la más mínima oportunidad de ayudar a la Resistencia, siempre había sido su peón. Ese pensamiento le causó un nudo en el estómago.

Cuando todas las grabaciones acabaron de

mostrarse, habían pasado al menos cuatro horas. Mia tenía hambre, sed y un horrible dolor de cabeza, pero no podía obligarse a dejar su sitio en el estrado de Korum, morbosamente fascinada por el procedimiento.

Por fin, la presentación de Korum pareció haber finalizado.

En el silencio sepulcral que se apoderó de la sala, Korum dijo con voz resonante:

—Y esto, conciudadanos krinar y habitantes de la Tierra, es por lo cual propongo el máximo castigo para estos traidores: la rehabilitación total.

Un murmullo recorrió la multitud, y Mia casi pudo sentir el shock que desprendían algunos de los espectadores. Fuera lo que fuese lo que significaba "rehabilitación total", estaba claro que no era algo que se hiciera habitualmente.

Los kets también parecían anonadados, y Mia pudo ver el miedo reflejado en alguno de sus rostros. Si esperaban algún castigo en concreto, era algo evidentemente distinto de lo que acababa de proponer Korum.

El Protector dio un paso adelante. Al igual que Korum, había permanecido en el centro durante todo el tiempo que duraron las grabaciones. Sus ojos negros estaban repletos de furia.

—Eso es impensable, y lo sabes —dijo entre dientes—. Incluso si fueran culpables, lo que propones está fuera de toda discusión.

—¿Estás entonces admitiendo su culpabilidad? —preguntó Korum, con un tono peligrosamente suave.

Las cejas de Loris se fruncieron hasta juntarse.

—Nada más allá de la realidad. Sabes que no han hecho nada malo...

—Dejemos que el Consejo y los Antiguos decidan eso ¿no? —respondió Korum, dirigiéndose a los demás krinar con una expresión burlona en el rostro—. Mañana es tu turno para presentar y, yo al menos, estoy muy ansioso por escuchar cómo es posible que estos traidores puedan ser inocentes.

—Oh, ya lo verás —dijo Loris clavándole una mirada de puro odio—. Y también todos los demás.

Y con esto último, se volvió a escuchar una campanada. El proceso había acabado por hoy.

EL KRINAR RESPIRÓ PROFUNDAMENTE, feliz de que hubiera acabado la primera jornada del juicio. Había ido exactamente como él esperaba.

Korum había exigido el máximo castigo para los que consideraba traidores. Si el K no hubiera tomado precauciones, fácilmente podría haber sido la octava figura de pie allí, siendo juzgada por el Consejo.

Se había distanciado de los kets justo a tiempo. Ahora nadie sospecharía de su participación en el ataque a los Centros.

Él se había asegurado de eso.

CAPÍTULO SEIS

Famélica y mentalmente agotada, Mia salió de la realidad virtual diciéndole a su dispositivo de pulsera que la llevara de vuelta a casa. Su desayuno de esa mañana había sido ligero, tan solo un batido de mango y aguacate, y se sentía casi desfallecida por el hambre. Abrió los ojos, se levantó del sofá donde estaba sentada y fue en busca de comida.

Se acercó al refrigerador, lo abrió con decisión y se quedó mirando los diversos vegetales que lo ocupaban. Algunos le resultaban conocidos, como un par de tomates y pimientos que vio, pero otros eran totalmente extraños. Mia deseaba que Korum estuviera allí para que pudiera preparar una de sus deliciosas y sustanciosas recetas. Pero como él había asistido al juicio en persona, supuso que tardaría al menos un rato más.

De repente, se le ocurrió una idea. Korum había

mencionado que una de las funciones de la casa era cocinar alimentos. ¿Lo haría también para ella?

—Eh, casa —probó a decir Mia, sintiéndose estúpida—, ¿podrías prepararme algo de comer, por favor?

Durante un segundo, no pasó nada, y entonces una melodiosa voz femenina preguntó:

—¿Qué te gustaría tomar, Mia?

Mia casi dio un salto de la emoción.

—Oh Dios mío, ¡hablas! ¡Eso es genial! Eh... Me gustaría lo mismo que Korum hizo ayer, sobre todo si se puede preparar rápidamente.

—Sí, Mia —la voz femenina respondió suavemente—. La ensalada de shari estará lista en dos minutos, y el guiso de kalfani estará hecho seis minutos después.

Con una gran sonrisa de asombro, Mia se acercó al fregadero a lavarse las manos. Para cuando hubo terminado y se hubo sentado en la mesa, una sección de la pared ya se había abierto y de ella emergió un bol de ensalada, flotando despacio hacia la mesa.

Mia se quedó mirando boquiabierta mientras la ensalada aterrizaba limpiamente frente a ella. La ración tenía el tamaño perfecto, y el utensilio con aspecto de pinza ya estaba en el bol. El plato estaba totalmente listo para comerlo.

—Eh... gracias —dijo, mirando a su alrededor para ver de dónde había salido la voz. ¿Estaría el ordenador integrado en alguna parte del techo?

—De nada, Mia —volvió a decir la voz femenina—.

Que lo disfrutes. Tendré el siguiente plato listo para ti en unos minutos.

Sonriendo de nuevo, Mia se lanzó a por la comida. Por el momento, adoraba la tecnología krinar. Era todo aquello sobre lo que la gente había fantaseado en la ciencia ficción, y sin embargo a la vez era totalmente real y tenía un toque casi mágico que Mia encontraba muy atractivo. En particular, apreciaba lo fácil que era manejarlo todo. Órdenes de voz naturales, sencillos gestos con la mano: todo parecía tan intuitivo...

Para cuando terminó la ensalada, el mismo guiso del día anterior ya había flotado también hasta la mesa. Mia lo consumió con voracidad, sintiendo como gran parte de su cansancio anterior desaparecía al estabilizarse sus niveles de azúcar. La comida era tan deliciosa como la del día anterior, y Mia volvió a preguntarse por qué Korum se molestaba en aprender a cocinar cuando tenía acceso a esta extraordinaria tecnología en su casa.

Finalmente satisfecha, recogió la mesa, llevando los platos hacia la pared, que se abrió para aceptarlos, como lo había hecho con Korum, y entró en la sala de estar.

Ese momento era tan bueno como cualquier otro para llamar al director del campamento de Orlando y decirle que no iba a empezar el lunes.

~

CUANDO KORUM LLEGÓ a casa una hora después, Mia

ya había logrado aburrirse.

Había hablado con el director del campamento y le había explicado que circunstancias imprevistas le impedían ir a Florida ese verano. Él se había mostrado decepcionado, pero sorprendentemente comprensivo, lo cual fue un alivio tremendo para Mia. Después, exploró un poco la casa e incluso trató de hablar con ella, pero la melodiosa voz femenina no parecía muy interesada en mantener una conversación. Preguntó si Mia estaba bien de temperatura y cómoda (lo cual sí estaba) y si deseaba algo para comer o beber (lo cual no deseaba), pero hasta ahí llegó su interacción. No parecía haber ningún libro por ahí, ni ninguna otra cosa con la que entretenerse.

Mia se dejó caer suspirando en el sofá de la sala de estar y miró la vegetación de fuera. Deseaba ser suficientemente valiente para aventurarse a salir, pero la idea de perderse en una selva costarricense no la atraía. Estudiando el dispositivo de pulsera que llevaba, Mia se preguntó si funcionaría como un ordenador de verdad, permitiéndole acceder a internet. Pensó en comprobarlo, pero decidió esperar a que Korum le mostrara sus otras utilidades.

Finalmente, entró Korum. Parecía tenso y un poco cansado, y Mia supuso que habría tenido lugar más política entre bastidores después de que el juicio hubiera finalizado formalmente. A pesar de eso, él sonrió al verla allí sentada.

—Hola —le dijo ella, ridículamente encantada de verle. A pesar de todo lo que había sucedido entre ellos, a pesar de que acababa de verle tratar a sus oponentes casi con crueldad, no podía evitar la cálida sensación que la invadía en su presencia.

Su sonrisa se hizo más amplia. Se acercó para unirse a ella en el sofá, la besó suavemente y la atrajo hacia él para abrazarla. Mia le devolvió el abrazo, sorprendida, y murmuró contra su camisa:

—¿Va todo bien? ¿Ha pasado algo?

Él negó con la cabeza y tan solo la abrazó, enterrando la cara en su pelo e inhalando su aroma.

—No —murmuró—, todo está bien ahora. —Después de unos segundos más, se echó hacia atrás y la miró—. ¿Habrás comido algo, espero? Programé la casa para responder a tus órdenes verbales, para asegurarme de que no tuvieras dificultades a ese respecto.

Mia sonrió.

—Sí, lo suponía. Gracias por eso.

—Estupendo —dijo él suavemente —, quiero que estés a gusto aquí.

Mia asintió despacio.

—Estoy empezando a estarlo, un poquito. Pero en realidad quería preguntarte algo...

—Claro, ¿de qué se trata?

—Me aburro —le dijo Mia sin rodeos—. Realmente no tengo nada que hacer cuando tú no estás. En casa tengo clases, trabajo, amigos, libros, tele...

—Ah, ya veo —dijo Korum, sonriente—. No te he enseñado todo lo que puede hacer tu pequeño ordenador. Dile que te gustaría leer algo.

—Vale —dijo Mia titubeante, mirando su pulsera—, me gustaría leer algo.

Casi inmediatamente, una de las paredes se abrió, mostrando una sección oculta dentro: algún tipo de estantería. Ante los ojos de Mia, un objeto que se parecía a una gruesa hoja de papel salió flotando hacia ella.

—¿Cómo flotan todas estas cosas? —preguntó Mia asombrada, cogiendo el objeto que pendía de la nada—. Platos, sillas, ahora esto...

—La premisa es similar a la de los escudos que utilizamos para proteger nuestros asentamientos —le explicó Korum—. Es un tipo de tecnología de campo de fuerza, sólo que aplicado a una escala mucho menor.

—Oh, ya veo —dijo Mia, como si eso le dijera algo. Definitivamente, ella no era ningún genio de lo tecnológico. Estudiando la hoja en su mano vio que estaba fabricada con algún material parecido al plástico.

—Esto es algo con lo que te puedes entretener tú sola —le dijo, sentándose junto a ella—. Es más o menos como vuestras tablets. Puedes leer cualquier libro, humano o krinar que se haya escrito jamás, o ver cualquier clase de película que desees. También funciona con órdenes verbales, así que simplemente tendrás que decirle qué quieres ver o leer.

—¿Puedo utilizarlo para aprender más sobre los krinar? ¿Para leer algunos libros de historia o algo así? —preguntó Mia, mirando entusiasmada el objeto.

—Claro. Puedes usarlo para cualquier cosa que desees.

Mia sonrió.

—Esto es genial, ¡gracias!

Él le devolvió la sonrisa.

—Por supuesto. No quiero que te aburras aquí.

De repente, a Mia se le ocurrió algo.

—Espera, has dicho que funciona con órdenes verbales, pero nunca te he visto u oído a ti usar órdenes verbales con nada. ¿Cómo controlas *tú* toda tu tecnología?

—Tengo un ordenador muy potente que básicamente me permite controlarlo todo a través de un tipo específico de pensamiento —Korum explicó, levantando la palma de su mano—. Es un tipo de interfaz cerebro-ordenador muy avanzada. Uso algunos gestos también, pero eso es solo por costumbre.

Mia se lo quedó mirando fijamente.

—Entonces, ¿tú controlas la electrónica con tu mente?

—La electrónica krinar, sí. La tecnología humana no está diseñada para eso.

—¿Qué hay de los demás? ¿Así es como lo hacen también?

Korum asintió

—Muchos de ellos, sí. Algunos todavía prefieren la manera anticuada, que son las órdenes de voz y los gestos, pero la mayoría se ha cambiado. Casi toda nuestra tecnología está diseñada para adaptarse a ambas formas de hacer las cosas porque nuestros niños y jóvenes solo usan el primer método.

—¿Por qué? —le preguntó Mia, mirándole fascinada.

—Porque sus cerebros no están completamente formados y desarrollados, y porque hay una curva de aprendizaje al usar interfaces cerebro-ordenador. Por eso estoy configurando todo en modo voz para ti por ahora: es mucho más fácil de dominar para un principiante. Más adelante, cuando comprendas mejor nuestra tecnología y nuestra sociedad, puedo configurarlo con la nueva interfaz.

Mia abrió mucho los ojos. ¿Él iba a darle la capacidad de controlar la tecnología krinar con la mente? Las posibilidades eran sencillamente inimaginables.

—Eso me suena...

—¿Cómo un poco demasiado ahora mismo? —aventuró Korum, a lo que Mia asintió—. Por lo tanto, comandos de voz por el momento —dijo él—. Tu sociedad es lo bastante avanzada para que puedas entender fácilmente ese tipo de interfaz, y es algo muy intuitivo.

—Así que, por ahora, ¿voy a ser como uno de vuestros niños? —preguntó Mia con tono ácido.

Los labios de él esbozaron una sonrisa.

—Si fueses krinar, en realidad serías considerada una adolescente, de acuerdo con tu edad.

—Ya veo. —Mia frunció un poco el ceño en su dirección—. ¿Y a qué edad os hacéis adultos?

—Bueno, físicamente alcanzamos nuestras características adultas a la misma edad que los seres humanos, en algún punto entre el final de la adolescencia y el principio de la veintena. Sin embargo, sólo cuando tiene alrededor de un par de cientos de años de edad se considera a un krinar lo suficientemente maduro para ser un miembro completamente integrado y funcional de nuestra sociedad; aunque eso puede darse antes, si hace algún tipo de contribución extraordinaria.

Por algún motivo, eso le disgustó. Mia no sabía por qué le importaba no poder ser considerada nunca un miembro completamente funcional de la sociedad krinar en toda su vida. De todas maneras, no era como si jamás pudieran tener esa perspectiva de ningún ser humano. Y además, no tenía ni idea de cuánto iba a durar su relación con Korum. Aun así, se había sentido agraviada por el hecho de que los K siempre la considerarían poco más que un niño.

Para no abundar más en el tema, le preguntó:

—Entonces, ¿fue el juicio tal como esperabas?

Korum se encogió de hombros.

—Más o menos. Loris intentará darle la vuelta a todo para que parezca que yo preparé todo el asunto. Pero hay demasiadas pruebas de su traición, y no creo que nada pueda salvarles en este punto.

—¿Que significa lo de "rehabilitación total"? —preguntó Mia, incapaz de aguantar su curiosidad—. Todos se quedaron estupefactos cuando lo sugeriste.

—Es nuestra forma más extrema de castigo para los

delincuentes —Korum dijo, entrecerrando un poco los ojos—. Se usa en casos en los que un individuo representa un grave peligro para la sociedad, como claramente es aplicable a estos traidores.

—Vale... ¿pero de qué se trata?

—Saret puede explicártelo mucho mejor —dijo Korum—. La mecánica exacta forma parte de su campo de especialización. Pero esencialmente, lo que fuera que les hiciera actuar de esa manera, ese rasgo de su personalidad, puede erradicarse completamente.

Mia abrió mucho los ojos.

—¿Cómo?

Korum suspiró.

—Como te he dicho, ese no es mi campo. Pero por lo que sé como profano en la materia, se trata de eliminar una gran parte de sus recuerdos y crear una nueva personalidad para ellos. Sólo se lleva a cabo cuando no queda más elección porque es muy invasivo para la mente. Los rehabilitados nunca vuelven a ser los mismos... lo cual es precisamente lo que se pretende con ello.

—Entonces, ¿no recuerdan quiénes son? —Eso le pareció bastante horrible a Mia.

—Podrían recordar retazos de lo anterior, para no ser pizarras completamente en blanco, pero la esencia de su personalidad y esa parte que los hizo cometer el delito desaparecerían.

Mia tragó saliva.

—Eso me parece cruel...

Sus ojos volvieron a entornarse.

—Es mejor que lo que los tuyos les hacen a los criminales. Al menos nosotros no tenemos pena de muerte.

—¿No la tenéis? —Mia no estaba segura de por qué le sorprendía tanto oír eso. Quizás tenía que ver con la imagen popular de los K como especie violenta, que provenía principalmente de las sangrientas luchas durante el Gran Pánico.

—No, Mia, no la tenemos —le dijo Korum sarcástico—. En realidad no somos los monstruos que te has imaginado que éramos.

—Nunca dije que tu gente lo fuera —protestó Mia, y él se echó a reír.

—No. Solo yo, ¿verdad?

Mia bajó la mirada, incapaz de soportar la burla que le transmitían sus ojos.

—No creo que seas un monstruo —le dijo con voz queda—. Pero creo que está mal que me trates como a una posesión solo porque soy humana. Soy una persona con sentimientos y deseos, y tenía una vida antes de que tú irrumpieras en ella...

—¿Y ahora no la tienes? —preguntó Korum, levantándole la barbilla hasta que ella no tuvo más remedio que mirarle a los ojos. Notando el oro más profundo de alrededor de su iris, Mia se humedeció nerviosa sus repentinamente secos labios—. ¿Crees que yo te maltrato? ¿Que te mantengo alejada de la fascinante vida que disfrutabas antes?

—Me gustaba la vida que llevaba —le dijo Mia desafiante—. Era exactamente como yo la deseaba.

Puede que a tú te pareciera aburrida, pero estaba contenta con ella...

—¿Contenta con qué? —le preguntó él suavemente—. ¿Con estudiar día y noche? ¿Con esconderte tras tu ropa ancha porque estabas demasiado asustada para intentar vivir de verdad? ¿Con ser virgen a los veintiuno?

Mia enrojeció por la ira y la vergüenza.

—Así es —le dijo con amargura—. Era feliz con mi familia y mis amigos, feliz viviendo en Nueva York y yendo a clase allí, feliz con las prácticas que había planeado para este verano...

La expresión de él se oscureció.

—Ya te he prometido que verías pronto a tu familia —dijo con un tono peligrosamente neutro—. Y te dije que te llevaré de vuelta a Nueva York para el curso siguiente. ¿No confías en que yo cumpliré mi palabra?

Mia respiró profundamente, tratando de controlarse. Probablemente discutir con él en sus circunstancias no era el movimiento más sabio por su parte, pero no podía evitarlo. Algún demonio imprudente dentro de ella había despertado y no era posible detenerlo.

—Me has mentido otras veces —dijo ella, incapaz de disimular el resentimiento en su voz.

—¿En serio? —dijo, sus palabras prácticamente rezumando sarcasmo—. *¿Yo* te mentí?

Mia volvió a tragar saliva.

—Me manipulaste para que hiciera exactamente lo que tú querías —se obstinó ella—. No deseaba nada de todo eso: lo único que quería era que me dejaran tranquila...

Él la miró con una expresión inescrutable.

—¿Y todavía lo quieres? —preguntó con voz queda—. ¿Que te dejen tranquila?

Mia lo miró, totalmente pillada por sorpresa. Abrió la boca, pero de ella no salió ni una palabra.

—Y no me mientas, Mia —añadió él con calma—. Siempre sé cuándo me mientes.

Mia parpadeó furiosa, tratando de contener una repentina oleada de lágrimas. Con esa simple pregunta, él la había desnudado, exponiendo todas las vulnerabilidades de las que se podía aprovechar. No quería que él conociera la profundidad de sus sentimientos por él, no quería que sus emociones quedaran al descubierto para que él pudiera jugar con ellas. ¿Qué clase de idiota era ella, para querer estar con alguien como él? ¿Odiándole y amándole tan intensamente al mismo tiempo?

Sus labios dibujaron una media sonrisa.

—Ya veo. —Inclinándose hacia ella, la besó en la boca suavemente, con unos labios extrañamente delicados.

—Veré lo que puedo hacer para conseguirte unas prácticas —dijo, soltándola, y se puso en pie—. Y te presentaré a algunas de las otras chicas humanas de este Centro... tal vez hagas nuevas amigas.

Y mientras Mia lo miraba anonadada, él le sonrió de nuevo y se dirigió a su oficina, dejándola digerir todo lo que acababa de pasar.

CAPÍTULO SIETE

res horas más tarde, Mia se encontrada tumbada en la cama, completamente enfrascada en la historia de la evolución de los primitivos krinar, cuando Korum entró en el dormitorio.

—Salimos a cenar en veinte minutos —le dijo—, así que tal vez te gustaría arreglarte.

Sorprendida, Mia levantó la vista y lo miró.

—¿A cenar adónde?

—Arman es un conocido mío —Korum le explicó, sentándose en la cama junto a ella y poniéndole la mano en la pierna—. Cuando le he hablado de ti, nos ha invitado a su casa. También tiene una charl, una chica costarricense que ya lleva con él un par de años. Ella tiene muchísimas ganas de conocerte.

Mia sonrió, de repente muy emocionada.

—Oh, ¡a mí también me encantaría conocerla! —No

podía esperar a hablar con otra chica en su situación y aprender acerca de los K desde la perspectiva de un ser humano que también les conocía íntimamente... y desde hacía mucho más tiempo.

Korum le devolvió la sonrisa.

—Eso me imaginaba. ¿Cómo va tu lectura hasta ahora?

—Es fascinante —le respondió ella con seriedad—. No tenía ni idea de que también hubierais evolucionado de una especie de simio.

Él asintió:

—Así es. Hubo muchos paralelismos entre nuestra evolución y la vuestra, excepto que en Krina finalmente terminaron surgiendo dos especies diferentes: nosotros y los *lonar*. Esos son los primates de los que ya te había hablado. Nosotros éramos más grandes, más fuertes, más rápidos, más longevos y mucho más inteligentes que los lonar, pero estábamos ligados a ellos porque necesitábamos su sangre para sobrevivir.

Mia se lo quedó mirando fijamente. Acababa de leer eso también, y no podía sacarse de la cabeza las imágenes de los primitivos krinar. El libro había entrado en algunas descripciones muy vívidas de cómo los antiguos K habían cazado su presa, con cada hombre krinar marcando su territorio alrededor de un pequeño grupo de lonar y luchando contra los otros K para preservar la fuente de sangre para él y su pareja. Una vez dentro del "territorio" de un K, los lonar tenían muy pocas posibilidades de supervivencia, porque la pérdida física de sangre y el trauma que experimentaban al ser cazados los debilitaba constantemente. Al final, su número había menguado, y los krinar se vieron forzados a adaptarse, a aprender nuevas estrategias para alimentarse.

En ese punto, los krinar seguían siendo una especie primitiva, poco más que cazadores-recolectores. Pero la vertiginosa reducción de la población lonar hizo que los K tuvieran que evolucionar más allá de sus raíces territoriales, para aprender a colaborar los unos con los otros y así preservar lo que quedaba de su crucial suministro de sangre. Los siguientes cien mil años fueron para los krinar una época de rápido progreso que marcó el nacimiento de la ciencia, la tecnología, la medicina, la cultura y las artes. En vez de cazar a los lonar, los K empezaron a criarlos, creando condiciones favorables para su supervivencia y reproducción y haciendo lo posible para alimentarse solo de aquellos que consideraban que habían pasado su edad de reproducción óptima.

Esos esfuerzos consiguieron frenar temporalmente el declive de la población lonar, y la sociedad krinar empezó a prosperar. Aun con su baja tasa de nacimientos, empezaron a multiplicarse en número, ya que menos K perecían en luchas violentas en defensa de sus territorios. La innovación empezó a ser altamente valorada, y poco después los K inventaron los viajes espaciales. Fue la primera Edad Dorada de la historia krinar, un tiempo de enormes logros científicos y una relativamente pacífica coexistencia entre las diferentes tribus y regiones krinar.

—Acabo de llegar al punto en que comenzó la plaga —le dijo Mia. Al parecer ese fue el acontecimiento que terminó con la primera Edad Dorada, casi aniquilando a toda la población lonar y sumiendo a la sociedad krinar en una tempestad de sangre y pánico.

Korum sonrió:

—Entonces estás avanzando mucho con nuestra historia. ¿Qué te parece hasta ahora?

—Pienso que es muy interesante —Mia respondió honesta. También daba algo de miedo lo salvajes que habían sido en el pasado, pero no quería decirle eso. Intentó imaginarse a Korum como uno de los primitivos krinar, cazando a su presa, y fue algo sorprendentemente fácil, que requería de muy poca imaginación por su parte. Podía reconocer muchas de las características del depredador aún presentes en su especie, desde la forma sinuosa en que se movían a los rasgos territoriales que había visto mostrar a Korum con respecto a ella.

—Puedes seguir más tarde —le dijo, acariciándole distraídamente el muslo. Como siempre, su contacto hizo que un escalofrío de placer recorriera su cuerpo. —No deberíamos llegar tarde a cenar: se considera un gran insulto para el anfitrión.

—Por supuesto —dijo Mia, poniéndose inmediatamente en pie. Lo último que ella quería era ofender a nadie—. ¿Debería vestirme de alguna forma concreta? —Ella estaba haciendo el vago con los vaqueros y la camiseta que llevaba cuando llegó a Lenkarda el día anterior. De algún modo, la casa los había lavado porque se los había encontrado en la cómoda del dormitorio, frescos, limpios y doblados.

Korum iba, al parecer, dos pasos por delante de ella porque ya le estaba abriendo la puerta del vestidor.

—He creado un vestuario para ti —le explicó—, para que no tengas que depender de mí para cada modelo. Ven, déjame enseñártelo.

Curiosa, Mia se acercó para echar un vistazo y por poco no se le desencaja la mandíbula. El armario estaba lleno de hermosos vestidos de colores claros, de zapatos que iban desde sandalias tan finas que casi ni se veían, hasta botas de aspecto suave, amén de diversos accesorios.

—¿Has hecho todo esto?

Korum asintió.

—Hice que Leeta me mandara todos sus diseños de moda. Aparte de trabajar en mi empresa, ella hace incursiones en el campo de la creación de ropa.

Leeta era prima lejana de Korum, y Mia la había visto varias veces brevemente cuando estaban en Nueva York. No era la persona más cálida y abierta en opinión de Mia, pero sus diseños le parecían bastante bonitos.

—¿Quieres decir que no eres un experto en moda? —Mia fingió estar conmocionada, abriendo de par en par los ojos con expresión de comicidad. De hecho él había estado ansioso por deshacerse de todo su antiguo guardarropa en Nueva York.

Él se echó a reír.

—Nada más lejos de la realidad. Sin embargo, sí sé cuándo la ropa se usa como un escudo —comentó con intención, refiriéndose a su tendencia a llevar ropa fea pero cómoda cuando la dejaban a su suerte.

Mia se resistió a un impulso infantil de sacarle la lengua.

—Vale, lo que tú digas —murmuró.

Para esta noche, puedes ponerte esto —dijo Korum, sacando un delicado vestido rosa claro.

Mia se lo puso, secretamente complacida por el calor que apareció en los ojos de Korum al verla cambiarse delante de él, y se acercó a mirarse en el espejo. Como toda la ropa krinar hasta entonces, el vestido le quedaba perfecto, le llegaba justo por encima de las rodillas y no requería llevar debajo ningún tipo de sujetador. No tenía mangas, y su espalda quedaba totalmente a la vista. Sin embargo, sus hombros estaban cubiertos con anchos tirantes fruncidos, y el escote cuadrado era sorprendentemente recatado en la parte delantera. Su color era precioso, y les sacaba un rosado brillo a sus pálidas mejillas.

—He notado que no lleváis ningún tipo de ropa de colores brillantes ni oscuros —Mia comentó, preguntándose sobre ese hecho peculiar—. En general, parece que preferís los colores claros para todo. ¿Hay algún motivo concreto para eso?

Korum sonrió, mirándola con un cálido resplandor en los ojos.

—Lo hay. Los colores vivos u oscuros se han

asociado históricamente con la violencia y la venganza en nuestra cultura, y preferimos no tenerlos cerca en el curso normal de la vida cotidiana. Por supuesto, cuando dejamos nuestros Centros e interactuamos con los seres humanos, solemos llevar ropa humana, y en ese caso no nos importan tanto los colores. De hecho, algunos de nosotros disfrutamos de ropa que normalmente no usaríamos nunca aquí ni en Krina, como el vestido rojo brillante que viste llevar a Leeta en Nueva York. Si se vistiera así entre los krinar, todo el mundo pensaría que se había vuelto loca y que estaba planeando algún tipo de *vendetta*.

Algo hizo clic en la cabeza de Mia.

—¿Es por eso que el Protector llevaba ropa negra en el juicio? ¿Porque está en pie de guerra?

—Exactamente —dijo Korum—. Está dejando claro que cree que ha sido agraviado y que tiene la intención de buscar venganza.

—Buscar venganza ¿cómo? —preguntó Mia, y Korum se encogió de hombros, al parecer no de humor para hablar de política justo entonces. Ya que no tenían mucho tiempo, Mia decidió dejarlo correr por el momento, y centrarse en vez de eso en la inminente cena.

—Toma, puedes ponerte estos zapatos —le dijo Korum, alcanzándole un par de suaves botines color marfil. Como todo el calzado K, parecían ser de suela plana. Aparentemente, el concepto de los tacones altos no era tan popular entre las mujeres krinar como lo era entre las humanas.

Mia se puso las botas, que de inmediato se adaptaron a sus pies y se volvieron cómodas, e intentó domar su cabello un poco con los dedos. Después de estar tirada en la cama durante horas, ahora llevaba el pelo bastante desgreñado, con sus largos rizos enredados y campando a sus anchas en todas direcciones. Después de un par de minutos, abandonó esa causa perdida. Incluso con el uso regular del maravilloso champú de Korum, su cabello jamás iba a ser tan liso y elegante como a ella le hubiera gustado.

—Está precioso, Mia. Déjalo estar —dijo Korum, observando sus esfuerzos, discretamente divertido.

Mia no pudo evitar sonreírle. Era una de las cosas de él que encontraba peculiar: parecía sentir apego por su pelo, tocándolo y jugando con sus rizos sin parar. Como ella no había visto nunca a un K de pelo rizado, asumió que simplemente le gustaba por ser una novedad.

—Bueno, entonces estoy lista, creo...

—Una cosa más —dijo Korum, situándose a sus espaldas para abrocharle un original collar iridiscente que le puso alrededor del cuello, rozándole la garganta con sus cálidos dedos. Era un diseño engañosamente sencillo, solo un colgante en forma de lágrima con una fina cadenita, pero el material resplandeciente lo hacía indescriptiblemente hermoso. Era como si todos los colores del arco iris se hubiera reunido alrededor de su cuello, compitiendo entre sí por llamar la atención.

—Guau —suspiró Mia, tocando el colgante con reverencia— ¿Qué es esto?

—Es un auténtico collar de piedra resplandeciente —le explicó Korum—. La piedra resplandeciente se da en la naturaleza solo en mi región de Krina, y esta ha ido pasando de generación en generación dentro de mi familia. Tiene casi un millón de años.

Mia se volvió hacia él, mirándole estupefacta.

—¿Y me lo estás poniendo? ¿Qué pasa si lo pierdo o lo rompo?

—Eso no va a ocurrir —le aseguró Korum, con un atisbo de sonrisa. Y ofreciéndole su brazo, le preguntó —: ¿nos vamos?

Sin palabras, Mia se colgó de su brazo y salió con él... con una herencia familiar krinar de un millón de años centelleando alegremente alrededor de su garganta.

Cinco minutos después, estaban frente a una casa color crema que se parecía mucho a la de Korum. Cruzar hasta el otro lado de la colonia les llevó menos de un minuto en la pequeña nave que Korum había creado explícitamente para ese propósito.

Cuando se acercaron, la pared de la casa se desintegró y ellos entraron.

Un hombre krinar alto y delgado, estaba en medio de la habitación, vestido con el habitual atuendo de color claro. Su pelo era del tono más claro de castaño que ella había visto nunca en un K, casi color arena, y sus ojos color avellana tenían una tonalidad verdosa de fondo que parecía particularmente exótica en combinación con su piel dorada. La sonrisa en su rostro enjuto y de aspecto ascético era amplia y acogedora.

Se acercó a Korum y le tocó el hombro con la palma de la mano extendida.

—Korum, es un gran honor tenerte aquí —le dijo. Sus modales eran respetuosos de algún modo, y Mia se dio cuenta de que probablemente para él era algo muy importante recibir en su casa a un miembro del Consejo.

Korum le devolvió la sonrisa y correspondió al gesto.

—Yo también me alegro de verte, Arman. Gracias por la invitación.

Mientras los dos K se saludaban, Mia observó en derredor con bastante curiosidad. Esta era la primera vivienda completamente krinar en la que había estado, con la excepción de la sala de juicios, y estaba fascinada por su estética casi Zen. No había absolutamente ningún desorden por ninguna parte; de hecho, no parecía haber ningún mueble a excepción de dos grandes tablones flotantes. Mia dedujo que servirían para que los invitados se sentaran. Las paredes exteriores eran totalmente transparentes, mientras que el interior tenía un bonito tono crema.

—Y tú debes de ser Mia —dijo Arman, volviéndose y dirigiéndose directamente a ella.

Mia le sonrió.

—Sí, hola. Encantada de conocerte.

Para su sorpresa, Mia se dio cuenta de que este K le caía bien. Sus ojos tenían una mirada amable, y había algo casi dulce en la forma en la que hablaba que la hacía sentirse muy cómoda en su presencia.

—Oh, también es un placer conocerte a ti —dijo Arman, y su sonrisa se hizo más amplia—. María ha estado deseando conocerte desde que supimos ayer de ti.

En ese momento una chica humana entró en la habitación. Llevaba un vestido blanco de escote halter que acentuaba su figura esbelta y curvilínea a la perfección, era impresionantemente guapa y se parecía muchísimo a Jennifer López de joven.

Con una enorme sonrisa, se acercó rápidamente a Mia y la abrazó efusivamente, rozándole la mejilla izquierda con los labios. Algún tipo de perfume exótico le hizo cosquillas en la nariz a Mia. Ligeramente sorprendida, Mia le devolvió el abrazo con timidez.

—Oh, querida, ¿cómo estás? —exclamó ella en español, apartándose para mirar a Mia—. ¡Soy María y me alegro tanto de verte! ¡Qué collar tan bonito! ¿Qué tal tus primeros días aquí? ¿Korum te lo ha enseñado ya todo? Pobrecita, ¡debes de estar tan abrumada por todo ahora mismo! ¡Me acuerdo que yo al principio no sabía ni cómo usar el baño!

Mia parpadeó, sencillamente abrumada por el entusiasmo de la chica. Era como un bonito tornado que barría todo lo que encontraba a su paso.

—Estoy bien, gracias —Mia respondió en español, todavía maravillándose por dentro de sus nuevas habilidades con los idiomas—. Todavía no he visto gran cosa del Centro... llegué solamente ayer.

—Oh, ¿no has ido a la playa todavía? Es tan bonita… ¡deberías ir, de verdad! —Se volvió hacia Korum y frunció el ceño, haciendo surgir unas ligeras arruguitas en su lisa frente.

Korum se echó a reír.

—Lo he pillado. Mañana le enseñaré a Mia la playa.

—¡María! —exclamó su anfitrión—. ¡Por favor, sé buena con nuestros invitados!

—Siempre soy buena —le contestó María, sonriente —. Por eso me quieres. —Poniéndose de puntillas, besó a Arman en la mejilla, y Mia casi pudo verlo derretirse allí mismo, incapaz de resistir la potente fuerza del encanto de la chica.

Con una enorme sonrisa en su propia cara, Arman volvió a dirigir su atención a Mia y Korum.

—Es incorregible —dijo, y su voz rezumaba tanta felicidad que Mia únicamente pudo mirarle con la boca abierta por el asombro—. Por favor, ignoradla y seguidme. La cena está lista.

Siguieron a Arman a otra habitación. En medio de esta había otra gran plancha flotante, de forma ovalada, rodeada por cuatro asientos flotantes. Mia no tenía ni idea de por qué todo el mobiliario K parecía flotar. En la plancha más larga, que Mia asumió que servía de mesa, había unos veinte platos diferentes, desde frutas y verduras tropicales que ella ya conocía hasta algunas ensaladas de aspecto exótico, salsas para untar y mejunjes con pinta de guiso.

Mia se sentó en una de las sillas, sintió como se ajustaba a su cuerpo y sonrió. Todos los inventos K parecían estar diseñados poniendo el foco en el máximo confort y utilidad.

La cena pasó volando, repleta de charla ligera y anécdotas divertidas sobre la flora y la fauna costarricense. Mia se enteró de que Arman era un artista, que había venido a la Tierra a estudiar la cultura y el arte humanos. Había conocido a María al poco tiempo de llegar. Su familia tenía tierras en la zona donde los K habían construido su Centro, y Arman había sido uno de los krinar responsables de asegurarse de que los humanos que tuvieron que ceder su terreno eran debidamente compensados. Al parecer, lo suyo había sido amor a primera vista.

—Desde el momento en que le vi, sabía que le deseaba —confió María, con sus chispeantes ojos oscuros—. No me importó que no fuera humano, ni que todo el mundo tuviera miedo de él. Sabía que no podía ser tan malo como contaban: era demasiado atractivo para eso. —Y estirándose, cogió la mano de Arman y la apretó, lanzándole una sonrisa de mil vatios.

Al observar a los dos amantes, Mia sintió una extraña opresión en el pecho que se parecía mucho a los celos. Parecían genuinamente enamorados, a pesar de los obstáculos que Mia siempre había considerado insuperables. Y María estaba demasiado contenta para ser alguien que tuviese tan escasos derechos en la sociedad krinar. Estaba claro que su estatus formal como charl tenía muy poco peso en su relación con Arman. Si acaso, parecía que su amante K se sentía bastante satisfecho de dejarle tomar la iniciativa en muchas cosas, y que la personalidad tranquila de él se complementaba con la naturaleza extrovertida de ella.

Para cuando terminó la cena, Mia se encontró a sí misma olvidándose de sus preocupaciones y simplemente disfrutando de la compañía de esta agradable pareja. Eran dulces y tiernos el uno con el oro, y María no parecía intimidada por ninguno de los dos K. Incluso reprendió a Korum nuevamente por no haberle dado a Mia una visita guiada por el Centro, por lo que Korum se disculpó riendo. Podría haber sido una cita doble normal, de no ser porque dos de los participantes eran de una galaxia distinta.

Finalmente, Mia les dijo adiós con reluctancia, y se encaminó de vuelta a casa con Korum, meditando sobre lo extraño de lo que acababa de ver, mientras su corazón se henchía de esperanza por cosas que racionalmente sabía que eran imposibles.

EL KRINAR VOLVIÓ A VISIONAR los resultados de su último experimento, mirando la grabación una y otra vez.

Todo parecía marchar tan bien como esperaba. Pronto estaría en disposición de implementar la siguiente parte de su plan. Resultaba desafortunado que los kets hubieran fracasado, pero en último término eso solo suponía un contratiempo menor.

Ahora quería ver a su enemigo otra vez... y a esa pequeña charl suya.

Por algún motivo, encontraba esas grabaciones particularmente fascinantes.

CAPÍTULO OCHO

*D*urante el breve camino de vuelta, Mia no pudo evitar pensar en la otra pareja. Una humana y un K, tan felices juntos: parecía estar en contra de todo lo que a Mia le había contado la Resistencia y todo lo que había aprendido sobre el rol de una charl en la sociedad krinar. ¿Cómo habían conseguido tal hazaña? ¿Y no estaba María preocupada por perder finalmente a Arman cuando su belleza se desvaneciera y él siguiera siendo el mismo?

Por supuesto, Arman era tan distinto a Korum como ninguna otra persona que hubiera conocido jamás. Era difícil de creer que fuera un miembro de la misma especie depredadora. Parecía demasiado amable y gentil para ser un K, y Mia no podía imaginárselo reteniendo a María aquí contra su voluntad. De hecho, parecía que María era la que había iniciado la relación. Claramente, había tantas personalidades entre los K como las había entre los humanos.

Y Mia había conseguido conocer a uno que no habría estado fuera de lugar en las selvas primigenias de Krinar de hacía billones de años.

Korum habría sido un buen cazador, decidió Mia, con su mezcla de crueldad y pura inteligencia. Su ambición le había propulsado hasta la cima de la moderna sociedad krinar, y ella no tenía duda alguna de que habría tenido éxito en cualquier tipo de entorno: era simplemente su forma de ser. Sabía exactamente lo que quería, y no dudaba en perseguirlo.

Y por ahora, la quería a ella.

Con un suspiro, Mia miró al suelo mientras aterrizaban en el claro justo al lado de la casa de Korum. La nave tocó tierra suavemente, y una de las paredes se desintegró al instante, creando una entrada para ellos.

Se puso de pie, salió de la nave y siguió a Korum hasta la casa.

—¿Estamos muy lejos de la playa? —preguntó, recordando que María lo había mencionado antes.

—No, de hecho se puede ir andando —dijo Korum al entrar—. Si quieres, te enseñaré el camino mañana, para que no tengas que quedarte encerrada en casa cuando yo no esté. Pero no te metas en el mar sin mí... el oleaje puede ser muy fuerte por aquí y las corrientes son impredecibles.

—Soy buena nadadora —le dijo Mia—. No tienes que preocuparte por mí.

—Eso no importa. —Korum se detuvo y le lanzó

una férrea mirada—. O me prometes que no te meterás sola en el agua o no irás a la playa sin mí.

Mia puso mentalmente los ojos en blanco. El dictador había vuelto.

—Bien. No me meteré sola en el agua. —Habiendo crecido en Florida, sabía exactamente de qué tener cuidado en lo que se refería a corrientes de resaca y olas gigantes, y el océano no la asustaba. Pero no quería que Korum no la dejara ir a la playa, así que decidió no discutir más con él.

—Bien. —Él sonó satisfecho—. Entonces te llevaré allí mañana por la mañana.

—¿Y qué pasa con el juicio?

—No comienza hasta las once. Si te despiertas antes, podemos dar un paseo hasta la playa, y te mostraré algunos de los sitios cercanos. Más adelante, te haré un tour más exhaustivo.

—Eso estaría bien, gracias —dijo Mia— ¿Puedo volver a observar el juicio mañana? Ha sido realmente fascinante...

Él le sonrió.

—Por supuesto. Será el turno de Loris para presentar su caso, y eso será algo particularmente interesante de ver.

—¿Por qué te odia tanto? —preguntó Mia, curiosa por aprender más acerca de la política krinar—. ¿Habíais tenido algún tipo de desacuerdo antes de que acusaran a su hijo?

Los labios de Korum se torcieron ligeramente.

—Desacuerdo sería una manera de decirlo. Tenía una empresa que competía con la mía hace unos cientos de años. Pero sus diseños eran muy inferiores, y finalmente terminó teniendo que cerrarla. Su hijo, Rafor, trabajaba con él en esa época como uno de sus diseñadores principales, y perdió gran parte de su estatus social cuando la empresa cerró. Loris tenía otros negocios en aquel momento, y estaba muy metido en política, así que su estatus recibió un golpe mucho menor y se recuperó enseguida. Sin embargo, su hijo nunca lo consiguió.

Así que Rafor era el ket con conocimientos de diseño, el que había provisto a la resistencia con dispositivos K. Ahora todo tenía sentido. Sus diseños nunca habían sido tan buenos como los de Korum: no era de extrañar que la Resistencia hubiera fracasado.

—¿Y Loris te odia por eso? ¿Porque Rafor perdió su estatus? —Mia no estaba del todo segura de entender el concepto del estatus, pero parecía ser algo bastante importante para los krinar.

—Sí —dijo Korum—. Odia que su hijo no fuese lo bastante bueno como diseñador, y me echa la culpa de que Rafor nunca más haya hecho algo productivo con su vida. Y ahora que Rafor ha demostrado ser además un patético traidor...

—¿Te culpa por eso también? —adivinó Mia, mirando a Korum con el ceño ligeramente fruncido—. ¿Es por eso que intenta buscar venganza?

Korum asintió, con los ojos brillantes por lo que parecía ser expectación.

—Efectivamente.

—¿No te molesta? —preguntó Mia, tratando de comprender mejor a su amante. Parecía que él estuviera casi disfrutando del odio del otro K—. Que alguien te odie tanto, quiero decir.

—¿Por qué debería molestarme? —pareció encontrar divertida la idea—. No es el primero, ni mucho menos, ni será el último.

Mia se le quedó mirando fijamente.

—¿No te importa gustarle o no a la gente? ¿Que sean tus amigos o tus enemigos?

Korum se echó a reír.

—No, mi vida, ¿por qué debería? Si alguien quiere ser mi enemigo, esa es su elección... una que acabará lamentando.

—Ya veo —dijo Mia, encajando otra pieza del puzle que era Korum. Sabía que existían personas así, individuos con tanta confianza en sí mismos, o con tanta arrogancia, dependiendo de cómo uno lo mirara, que parecían carecer del instinto natural de agradar a los demás. Y su amante debía de ser uno de ellos. En todo caso, el conflicto al parecer le hacía crecerse. Se preguntó si ese era un rasgo específico de los K o simplemente formaba parte de la personalidad de Korum.

Antes de que Mia pudiera terminar de analizar del todo esa idea, Korum se acercó a ella y levantó la mano para apartarle el pelo de la cara.

—Ya basta de hablar de política —dijo, rodeándole la mejilla con una mano grande y cálida, mientras sus ojos empezaban a relucir con los tonos dorados que ella ya conocía—. Puedo pensar en cosas bastante más agradables que podríamos estar haciendo ahora mismo.

Los latidos de Mia se hicieron inmediatamente más rápidos, y los músculos en lo más profundo de su vientre se tensaron, reaccionando a su contacto y a la intensidad inequívocamente sexual de su voz. Vaya respuesta pavloviana, pensó con ironía la estudiante de psicología que había en ella: su cuerpo estaba condicionado del todo a responder a él de esta manera, a ansiar el placer que solo él podía proporcionarle. Esa falta de control sobre su propia carne preocupaba a Mia a muchos niveles, haciéndola sentirse aún menos dueña de su propia vida, de sus propias decisiones.

Él se inclinó, le puso un brazo alrededor de su espalda y otro bajo las rodillas, y la levantó en sus brazos sin esfuerzo alguno. Mia cerró los ojos, escondiendo la cara contra su hombro mientras la llevaba rápidamente hacia el dormitorio.

Como él había dicho antes, las etiquetas que pusieran en su relación no importaban, al menos no cuando se trataba de esto.

AL LLEGAR AL DORMITORIO, él la puso sobre la cama y se estiró un minuto. Desconcertada, ella se quedó mirando cómo se ponía un pequeño círculo blanco en la mejilla derecha.

—¿Qué es eso? —le preguntó con aprensión cuando él volvió a inclinarse hacia ella.

—Ya lo verás —dijo él con aire de misterio y un brillo travieso en esos ojos ambarinos. Y entonces le tocó también a ella la mejilla. Sobresaltada, Mia levantó la mano y notó algo pequeño que sobresalía. También le había puesto uno a ella.

Nerviosa, Mia abrió la boca para volver a preguntarle, pero él la besó justo entonces y todo pensamiento racional se desvaneció de su cerebro. Él cerró la mano sobre su pecho derecho, masajeando la pequeña esfera, con el pulgar dando rápidas y ligeras caricias sobre su pezón, y Mia sintió una oleada de calor que la atravesaba. Su otra mano se enterró en su pelo, inmovilizándole la cabeza mientras su lengua invadía su boca. Podía notar el sabor del deseo en su beso, y se preguntó vagamente qué le habría provocado.

De repente, no sentía ya la suavidad de la cama debajo de ella y empezaron a zumbarle los oídos por culpa de una ruidosa música cuyo ritmo palpitante reverberaba en sus huesos. Exhalando una exclamación de sorpresa, empujó a Korum y él la soltó, observando con una inquietante mezcla de jocosidad y ardiente deseo como ella se incorporaba y miraba dónde estaban con la boca abierta, presa del pánico y de la incredulidad.

Se encontraban en el suelo, dentro de lo que parecía ser una gran jaula metálica. A su alrededor, Mia veía cuerpos girando, restregándose y empujando unos contra otros. Aturdida, se dio cuenta de que estaban bailando. Las luces parpadeantes sobre ellos lo coloreaban todo con sombras azules y púrpuras, añadiendo aún más surrealismo a la situación.

—¿Dónde estamos? —gritó ella, poniéndose en pie de un salto, y mirando a Korum con horrorizado asombro. ¿Les había teletransportado a algún sitio o era este algún extraño nuevo mundo virtual?

Él se rio, levantándose ágilmente del suelo.

—Ven aquí —dijo, tirando de ella hacia él.

Enfadada y confusa, Mia intentó resistirse, pero por supuesto, fue inútil. En pocos segundos, él la tenía apretada contra su cuerpo, y ella pudo notar su erección contra su estómago.

—Es que hoy averigüé algo interesante —dijo suavemente, su voz oyéndose de alguna forma por encima de la música. Sus ojos eran casi amarillos bajo las extrañas luces parpadeantes de la pista de baile—. Mi pequeña y dulce charl parece tener cierto interés por tocarme en sitios públicos... por supuesto, cuando cree que nadie la mira. Cuando piensa que yo no puedo notarlo.

Mia tragó saliva, y se acordó de lo que había hecho ese día, antes de que empezara el juicio. Había estado jugueteando con Korum, convencida de que nadie lo sabría nunca... y sin embargo, él se había enterado. ¿Estaba enfadado con ella? ¿Pretendía castigarla de alguna manera?

—¿Dónde estamos? —le preguntó, mirándole con recelo—. ¿Por qué me has traído hasta aquí?

—Estamos en el club nocturno más exclusivo de Beverly Hills —le dijo Korum—. Y voy a darte exactamente lo que quieres.

El estómago de Mia se retorció con una extraña combinación de miedo y excitación.

—Korum, por favor, no creo...

Antes de que pudiera terminar la frase, él la agarró por el trasero y la levantó, presionándole la espalda contra la pared de la jaula, con los muslos abiertos y su pelvis alineada contra la de ella. Mia ahogó una exclamación de sorpresa al sentir su polla empujando contra su sexo bajo las finas capa de su ropa. Entonces tuvo ya la boca de él sobre la suya, dándole un beso tan profundo y penetrante que apenas podía respirar.

Él pretendía follársela en público. Mia cayó en la cuenta con alguna parte de su cerebro que funcionaba a medias, horrorizada pero a la vez increíblemente excitada ante la idea. Seguro que esto no podía ser real, pensó desesperada, seguro que él no querría hacerle eso... ¿o sí?

Intentó liberarse de su boca, retorciéndose, clavándole las uñas en los hombros, pero él no la dejaba, y le mordió el labio inferior como advertencia hasta que ella no tuvo otra elección que rendirse. El rugido de sus propios latidos era casi más fuerte que la estruendosa música que sonaba a su alrededor, y ella luchó por conservar una pizca de cordura en lo que parecía ser una situación absolutamente demencial.

Mientras la sostenía con un brazo, Korum utilizó su otra mano para agarrar la falda de su vestido y levantara más arriba, dejando la parte inferior de su cuerpo al aire. Mia gimoteó por el pánico, arrastrando frenéticamente las uñas por sus hombros desnudos a la vez que él dejaba también su polla al descubierto. Ella sintió su contundente fuerza presionando contra su delicada vagina, y luego él comenzó a entrar en ella a empujones, haciendo caso omiso de la forma en que sus músculos se tensaban en un intento de negarle el acceso.

Todo estaba sucediendo tan rápido que Mia apenas era capaz de procesar la situación, con las luces parpadeantes y la música rítmica aumentando más su sensación de desorientación. Sentía un calor insoportable. El cuerpo le ardía con una extraña combinación de vergüenza abrasadora y deseo febril mientras su polla continuaba empujando más profundamente dentro de ella y su estrecha vagina cedía para amoldarse a su grosor. Con todo su peso sostenido solo por el brazo de él, no podía frenar la profundidad de su penetración de ningún modo, lo notaba demasiado grande dentro de ella y sentía cómo la punta de su pene casi chocaba contra su cérvix. Por unos momentos, el dolor amenazó con presentarse, pero entonces su cuerpo se ajustó, suavizándose y fundiéndose en torno a él, y el malestar se desvaneció, dejando en su lugar una ardiente necesidad. Al mismo tiempo, él proseguía con el expolio de su boca, con la invasión de su lengua imitando el implacable empuje de su polla.

Mia tenía los sentidos totalmente desbordados y era incapaz de hilar un solo pensamiento coherente; sólo podía sentir cómo él empezaba a mover sus caderas, la fuerza de sus embestidas apretándola contra la pared de la jaula. Las cadenas metálicas se le clavaban en la suave piel desnuda de la espalda, el ritmo machacón de la música parecía hacerse eco dentro de ella, y el ruido de la multitud que bailaba era un zumbido mareante que invadía sus oídos. Su visión se oscureció por un instante, pues sus besos la estaban dejando sin oxígeno, pero él le soltó la boca, dejándola coger aire, y la sensación de desmayarse se desvaneció, devolviéndole la conciencia parcial de la situación.

Tomando aire frenéticamente, Mia cerró los ojos con fuerza e intentó fingir que nada de esto estaba ocurriendo, que él no se la estaba follando en una jaula en medio de un club nocturno. No podía ser real, no, nada de todo eso, seguro, ella no podía estar notando de verdad el frío metal contra su espalda, no podía estar oyendo a la multitud gritando y vitoreando al ritmo de la ensordecedora música. Pero el implacable ritmo dentro-fuera de su polla en su cuerpo no podía confundirse con ninguna otra cosa, ni tampoco el calor húmedo de su boca al descender por un costado de su cuello.

Una oleada de ardiente vergüenza la invadió otra vez, aumentando de alguna manera la poderosa tensión que se estaba acumulando en su interior. Él aceleró el ritmo, martilleándola con sus caderas y cada músculo de su cuerpo pareció tensarse simultáneamente, con un placer tan intenso que era casi intolerable... y sólo fue capaz de gritar cuando el clímax la golpeó con la fuerza de un maremoto haciendo que sus músculos se tensaran y estrujaran repetidas veces su polla.

Cuando la sensación orgásmica se desvaneció, Mia se desplomó en los brazos de Korum, enterrando su cara en el hueco de su cuello. Podía notarlo también estremeciéndose, podía oír su ronco gemido mientras su pene palpitaba y se sacudía dentro de ella, liberando su semilla en cálidas explosiones.

Ahora que todo había terminado, lo único que podía sentir era una vergüenza sofocante, y unas lágrimas de furia la invadieron y escaparon por las comisuras de sus ojos. No quería mirar a su alrededor, no quería enfrentarse a la gente que seguro que estaba contemplándoles con avidez.

Cayeron más lágrimas, humedeciendo su cuello. Mia quería desaparecer, fingir que todo esto era algún horrible sueño, pero no había forma de escapar de esas crueles sensaciones. El pene ya fláccido de él todavía seguía enterrado dentro de ella, y ella notaba como la jaula se le clavaba profundamente en la espalda. Y justo cuando pensaba que no podría resistirlo más, él murmuró en su oído:

—Cariño, no estamos aquí de verdad. Lo sabes, ¿no?

—¿Qué? —Mia se echó para atrás, mirándole con conmoción e incredulidad. Ella escuchaba el hipnótico ritmo del último single de baile hip-hop, podía sentirle a él dentro de ella, ¿Y le estaba contando que todo eso ocurría dentro de su cabeza?

Sus labios esbozaron una sonrisita.

—¿Creías que era real?

—Déjame bajar —dijo ella con calma, sintiendo ríos de furia ardiendo por sus venas—. Bájame ahora mismo.

Esta vez, él le hizo caso y la dejó en el suelo, saliendo de ella lentamente. Sus piernas temblorosas se negaron a sostener su peso durante un segundo, y él la sujetó con cuidado, bajando la mirada hacia ella con una expresión ligeramente divertida en el rostro. El vestido cayó en su sitio, cubriendo de nuevo su mitad inferior.

En cuanto pudo tenerse en pie, Mia empujó a Korum en el pecho, y él dio un paso atrás dejándole algo de espacio para respirar. Sólo para confirmar lo que él le había dicho, Mia se dio una vuelta completa lentamente, mirando a los bailarines de fuera de la jaula.

Nadie les estaba prestando atención. Ni una sola persona. La música seguía sonando a todo volumen, los bailarines se estrujaban unos contra otros, y nadie les prestaba a ellos ninguna atención. *Después de todo, esto no era real.* Todo estaba ocurriendo virtualmente, justo igual que en el juicio. ¿O no?

Volviéndose hacia Korum, le preguntó en tono neutro:

—¿Acabamos de tener sexo o simplemente me has echado un polvo mental?

En lugar de responder a su pregunta, Korum levantó su mano hasta su sien derecha y presionó ligeramente sobre ella. El club se desvaneció a su alrededor, y la realidad cambió y se ajustó. Mia se encontró a sí misma de pie cerca de una de las paredes del dormitorio. Él estaba allí también, a menos de treinta centímetros de distancia de ella, con los pantalones desabrochados y su miembro ahora fláccido parcialmente visible.

Parpadeando para aclarar su visión ligeramente borrosa, Mia hizo un balance de su estado actual. Tenía el sexo hinchado y algo dolorido, como le ocurría normalmente después del coito, y podía sentir la humedad del semen que le resbalaba por la pierna.

Así que la parte del sexo había sido definitivamente real.

Mia no podía decidir si eso hacía que se sintiera mejor o peor acerca de la situación. Ahora que el subidón de adrenalina se había terminado, se encontraba temblando ligeramente, sintiendo frío a pesar del ambiente cálido de la habitación.

—Necesito una ducha —le dijo, negándose a mirarle.

—Mia —le dijo él suavemente, cogiéndola por el antebrazo cuando ella intentó pasar junto a él—, no irás a decirme que no te ha gustado, ¿verdad?

—¡Claro que no me ha gustado! —Las lágrimas inundaron sus ojos de nuevo al revivir los intensos sentimientos de ardor, humillación y excitación no deseada, e intentó liberar su brazo. Un esfuerzo inútil, por supuesto: él apenas pareció notar su forcejeo.

—Mentirosa —dijo Korum, y ella percibió la diversión en su voz—. Pude sentir exactamente cuánto no te gustó cuando te corriste y tu coñito me estrujó al máximo.

Mia sintió que sus mejillas se volvían de un rojo brillante.

—Me voy a la ducha, ahora —repitió, queriendo tan solo alejarse.

—Vale —dijo él—. Iré contigo. —Y antes de que ella pudiera objetar nada, él la volvió a coger en brazos y la llevó hasta el baño, dejándola de pie al lado del jacuzzi.

—Quería ir yo sola —le dijo soliviantada, mientras él tiraba de su vestido hacia abajo, dejándola allí desnuda a excepción del collar alrededor de su cuello y los suaves botines en sus pies. Ella toqueteó el collar ligeramente, encontró el lugar donde al parecer se abrochaba y se lo quitó con cuidado dejándolo al lado del jacuzzi. No tenía intención alguna de ducharse con una joya alienígena de un millón de años en el cuello.

Él sonrió, quitándose su propia ropa.

—¿Por qué ibas a querer eso?

—Porque ahora mismo no me gustas nada —le dijo sin rodeos. De hecho, eso se quedaba extremadamente corto. Tenía más bien la sensación de querer hacerle algo violento, como borrarle la sonrisa de su bonita cara de un bofetón.

—¿Porque te he dado lo que querías y tenías

demasiado miedo de pedir? —preguntó él, inclinando la cabeza hacia un lado.

—No quería hacer eso —le dijo Mia con vehemencia—. Y el hecho de que me haya corrido no tiene nada que ver. Yo soy algo más que la suma de mis respuestas físicas.

—Claro que lo eres —dijo Korum, acercándose a ella y agachándose para quitarle los botines. Mia lo miró resentida, luchando contra un ridículo impulso de acariciar su cabello negro y lustroso. Levantándose ágilmente y bajando la mirada hacia ella con una media sonrisita, él añadió—: Si hubieras estado verdaderamente incómoda o asustada, habría parado inmediatamente y nos habría traído de vuelta aquí. Podía notar tu excitación, tu placer al hacer algo prohibido. Por eso has jugado conmigo antes en el mundo virtual: porque bajo ese tímido exterior, adoras secretamente la idea de ser solo un poquito mala...

Mia no tenía una buena respuesta para eso, así que bajó la mirada y se metió en la ducha. Él también entró con ella, ajustando la configuración para que el agua cayera en cascada sobre ambos. Vertiendo el champú agradablemente perfumado en su mano, se lo aplicó en el cabello y sus fuertes dedos masajearon su cuero cabelludo para eliminar la tensión.

Cuando su pelo se quedó suave y limpio, volvió su atención hacia su cuerpo, a lavar cada parte con ternura hasta que ella se olvidó del todo de su enfado por el puro gozo de sus hábiles caricias. Y justo cuando pensaba que él había acabado, él se arrodilló y la hizo correrse otra vez con la boca, con los labios y la lengua trabajando suaves y delicados en su sensible carne.

Totalmente relajada e increíblemente soñolienta, Mia apenas notó como él la secaba con una toalla y la llevaba a la cama. En cuanto su cabeza tocó la almohada, se desmayó, ni siquiera consciente de estar en su cálido abrazo.

CAPÍTULO NUEVE

A la mañana siguiente, Mia se despertó con el recuerdo de su sesión de sexo virtual fresca en su mente.

Todavía no podía creer lo que Korum le había hecho, que él le hubiera hecho creer que la estaba follando en público, nada menos, y no podía creerse que ella hubiera respondido de esa manera, a pesar de sus sentimientos de vergüenza y humillación. Incluso ahora mismo, podía notar cómo se ponía húmeda de pensarlo, y se maldijo a sí misma por su propia susceptibilidad a él. Parecía conocer sus necesidades sexuales mucho más que ella misma, y no vacilaba en forzar sus límites. Quería seguir enfadada con él, de verdad que sí. Pero, siendo honesta consigo misma, tenía que admitir que había disfrutado de la experiencia a cierto nivel. Practicar sexo en público de ese modo había sido terriblemente excitante, particularmente ahora que sabía que no había necesidad de sentir vergüenza, ya que nadie les había visto de verdad.

Se estiró, bostezó y entonces se acordó de la excursión a la playa que él le había prometido. Saltó de la cama, se puso el albornoz y fue a cepillarse los dientes y a echarse un poco de agua en la cara antes de ir a buscar a Korum.

Para su sorpresa, no lo encontró por ninguna parte. Antes de poder preguntarse sobre su paradero, oyó algo en la sala de estar y salió de la cocina para investigar. Efectivamente, Korum estaba entrando a través de la abertura de una de las paredes.

Y al verle, a Mia se le cortó el aliento del susto y de la sorpresa.

Lejos de presentar su inmaculado aspecto habitual, su amante parecía haberse revolcado por el barro, y su ropa estaba sucia y rota. Y luego estaban esos... *¿rastros de sangre?* en sus brazos y su cara.

Al verla allí de pie, Korum le lanzó una fugaz sonrisa, con unos dientes que resaltaban por su blancura en su cara surcada de líneas de suciedad.

—Te has despertado temprano. Esperaba que siguieras durmiendo y así poderme dar una ducha antes de que me vieras con esta pinta.

Mia por fin consiguió articular palabra.

—¿Qué ha pasado? ¿Estás bien?

Él se echó a reír, con los ojos brillantes de entusiasmo.

—Estoy bien. Solo estaba practicando *defrebs...* es un tipo de deporte con el que me lo paso bien.

—Oh... —Mia volvió a respirar aliviada—. ¿Entonces es como un tipo de juego de pelota o algo así?

—Más bien como una disciplina de artes marciales —explicó él, yéndose hacia el baño.

Curiosa, Mia le siguió hasta allí, mirándole quitarse su ropa sucia, tirarla al suelo y descubrir el magnífico cuerpo de debajo. Él olía deliciosamente sudoroso y su piel dorada brillaba por la transpiración. Parecía un guerrero recién llegado de la batalla, y ahora ella pudo distinguir perfectamente que lo de sus brazos y piernas eran rasguños y churretones de sangre.

—¿Es eso lo que practicas para hacer ejercicio? ¿Artes marciales? —preguntó, sentándose en el borde del jacuzzi mientras él encendía la ducha y ajustaba los controles. Su ropa sucia ya había desaparecido, absorbida por una de las paredes, y el suelo estaba de nuevo impoluto. Otra de las útiles funciones de la casa, dedujo Mia.

—Básicamente, sí —admitió él, metiéndose debajo del agua. Su voz sonaba un poco amortiguada por el chorro de agua, así que ella se acercó para oírle mejor —. Rara vez hacemos ejercicio a la manera de muchos seres humanos modernos, en un gimnasio o mediante un único tipo de actividad física. En vez de eso, practicamos diferentes clases de deportes. El defrebs es muy popular porque es lo más cerca que llegamos a pelear fuera del Arena...

—¿El Arena?

—Ah, entonces no has llegado todavía a esa parte de

tu lectura... —Hizo unos segundos de pausa, enjabonándose el cabello y aclarando el champú antes de proseguir—. El Arena es un lugar donde nuestros ciudadanos van a resolver algunas diferencias irreconciliables. Si, digamos, yo creyera que alguien me ha causado algún daño irreparable, puedo retarle al Arena, y él tendría que aceptar mi desafío o perdería gran parte de su estatus.

Mia miró hacia el empañado vidrio de la ducha con sorpresa.

—Entonces, ¿qué haríais en el Arena? ¿Luchar?

—Exacto. No se permiten las armas, pero todo lo demás vale. La meta es ganar, someter totalmente a tu enemigo mientras todos los demás miran...

Mia se echó a reír incrédula:

—¿Cómo, igual que los gladiadores de la antigua Roma?

—¿De dónde crees que sacaron los romanos la idea?

—¿Qué? ¿En serio?

Korum cerró el agua y abrió la puerta, cogiendo una toalla de un toallero cercano.

—Totalmente en serio. El mismo grupo de científicos de los que ya te había hablado antes, los que habían sido la fuente de muchos de los mitos griegos y romanos, son también responsables de eso. Un par de ellos echaban de menos ese aspecto de la vida en Krina, así que gradualmente introdujeron la costumbre en la cultura romana y luego esta adquirió vida propia. Nos sorprendió bastante, de hecho, ver lo mucho que persistieron los juegos y lo populares que se hicieron.

Mia casi no podía creerse lo que estaba oyendo.

—¿Y todavía tenéis esos juegos? ¿En la época moderna?

—Claro —dijo él, con los ojos brillantes con matices de oro—. Es una forma en que podemos satisfacer ciertos... instintos... que podrían si no interponerse en el curso de una sociedad pacífica y próspera.

¿Instintos? Ella parpadeó, mirándolo con recelo mientras terminaba de secarse. Así que los krinar todavía tenían las tendencias violentas sobre las que ella acababa de leer. No era de extrañar que hubiera habido tantos rumores sobre su brutalidad durante los días del Gran Pánico...

Antes de poder analizar esa idea en más profundidad, él se acercó a ella y la levantó por la cintura. Sobresaltada, Mia le cogió por los hombros, y él acercó su boca y la besó con una agresividad fuertemente controlada. Estaba claro que su práctica deportiva le había excitado, y ella pudo sentir como su polla se endurecía contra su pierna incluso a través del grueso tejido de su albornoz. Su propia respuesta fue instantánea, su sexo palpitó de deseo y sus pezones se irguieron en prietas montañitas.

Notando su excitación, él emitió un grave gruñido gutural y la empujó contra la pared, mientras sus manos le arrancaban el cinturón que cerraba su albornoz. Él dobló su rodilla derecha y la sentó a horcajadas sobre ella, haciendo que su sexo desnudo se restregara contra su pierna, y Mia gimió dentro de su boca, por esa presión en su clítoris, que la excitaba aún más. Sus manos migraron hacia abajo, cogiéndole los muslos y abriéndolos aún más, y de pronto él estaba ya dentro de ella, empalándola sin más preliminares.

Mia gritó por la fuerza de su penetración: por muy excitada que estuviera, él seguía siendo demasiado grande para que ella se adaptara fácilmente, y su delicado canal interno se había estirado hasta el punto de dolerle. Él se detuvo por un segundo, dejando que ella se adaptara, y entonces empezó a empujar lentamente, todavía sujetando sus piernas abiertas, impidiéndole controlar el acto sexual en modo alguno. La gruesa punta de su polla golpeaba contra su punto G con cada embestida, y la posición de sus piernas de par en par le permitía presionar con la pelvis contra su clítoris cada vez que llegaba hasta el fondo de ella, causando que la presión creciera más y más.

Por fin, ella llegó al clímax y soltó un grito, con el cuerpo entero dando espasmos entre sus brazos. Incapaz de resistir las pulsaciones rítmicas de su musculatura interna, él se corrió también, emitiendo gemidos ásperos contra su oído.

Jadeante, Mia se quedó abrazada a él hasta que él la bajó cuidadosamente al suelo, saliendo de ella lentamente y acercándole un pañuelo de papel.

Le fallaron un poco las rodillas, y él la sostuvo, bajando la mirada hacia ella con una expresión ligeramente perpleja en su hermoso rostro.

—Lo creas o no, no pretendía que pasara esto —dijo Korum, con una sonrisa autocrítica formándose en sus labios—. Honestamente, no sé por qué, no parezco tener ningún tipo de control cuando te tengo cerca. Es como si tuviera que meterme dentro de ti cada vez que pudiera.

Con el coño todavía palpitante por los restos de su orgasmo, Mia se humedeció los labios y se encogió un poco de hombros, absurdamente halagada por su confesión.

—No pasa nada... No es que yo no me lo pase bien...

—¿En serio? —la pinchó él, esbozando una enorme sonrisa—. ¿Lo pasas bien? Jamás lo hubiese dicho...

Mia frunció el ceño, y se limpió con el pañuelo de papel.

—Aunque tú me habías prometido una excursión a la playa —le recordó, intentando cambiar de tema. La intensidad de su propia respuesta sexual a él, de sus sentimientos por él en general, todavía la hacían sentirse incómoda. ¿Por qué no podía haberse enamorado de alguien menos complicado? ¿Por qué tenía que ser de este hombre duro e intransigente con esa naturaleza dominante suya? Hasta Arman hubiera sido una persona más fácil con quien tener una relación; por lo menos con alguien como él, ella se hubiera sentido un poco más bajo control, en lugar de sentirse constantemente desestabilizada.

—Todavía deberíamos de ser capaces de hacerlo —dijo Korum, mientras se fabricaba un atuendo con la ayuda de las nanomáquinas y se lo ponía después—. Te prepararé el desayuno y nos iremos.

—Vale —dijo Mia—. Me daré una ducha rápida y estaré lista enseguida.

Siete minutos después, Mia entró en la cocina y vio que Korum estaba preparando algo verde en una licuadora humana normal.

—¿Qué es eso? —le preguntó, observando curiosa el extraño brebaje.

Korum sonrió y sus rasgos se iluminaron al verla.

—Ah, esperaba que fueses rápida. —Dando dos pasos hacia ella, le dio un suave beso en la frente y luego volvió a su tarea—. Esta es una mezcla de mango, plátano, espinaca y bowit, un tipo de nuez dulce de Krina. ¿Tienes hambre?

—Siempre —admitió Mia con una sonrisa avergonzada. El batido sonaba muy prometedor—. ¿Tenemos tiempo suficiente para nadar antes de que comience el juicio?

—Por supuesto —dijo, y luego puso en marcha la batidora. Mia se tapó los oídos con las manos por el ruido, que por suerte solo duró unos diez segundos. Cuando la habitación volvió a estar tranquila él añadió —: Tenemos unas dos horas, así que podré enseñarte algunos sitios interesantes de por aquí y luego podremos darnos un baño rápido.

—Eso sería genial —asintió Mia, deseando salir y explorar la zona—. Ayer me sentí bastante encerrada...

—Por supuesto —dijo él; sirvió el batido verde en un vaso alto y transparente y se lo dio—. No quiero que te sientas así. Prueba esto... debería estar bastante bueno.

Mia tomó un sorbo de la espesa mezcla y sus papilas gustativas casi explotan con el dulce y rico sabor. No era como nada que hubiese probado antes: con notas de chocolate, nata, y algo absolutamente indescriptible asomando tras los sabores frutales más conocidos.

—Guau. —Tragó y se relamió los labios—. Sea lo que sea ese bo-como se llame, es absolutamente alucinante.

Encantado con su reacción, Korum sonrió.

—Sí, es mi favorito también. A la planta de bowit le cuesta cinco años alcanzar del todo su madurez, así que esta es la primera vez que hemos podido cosechar estas nueces aquí en la Tierra. Son muy sabrosas y combinan bien con un montón de platos diferentes.

—¿Puedo llevarme esto? —preguntó Mia, deseando sacarle partido al día—. De esa forma, sólo tengo que vestirme deprisa y nos podemos ir.

—Claro, ¿por qué no? —Korum se sirvió una taza para él también—. Deja que te enseñe tu bañador.

Él salió de la cocina y se fue hasta el dormitorio, dándole sorbos a su batido. Mia le siguió, curiosa por ver cómo sería la versión K de un bañador.

Al entrar en el cuarto, él dejó el vaso en la cómoda y se dirigió hacia el vestidor. Sacó lo que parecía un diminuto retal blanco, lo dejó sobre la cama y dijo:

—Esto es lo que nuestras mujeres usan normalmente.

Mia se lo quedó mirando.

—Eh... No sé cómo me iba a caber eso. —Le cabría

al chihuahua de sus padres, quizás, pero definitivamente a nadie más grande que él.

Él se echó a reír.

—El tejido es elástico. Pruébatelo.

Dudando todavía, Mia soltó su propio batido y se acercó a la cama. Cogió el retazo de tejido y lo examinó con cautela.

—Tienes que ponértelo metiendo primero la cabeza —dijo Korum—. Ven, quítate el albornoz y te enseñaré a ponértelo.

—Vale —dijo Mia, quitándoselo y dejándolo caer sobre la cama. Debajo estaba totalmente desnuda, y pudo notar el fuego de su mirada recorriendo todo su cuerpo de arriba a abajo. Cuando volvió a mirarla a la cara, sus ojos eran casi de color oro del todo. La respiración de Mia se aceleró, sintió sus pezones endurecerse y su cuerpo responder a su deseo.

Le oyó respirar profundamente, como si inhalara su aroma y entonces le dijo con voz ronca:

—Mira, esto va así. —Estiró con las manos la prenda parecida a una bandana, y se la puso por la cabeza, soltándola cuando estaba colocada firmemente alrededor de sus caderas. Sus dedos le rozaron el estómago en el proceso, haciéndola sentirse caliente por dentro otra vez.

Mia lo miró con los labios ligeramente entreabiertos, incapaz de creer lo pronto que lo podía volver a desear.

—No me mires así —dijo él, con un tono áspero en

la voz—. Te prometí llevarte de excursión esta mañana y eso es lo que vamos a hacer.

Mia enrojeció.

—Por supuesto. —Esto era ridículo; él la estaba convirtiendo en una ninfómana. Seguro que no podía ser normal desear tanto a alguien todo el tiempo.

Intentando cambiar de chip, miró cómo le quedaba la prenda que le había parecido una bandana. Para su sorpresa, se había estirado para cubrir su torso, convirtiéndose en un original bañador. La tela se curvaba entre sus piernas, ocultando su zona púbica y el centro de su trasero, y luego subía por los lados de su caja torácica y le sostenía los pechos, ocultando los pezones a la vista. Como toda la ropa K, el tejido se adhería perfectamente a sus formas y parecía estar firmemente colocado, a pesar de que no había cierres de ningún tipo para impedir que se cayera.

Mia se dio cuenta de que el efecto general era increíblemente sexy, y sus mejillas se colorearon al pensar en salir así de casa.

—¿Esto es todo lo que voy a llevar? —preguntó, levantando la vista hacia Korum.

Él negó con la cabeza.

—No, también tienes esto para ponértelo por encima —dijo, dándole lo que parecía una sencilla funda blanca—. Puedes quitártelo cuando lleguemos a la playa.

Mia se retorció para meterse en la funda y se acercó hasta el espejo para echar un vistazo. Parecía un sencillo vestido de tubo, pero hecho de un tejido fino y ceñido. No era muy diferente de los pareos que una podía llevar en las playas de Florida.

—Puedes ponerte estas botas —le dijo Korum, alcanzándole un par, grises y hasta las rodillas—. Como vamos a pie y no te gustan los insectos, esto puede ser la mejor opción para ti.

Dispuesta a llevar cualquier cosa que redujera su contacto con los bichos de Costa Rica, Mia se las puso. Echó un último vistazo a su imagen en el espejo y cogió el batido de la cómoda.

—Estoy lista.

—Entonces, vámonos. —Sosteniendo su propio vaso, Korum la condujo al exterior de la casa y al interior de la verde jungla de allá afuera.

EL PRIMER SITIO que Korum le enseñó fue una hermosa gruta con dos cascadas de tamaño mediano. El agua caía desde una altura de unos seis metros hasta una laguna pequeña y poco profunda de la que surgía un riachuelo. A sus orillas había bastantes rocas grandes, y hierba con aspecto verde y suave. Mia decidió que era un sitio muy acogedor para relajarse y leer, tomando nota de la ubicación de la gruta.

Después de las cataratas, caminaron hasta otro río más grande: un estuario que desembocaba en el océano. Según Korum, era un excelente lugar para observar la vida silvestre local, incluidas varias especies de aves y monos aulladores.

—Eso suena divertido —Mia le dijo, y él le

prometió que la llevaría a dar una vuelta en barco alguna otra mañana.

Siguiendo la ribera occidental del estuario, llegaron finalmente hasta la playa. Tal como Korum le había advertido, el oleaje era bastante vivo, con olas de un tamaño razonable rompiendo contra la costa. A lo lejos, Mia vio algunas personas, probablemente krinar, que también disfrutaban de la playa, pero la zona en torno a ellos estaba completamente desierta.

—Solo tenemos unos treinta minutos ahora mismo —le dijo Korum—. Después me tendré que ir al juicio.

—Claro —dijo Mia, con una gran sonrisa—. ¿Qué tal un baño rápido entonces? —Y sin esperar su respuesta, se quitó las botas, se retorció para salir del vestido y se echó a correr hacia el océano.

Él la alcanzó inmediatamente, levantándola antes de que pudiera meter un dedo del pie en el agua siquiera.

—Te pillé —le dijo, con una mirada cálida y divertida en los ojos.

Mia se echó a reír, y sintió su pecho más ligero de lo que lo había estado en las últimas semanas. Poniéndole los brazos alrededor del cuello, le dijo:

—Vale, pero ahora tienes que meterte conmigo. Y si el agua está demasiado fría para ti, no quiero oír ni una sola queja.

—Oh, ¿es un reto? —dijo él, enarcando una de sus cejas—. Veremos quién se queja primero... —Y sosteniéndola en sus brazos, se metió con decididas zancadas entre las olas.

Chillando de risa por la inmersión repentina en el agua fría, Mia contuvo el aliento cuando una gran ola pasó por encima de sus cabezas. Sintió el poderoso tirón de la corriente y se dio cuenta de que probablemente Korum tenía razón sobre los peligros potenciales de ir a nadar sola. Con él, sin embargo, se sentía completamente segura; era obvio que él podía resistir el empuje del agua fácilmente, y que su fuerza krinar estaba a la altura de la del oleaje.

La ola retrocedió y Mia se frotó los ojos con una mano, intentando librarse del agua salada. Cuando por fin los volvió a abrir, Korum la estaba mirando con una extraña sonrisa.

—¿Qué? —preguntó ella, sintiéndose un poco cohibida.

—Nada —murmuró él, todavía sonriente—. Es que estás muy mona así, con las pestañas y el pelo empapados. Me recuerda a ese día en que te pilló la lluvia.

—¿Te refieres a la segunda vez que te vi, cuando te estornudé encima? —preguntó Mia haciendo una mueca, algo abochornada al acordarse de ello.

Él asintió:

—Eras la cosa más mona que había visto en mucho tiempo, toda rizos chorreantes y grandes ojos azules... y apenas pude contenerme de besarte allí mismo.

Mia le lanzó una mirada de incredulidad.

—¿En serio? Yo pensé que tenía una pinta espantosa, como una rata ahogada.

Él se echó a reír.

—Más bien como un gatito empapado, si deseas utilizar analogías animales. O como un fregu mojado... eso es un lindo mamífero peludo que tenemos en Krina.

—¿Tenéis alguno por aquí? —preguntó Mia, repentinamente emocionada ante la posibilidad de ver fauna extraterrestre—. En Lenkarda, digo...

Korum negó con la cabeza.

—No, los fregu no están domesticados en absoluto, y nosotros no sacamos a los animales salvajes de sus hábitats. En general, no domesticamos a los animales.

—Entonces, ¿no tenéis ningún tipo de mascota? —preguntó Mia, sorprendida.

En ese momento se acercó otra ola, y Korum la levantó más alto, para que pudiera mantener la cabeza fuera del agua esa vez.

—Nada de mascotas —le confirmó una vez hubo pasado la ola. Esa es una práctica únicamente humana.

—¿En serio? Nunca lo habría imaginado. Mis padres tienen un perrita —le confió Mia—. Una pequeña chihuahua. Es muy mona.

—Lo sé —dijo Korum—. He visto grabaciones.

De alguna manera, Mia no estaba sorprendida.

—Claro que lo has hecho —dijo, suspirando. Ella sabía que tendría que estar molesta por esta invasión de la privacidad de su familia, pero en vez de eso se sentía extrañamente resignada. Claramente, su amante no tenía ningún sentido de los límites apropiados y Mia estaba demasiado contenta en ese momento para echarlo a perder con otra discusión. Aun así, no pudo resistirse a preguntarle—: ¿Hay algo que no sepas sobre mí o sobre mi familia?

—Probablemente no mucho en este punto —admitió él, con despreocupación—. Tu familia me resulta fascinante.

¿Su familia?

—¿Por qué? —Mia preguntó, desconcertada—. Somos solo una familia estadounidense normal...

—Porque *tú* eres fascinante para mí —dijo Korum, dirigiéndole una inescrutable mirada ambarina—. Y quiero entender mejor quién eres y de dónde vienes.

Mia se lo quedó mirando fijamente.

—Ya veo —murmuró, pero no lo veía, no de verdad. Por qué alguien como él, un brillante K con un alto estatus en su sociedad, podría estar interesado en una chica humana normal era algo que escapaba a su comprensión.

De repente, él le sonrió, y la extraña tensión se disipó.

—Entonces, ¿qué tal si me enseñas lo buena nadadora que eres? —le sugirió con tono juguetón, dejándola ir.

Mia le devolvió la sonrisa, sintiéndose casi insoportablemente feliz.

—Observa y aprende —le dijo con chulería y se dirigió mar adentro con una brazada fuerte y regular, tranquila sabiendo que estaba mucho más segura con Korum en aguas profundas de lo que podría estarlo en una piscina infantil con un socorrista.

EL KRINAR observó a su enemigo retozando en el agua con su charl.

Al principio no había entendido realmente qué tenía la chica de atractivo: para él, parecía ser una humana típica. Una pequeña y bonita humana, pero nada realmente especial. Sin embargo, al irla observando, había empezado a notar lentamente la fina delicadeza de sus rasgos faciales, la cremosidad de su pálida piel. Su cuerpo era pequeño y frágil, pero tenía las curvas perfectas en los lugares adecuados, y había una sensualidad inocente en la forma en que se movía, en el ángulo en que sostenía la cabeza cuando hablaba.

Para su sorpresa, el K se dio cuenta de que quería enterrar los dedos en su pelo espeso y rizado y aspirar su olor, lamer su cuello y sentir el cálido flujo de sangre por sus venas a través de esa suave piel. Eso era lo mejor del sexo con las mujeres humanas: el saber que, solo a un pequeño mordisco de distancia, esperaba el paraíso.

Su intenso deseo le cogió por sorpresa. Esto no formaba parte de su plan. Él se había creído por encima de esas tonterías, de esos impulsos primitivos. A penas se daba a ellos esos días; no podía permitirse tales distracciones. Había demasiado en juego para echarlo todo a perder por culpa de un placer físico pasajero.

Con un heroico esfuerzo, se obligó a dejar a un lado la fantasía y se centró en la tarea que le ocupaba.

CAPÍTULO DIEZ

Después de nadar, Korum la llevó de regreso a casa, se metió de un salto en la ducha y se marchó en menos de dos minutos, moviéndose como un torbellino. Mia solo pudo quedarse mirando pasmada cuando él se detuvo a darle un rápido beso en la frente y salió prácticamente volando por la puerta.

Tras su marcha, Mia también se duchó y cogió fuerzas con un tentempié de mango y nueces, para prepararse para otra presentación potencialmente larga. Entonces se puso el brazalete que Korum le había dado el día anterior, se sentó cómodamente en el sofá y se sumergió en el espectáculo.

El segundo día del juicio empezó con la campanada que ya conocía.

Como la vez anterior, Mia atravesó la multitud hasta el estrado de Korum y se encaramó encima de él. Esta vez, se negó a tocar su entidad virtual en modo alguno, sintiendo sus mejillas arder al recordar lo que él le había hecho la noche anterior a consecuencia de sus actos de ayer.

Hoy hubo menos saludos y preliminares. Después de que los acusados y el Protector aparecieran en el centro, el público se quedó completamente en silencio, observando con gran interés el desarrollo del proceso.

Como la última vez, Loris iba totalmente vestido de negro. La expresión de su rostro era tensa y contenida y la mirada que lanzó en dirección a Korum estaba tan llena de rabia y rencor que Mia se estremeció involuntariamente. Tras unos segundos, pareció recuperar la compostura, y sus rasgos se suavizaron hasta que su cara se volvió inexpresiva.

Se adelantó y se dirigió a los espectadores con una voz fuerte y resonante:

—¡Queridos habitantes de la Tierra y conciudadanos de Krina! Os han mostrado pruebas de un crimen terrible: un crimen tan espantoso que resulta casi imposible de creer. Y si fuerais a creeros las grabaciones que os mostraron ayer, sería obvio que declararíais a estas personas, incluyendo a mi hijo, culpables. Pero debéis haceros esta pregunta: ¿es esto plausible? ¿Cómo pueden siete jóvenes sin antecedentes de desviación social conspirar de repente para deportar a la fuerza a cincuenta mil krinar de la Tierra, poniendo todas nuestras vidas en peligro en el proceso? ¿Poniendo *mi* vida en peligro en el proceso? ¿Cómo pueden urdir esta trama tan elaborada, armar a los humanos con armas y tecnología krinar? ¿Y para qué? ¿Una ocasión de ayudar a los humanos? ¿Algo de todo esto tiene sentido para vosotros?

La multitud permanecía en un silencio sepulcral. Mia contuvo la respiración, incapaz de apartar los ojos de la figura vestida de negro que tan imponente se erigía en el centro del foro.

—Bueno, para mí no tenía ningún sentido. Conozco a mi hijo, y tiene sus defectos... pero ser aspirante a asesino de masas no es uno de ellos. Y por eso tuve que dar un paso adelante y asumir el papel de Protector: porque este juicio es una farsa. Es un ataque muy real contra estos jóvenes, y no tengo más remedio que defenderlos...

Mia se giró un segundo para echarle un vistazo a Korum, intentando ver su reacción a todo esto. En su cara había una expresión de divertida calma y parecía estar observando el proceso con educada atención.

—He hablado extensamente con Rafor y con cada uno de sus amigos, y ninguna de sus historias cuadra —continuó Loris—. De hecho, están francamente confundidos. Tan confundidos que no recuerdan haber hecho algo parecido a aquello de lo que les han acusado: tan confundidos que apenas recuerdan muchos de los acontecimientos clave del año pasado... Ahora sé lo que la mayoría de vosotros debéis estar pensando. Obviamente, si fueran culpables, fingir no recordar nada sería una buena manera de boicotear el proceso, de lanzar algunas dudas sobre la validez de estas acusaciones. Y ese fue también mi pensamiento inicial... por lo cual encargué un escaneo de memoria a los principales expertos de la mente que se encuentran aquí en la Tierra. Cuatro laboratorios de la mente distintos han realizado sus exámenes: laboratorios con sede en Arizona, Tailandia, Fiji y Hawái, y sus resultados son incuestionables:

—La memoria de cada uno de los siete acusados ha sido alterada.

Un sorprendido murmullo recorrió la multitud, y Mia pudo ver la sorpresa en las caras de los Consejeros. Al echar otra mirada furtiva a su espalda, vio que había un ligerísimo, casi imperceptible ceño en la cara de Korum. Parecía desconcertado.

—Bueno, muchos de vosotros sabéis que no hay muchas personas capaces de hacer algo como eso. De hecho, creo que hay menos de treinta personas en este planeta que tengan algo que ver con la manipulación de la mente. Sin embargo, me viene a la cabeza un estimado miembro del Consejo...

La última frase causó que otro murmullo recorriera la multitud, y que Saret se levantara lentamente de detrás de su estrado.

—¿Me estás acusando a *mí* de algo? —preguntó, con tono de total incredulidad.

—Sí, Saret —dijo Loris, y Mia pudo percibir de nuevo la rabia apenas reprimida en su voz—. Estoy acusándoos a ti y a tu amigo Korum de manipular los recuerdos de mi hijo y de los demás. Os estoy acusando de violar sus mentes con el fin de hacer avanzar vuestra propia agenda política. Acuso a Korum de orquestar la secuencia completa de acontecimientos, incluso el ataque a las colonias, con el único propósito de destruirme y alterar el equilibrio de poder de este Consejo para satisfacer su propia ambición insaciable. ¡Y estoy acusándote de ayudarle a ocultar su rastro profanando las mentes de mi hijo y de los otros jóvenes que hoy se encuentran frente a vosotros!

La multitud estalló en una cacofonía de discusiones y exclamaciones de sorpresa, y Mia se volvió a mirar a Korum de nuevo. No tenía ni idea de cómo reaccionar a las palabras de Loris. ¿Podría haber algo de verdad en ellas?

Korum estaba sentado allí, exteriormente tranquilo, con una expresión del todo indescifrable. Solo las apenas visibles estrías amarillas alrededor de sus pupilas daban alguna pista de las emociones de su interior. Se puso de pie lentamente y se acercó al centro del espacio en el que estaba el Protector.

—Muy bien hecho, Loris —dijo Korum, con tono despreocupado y burlón—. Eso ha sido bastante creativo. He de decir que no habría esperado que fueras en esta dirección en absoluto, aunque puedo ver por qué lo haces. Matar dos pájaros de un tiro y todo eso... Por supuesto, todavía están todas las grabaciones, por no hablar de todos los testigos, que demuestran claramente que tu hijo y sus cohortes actuaban de una forma absolutamente racional, sin ningún tipo de rastro de confusión mental...

—Esas grabaciones carecen de valor —le interrumpió Loris, con el rostro tenso por la ira apenas controlada—. Como todos sabemos, alguien con tu habilidad tecnológica puede falsificar cualquier cosa en esa línea...

—Con mucho gusto entregaré las grabaciones para que sean examinadas por expertos —dijo Korum, encogiéndose de hombros despreocupadamente—. Incluso puedes elegir algunos de los expertos, siempre que se jueguen su reputación por la veracidad de sus resultados. Y por supuesto, otros Consejeros han interrogado ya a los testigos. Consejeros: ¿había algo en la historia de alguien que contradiga las grabaciones?

Arus se levantó para contestarle. Tragando saliva nerviosamente, Mia observó como otro más de los adversarios de Korum caminaba hacia el centro del foro. ¿Y si se ponía del lado de Loris? ¿Tendría problemas Korum entonces? Ella no podía soportar la idea de que le pasara algo a consecuencia de esas acusaciones.

—Voy a hablar en nombre del Consejo —dijo Arus con voz profunda y tranquila. De nuevo, algo en la expresión abierta y directa de su rostro hizo que Mia quisiera confiar en él, que le cayera bien. Una cualidad muy útil para un político, observó, especialmente para un embajador—. Por mucho que me gustara apoyar la cruzada de Loris para proteger a su hijo —dijo— no hay duda alguna de que todos los testigos hasta ahora entrevistados, desde los humanos miembros de la Resistencia hasta los guardianes implicados en la operación, nos han contado una historia muy similar. Y lamentablemente, Loris, esa historia corrobora las grabaciones. —Parecía haber genuino pesar en la voz de Arus al decirlo.

—Los testigos pueden ser sobornados...

Arus negó con la cabeza.

—No tantos. Hemos reunido más de cincuenta testimonios de personas totalmente diferentes, tanto humanos como krinar. Lo siento, Loris, pero simplemente son demasiados.

—Entonces, ¿cómo explicas la pérdida de memoria? —preguntó Loris con amargura, mirando resentido a Arus.

—Eso no puedo explicarlo —admitió Arus—. El Consejo tendrá que investigar el asunto...

—Tal vez yo pueda aventurar una suposición —dijo Korum, y Mia prácticamente pudo palpar el zumbido de expectación de la multitud—. Hay una estrategia de defensa en los juicios humanos que se utiliza con frecuencia en los países desarrollados. Se trata de intentar demostrar que el acusado está loco, y está mentalmente incapacitado para ser juzgado. Porque, veréis, si se les considera enfermos mentales, no se les puede responsabilizar de sus actos, y en lugar de ser castigados, se les envía a recibir tratamiento. Ahora el Protector es plenamente consciente de que la evidencia apunta a la culpabilidad de los acusados. Por supuesto, no puede alegar que su hijo está loco y que por lo tanto no sabía lo que hacía. No, él no puede alegar eso en absoluto, pero *puede* decir que la mente de su hijo ha sido manipulada, que le han borrado los recuerdos a la fuerza. Por supuesto, el hecho es que solo una persona podría beneficiarse de que Rafor y los demás traidores perdieran la memoria, y esa persona ni soy yo ni es Saret.

—¿Me estás acusando de profanar la mente de mi propio hijo? —preguntó Loris incrédulo, y Mia vio como cerraba los puños con fuerza.

—Al contrario que tú, yo no acuso sin pruebas —dijo Korum dedicándole una sonrisa llena de frialdad—. Estoy meramente aventurando una hipótesis.

El murmullo de la multitud aumentó de volumen. Curiosa por ver cómo estaba Saret reaccionando a todo esto, Mia dirigió su atención hacia su estrado. Él estaba observando el proceso con una expresión ligeramente desconcertada en su rostro, como si no pudiera creerse del todo que le hubieran enredado en esto. Mia se sintió mal por él. No es que supiera mucho de política krinar, pero el amigo de Korum parecía alguien que no disfrutaba al ser atrapado en medio del fuego cruzado.

Su amante, por el contrario, se encontraba claramente en su elemento. Korum estaba gozando ante la rabia impotente de su enemigo.

—Todas las conjeturas y acusaciones son inútiles en este punto —sentenció Arus, y la multitud se volvió a quedar en silencio—. El Consejo tendrá que examinar los resultados de los laboratorios antes de poder proceder en esa dirección. Mientras tanto, mostraremos los testimonios de todos los testigos disponibles para arrojar más luz sobre este caso. —Y con un pequeño gesto, hizo aparecer una imagen tridimensional, igual que Korum había hecho el día anterior.

Mia se dio cuenta de que eran más grabaciones, y suspiró al pensar que el procedimiento judicial de hoy iba a durar aún más. Si mostraban los testimonios de cincuenta testigos, entonces el juicio podría durar hasta bien entrada la noche.

Instalándose aún más cómodamente en el estrado de Korum, Mia se preparó para una sesión larga y potencialmente aburrida de visionado.

EL KRINAR VIO las grabaciones con satisfacción.

Todo había sido tan perfecto… justo como esperaba. Nadie sabría la verdad; no hasta que fuera demasiado tarde para poder hacer nada.

Se alegró de haber tenido la previsión de borrarles la memoria a los kets. Ahora jamás serían capaces de explicarse, de señalarle a él como el líder responsable de su pequeña rebelión.

Se encontraba a salvo, y debería ser capaz de implementar su plan en paz.

Especialmente si podía mantener la mente alejada de cierta chica humana.

CAPÍTULO ONCE

Después de unas cinco horas de ver grabaciones, Mia tuvo bastante por fin. Al salir del juicio virtual, se levantó del sofá y fue a la cocina a buscar algo de comer. Era realmente agotador prestar atención durante tanto rato seguido, y no tenía ni idea de cómo podían estar los K allí sentados tan atentos todo ese tiempo.

Igual que había hecho antes, la casa le proporcionó de buen grado una deliciosa comida. Sintiéndose temeraria, Mia pidió que le sirviera el plato tradicional krinar más popular, siempre que fuera apto para el consumo humano. Cuando el plato llegó pocos minutos después, ella casi gime de hambre, con la boca haciéndosele agua por el apetitoso aroma. Parecía ser de nuevo un guiso, con un sabor rico y salado vagamente reminiscente de un guiso de cordero o de ternera. Claro que ella no había tomado esos manjares durante más de cinco años, así que sencillamente podría ser cosa de su imaginación. Como toda la comida K que había probado hasta el momento, este guiso también era totalmente vegetariano.

Todavía había luz cuando Mia acabó de comer, así que decidió aventurarse un poco por ahí fuera. Se puso un par de botas y un sencillo vestido color marfil, le dijo a la casa que la dejara salir y sonrió satisfecha cuando la pared se disolvió para ella, como solía hacerlo para Korum. Mia cogió el dispositivo tipo tablet que Korum le había dado el día anterior y una toalla del cuarto de baño y se encaminó hacia las cataratas, con ganas de pasar un par de horas leyendo y aprendiendo sobre la historia primitiva de los krinar.

Al llegar a su destino, Mia localizó una agradable zona de hierba que no parecía estar cerca de ningún hormiguero. Extendió allí su toalla, se tumbó boca abajo y se sumergió en el drama del final de la primera Edad de Oro krinar.

—¿HOLA? ¿Mia? —El sonido de una voz desconocida llamándola por su nombre arrancó a Mia de su ensimismamiento en la historia.

Sobresaltada, Mia levantó la vista y vio a una humana a pocos metros de distancia. Vestía ropajes krinar y tenía un vago aire de Oriente Medio, con grandes ojos marrones, ondulados cabellos negros y una tersa piel de complexión olivácea.

—Sí, hola —dijo Mia, levantándose y mirando a la recién llegada. A primera vista, la mujer, o más bien la jovencita, en realidad parecía estar en los últimos años de la adolescencia o en los primeros de la veintena, pero había algo regio en la forma en la que se comportaba que hizo pensar a Mia que podría ser más mayor. Aunque carecía de la apariencia vivaz de María, su cara con forma de corazón y su figura alta y esbelta irradiaban una belleza serena y casi luminosa. Mia se percató de que era otra charl.

—Soy Delia —dijo la chica obsequiándole con una dulce sonrisa. Y añadió, en krinar—: María me ha contado que te conoció ayer, y yo he querido pasarme a darte la bienvenida a Lenkarda.

—Encantada de conocerte, Delia —dijo Mia, devolviéndole la sonrisa—. ¿Cómo supiste dónde encontrarme?

—Estuve en casa de Korum, pero parecía no haber nadie —le explicó Delia—. Así que en realidad estaba volviendo a casa por la ruta más bonita, y te he visto aquí leyendo. Espero que no te importe, no quería interrumpir...

—¡Oh, no, en absoluto! —la tranquilizó Mia—. ¡Estoy muy contenta de que pasaras por aquí! Siéntate, por favor. —Señalando un extremo de la toalla, Mia se sentó en el otro. Delia sonrió y se unió a ella dejándose caer grácilmente sobre el tejido.

—¿Llevas mucho tiempo viviendo en Lenkarda? —preguntó Mia, estudiando a la otra chica con curiosidad.

—Llevo aquí desde que se construyó el Centro —

dijo Delia—. De hecho, podría decirse que soy uno de los residentes originales.

Mia abrió mucho los ojos. ¿Esta chica había sido una charl durante casi cinco años? Tuvo que haber conocido a su krinar justo después del Día-K.

—Eso es asombroso —le dijo a Delia muy seria—. ¿Qué te parece vivir aquí?

Delia se encogió de hombros.

—Es algo distinto a lo que estoy acostumbrada. Para serte honesta, prefiero nuestra antigua casa, pero Arus necesitaba estar aquí...

—¿Arus? —¿sería el mismo Arus que acababa de ver virtualmente?

—Sí —confirmó Delia—. ¿Ya habías oído ese nombre?

—Sí —le dijo Mia con cautela, no muy segura sobre cuánto debería decirle a alguien que aparentemente estaba emparejada con el adversario de Korum—. Él está en el Consejo, ¿verdad?

Delia asintió.

—Sí, y también está a cargo de las relaciones con los gobiernos humanos.

—Oh, sí, es verdad —dijo Mia, intentando averiguar cuánto sabía la muchacha sobre la aparente tensión entre sus amantes.

Como si le leyera la mente, Delia le dirigió una mirada tranquilizadora.

—No tienes que preocuparte, Mia —le dijo —. Aunque nuestros *cheren* hayan tenido su ración de diferencias políticas, no estoy aquí en representación de Arus ni nada por el estilo. Solo pensé que podrías sentirte un poquito abrumada por todo y necesitar a alguien con quien hablar...

Mia esbozó una sonrisa avergonzada.

—Lo siento, no quería dar a entender...

Delia le devolvió la sonrisa.

—No lo has hecho. No te preocupes por eso. Sólo quería aclarar cualquier malentendido y dejarte tranquila al respecto.

—Entonces, ¿cuánto tiempo lleváis juntos Arus y tú? —preguntó Mia, deseando cambiar de tema—. ¿Y es así cómo llamas a Arus, tu cheren?

—Sí —dijo Delia. Así es como un o una charl llamaría a su amante.

—Ya veo. —Ahora tenía un término en krinar para lo que Korum era para ella—. Entonces, ¿cuándo conociste a Arus? ¿Fue cuando ellos llegaron por primera vez?

—Lo conocí hace mucho tiempo. —Delia le dirigió una dulce sonrisa—. ¿Qué hay de ti? ¿Llevas mucho tiempo con Korum?

Mia negó con la cabeza.

—En absoluto. Le conocí solo hace un mes en Nueva York, en Central Park.

—¿Cuándo formabas parte de la Resistencia? —Delia preguntó, mirándola con esos ojos marrones, grandes y líquidos.

Mia se sonrojó ligeramente. Todo el mundo en Lenkarda parecía conocer su implicación en el intento de ataque a las colonias.

—No —dijo—. Conocí a los luchadores de la Resistencia después.

—Entonces, ¿primero te convertiste en charl de Korum y *después* te uniste a la Resistencia? —Delia parecía perpleja por esa secuencia de eventos.

Mia suspiró.

—Se pusieron en contacto conmigo justo después de conocerle, y acepté ayudarles. Entonces creí que estaba haciendo lo correcto.

—Ya veo —dijo Delia, estudiándola minuciosamente—. Supongo que Korum no es el cheren más fácil de llevar ¿verdad?

Las mejillas de Mia adquirieron más color.

—No sé muy bien lo que quieres decir —dijo, mirando a Delia con un leve ceño en su cara.

—Lo siento. —Delia tenía cara de pedir disculpas—. No quería cotillear sobre vuestra relación. Es que pareces tan joven y vulnerable...

—No puedo ser que mucho más joven que tú —dijo Mia, un poco ofendida por la suposición de la chica.

Delia se echó a reír, sacudiendo la cabeza con gesto triste.

—Lo siento, Mia. He vuelto a meter la pata, ¿verdad? Mira, no pretendía ofenderte en modo alguno... Lo que quería decir es que sé lo difícil que puede ser al principio estar en una relación con uno de ellos. Tu cheren también tiene cierta reputación de crueldad, y supongo que solo quería asegurarme de que estás bien...

—Estoy bien —dijo Mia, frunciéndole el ceño a

Delia otra vez. No necesitaba escuchar nada sobre la reputación de Korum de labios de esta chica; sabía mejor que nadie lo cruel que su amante podía llegar a ser.

—Por supuesto —dijo Delia con delicadeza—. Puedo ver que lo estás.

—En cualquier caso, ¿cómo conociste tú a Arus? —preguntó Mia, intentando cambiar el rumbo de la conversación.

Delia sonrió.

—Es una larga historia. Si quieres, te la contaré algún día. —Se puso de pie y dijo—: Arus me acaba de avisar de que el juicio ha terminado y que está de camino a casa. Debería regresar. Ha sido un verdadero placer conocerte, Mia. Espero que nos volvamos a ver pronto.

Mia asintió y se levantó también.

—Gracias, a mí también me ha encantado conocerte. Probablemente, también yo debería volver.

—No es mala idea —dijo Delia, todavía sonriente—. Estoy segura de que Korum se preguntará dónde estás.

Mia agitó la mano con desdén.

—Oh, él lo sabe, con lo de iluminarme y eso.

—Claro —dijo Delia y por un segundo, algo parecido a la compasión se reflejó en su rostro hermosamente sereno. Antes de que Mia pudiera analizarlo más, la muchacha añadió—: Escucha, María está organizando una pequeña reunión en la playa para dentro de tres semanas… un picnic, si quieres llamarlo así. Es su cumpleaños y me ha mencionado que quería que te invitara si te veía hoy. La mayoría de las charls de Lenkarda estarán allí, y puede ser un buen modo para que conozcas a unas cuantas más de nosotras y hagas amigas...

¿Una fiesta playera de charls? Mia sonrió, encantada con la idea.

—Oh, allí estaré, seguro —prometió.

—Eso es genial —dijo Delia, de nuevo sonriente—. Entonces, allí nos veremos. —Y levantando la mano, movió el dorso hacia abajo por la mejilla de Mia en un gesto que casi parecía más una caricia. Sorprendida, Mia se tocó la mejilla, pero Delia ya se estaba alejando y su figura desapareció entre los árboles.

AL ENTRAR EN CASA, Mia escuchó unos golpes rítmicos que provenían de la cocina.

Curiosa, fue a investigar y vio que Korum ya estaba allí, cortando algunas verduras para la cena. El estómago de Mia gruñó y ella se dio cuenta de que tenía bastante hambre.

Al verla entrar, Korum levantó la vista de su tarea y le regaló una lenta sonrisa que la hizo sentir calor por dentro.

—Vaya, hola tú. Estaba empezando a preguntarme si iba a tener que ir a buscarte por el bosque. No te habrás perdido, ¿verdad?

—No —respondió Mia, sonriente—. En realidad he

conocido a otra charl. Una chica llamada Delia... ¡y me ha invitado a una fiesta en la playa!

—¿Delia? ¿La charl de Arus?

Mia asintió con entusiasmo.

—¿La conoces?

—No mucho —dijo Korum—. Nos hemos visto de vez en cuando a lo largo de los años. —Él no parecía particularmente feliz por este giro en los acontecimientos, y su expresión se enfrió significativamente.

—¿No te cae bien? —preguntó Mia, mientras una parte de su anterior alegría se desvanecía—. ¿O solo es porque está con Arus?

Korum se encogió de hombros.

—No tengo nada en su contra —dijo—. ¿De qué habéis hablado? Y ¿qué fiesta playera es esa?

—Es el cumpleaños de María, que está organizando un encuentro entre todos los charls que viven aquí en Lenkarda —le dijo Mia—. Y no hemos tenido ocasión de hablar demasiado en realidad. Delia me ha dicho que llevaba mucho tiempo con Arus... Creo que debió de conocerle muy poco tiempo después de que llegarais. Pero sobre todo, ha estado siendo amable conmigo. Oh, y me dijo una palabra nueva que yo no había oído antes: cheren.

Korum sonrió y Mia pensó que casi parecía aliviado.

—Sí ese es el nombre que tú me darías.

—¿Qué quiere decir exactamente? ¿Hay alguna palabra humana parecida para eso?

—No, no la hay —dijo Korum—. Lo mismo que tampoco hay una para charl. Son exclusivas del idioma krinar.

—Ya veo —dijo Mia, acercándose a la mesa y sentándose—. Bueno, la fiesta en la playa será dentro de tres semanas. Te parece bien que vaya, ¿verdad?

—Por supuesto —dijo él, levantando la vista para obsequiarle con una cálida sonrisa—. Decididamente deberías ir si te apetece, y hacer amigos. Pienso que María es muy agradable, y pareciste caerle muy bien ayer.

—A mí también me cayó bien ella —admitió Mia, sonriendo al pensar en volver a ver a la charl de Arman—. Es exactamente igual que la imagen de las latinas que nos dan los medios: tremendamente guapa y extrovertida. Por cierto, me olvidé de preguntarle a Delia... ¿Sabes de dónde es? Delia, quiero decir...

—Grecia, creo —respondió Korum, colocando las verduras cortadas en un bol grande y rociándolas con un polvo marronáceo. Mezcló todo rápidamente, llevó la ensalada hasta la mesa y la sirvió en sus platos.

Mia se acabó rápidamente su plato y se recostó en el respaldo de la silla, sintiéndose llena. Como todo lo que cocinaba Korum, la comida había sido deliciosa: una mezcla de los sabores familiares del tomate y los pepinos con las plantas más exóticas de Krina. También era sorprendentemente saciante, considerando que solo estaba hecha de verduras.

—Gracias —dijo Mia—. Ha estado genial.

—De nada. Me alegra que lo hayas disfrutado.

—Hoy he leído un poco más sobre vuestra historia —le dijo Mia, observándole levantarse con movimientos fluidos de la mesa y llevar los platos hasta la pared, donde desaparecieron rápidamente.

—¿Y qué opinas? —Él volvió a la mesa con un plato de fresas.

—Me quedé bastante sorprendida —le dijo Mia con honestidad—. No puedo creer que vuestra sociedad sobreviviera a la plaga que casi extinguió a esos primates. No estoy muy segura de que los humanos pudieran haber seguido vivos si el ochenta por ciento de nuestra dieta hubiera muerto en un lapso de unos pocos meses.

—Casi no sobrevivimos a eso —dijo Korum y mordió una fresa, lamiendo el dulce jugo que quedó en su labio inferior. Mia reprimió un impulso repentino de quitárselo a lametazos—. Más de la mitad de nuestra población cayó en las luchas y guerras de ese periodo, y muchos otros murieron por la falta de la imprescindible hemoglobina. Si el sustituto de sangre sintética no hubiera sido desarrollado a tiempo, todos habríamos perecido. Tal como fue, nos costó millones de años recuperarnos, volver al punto en el que estábamos antes de que la plaga aniquilara a los lonar.

Mia asintió. Había leído sobre eso. Las secuelas de la plaga habían sido horribles. En el fondo, los krinar eran una especie violenta, y esa violencia se había desatado cuando se vio amenazada su supervivencia. Unas regiones luchaban contra otras, unos Centros atacaban otros Centros dentro de cada región, y todo el mundo intentaba acaparar para ellos y sus familias los pocos lonar que quedaban. Los conflictos sangrientos habían continuado incluso después de que el sustituto sintético estuvo disponible, ya que las tremendas pérdidas sufridas durante la plaga habían dejado profundas cicatrices en la psique de los K. Casi todas las familias habían perdido a alguien: un hijo, un padre, un primo o un amigo; y la búsqueda de venganza se convirtió en un elemento habitual de la vida cotidiana.

—¿Cómo conseguisteis superar eso? ¿Todas las guerras y las vendettas? ¿Y llegar a estar dónde estáis ahora? —La breve ojeada que había echado a la vida krinar en Lenkarda parecía distar completamente de la historia que acababa de conocer.

—No fue fácil —dijo Korum—. Costó mucho tiempo que los recuerdos de aquella época desaparecieran. Al final, implementamos leyes poniendo freno a los comportamientos violentos e ilegalizando las vendettas. Ahora los retos en el Arena son el único medio social y legalmente admitido para buscar venganza y resolver disputas que no pueden resolverse de ningún otro modo.

Mia se lo quedó mirando con curiosidad.

—¿Has luchado alguna vez en el Arena?

—Unas cuantas veces. —No parecía inclinado a explicarle mucho más. En vez de eso, se levantó de la mesa y le preguntó—: ¿Te apetece un paseo post-cena en la playa?

Mia parpadeó, sorprendida.

—Eh… claro. ¿No te parece que pronto estará demasiado oscuro?

—Veo bastante bien en la oscuridad, y además hoy luce la luna. No tienes nada que temer.

—Bien, entonces, vamos. —Si los mosquitos no se la comían, podía estar muy bien.

KORUM LA COGIÓ de la mano y la guio fuera. El sol acababa de ponerse y todavía había un resplandor anaranjado por detrás de los árboles, que se veían como siluetas oscuras recortadas contra el cielo brillante. La temperatura estaba refrescando un poco, el calor del día empezaba a desaparecer, y Mia podía oír los ruiditos de algunos insectos y el susurro de las hojas bailando en la brisa cálida y cargada de aromas tropicales. A un par de metros, una iguana que había subida en un una roca escapó a la carrera hacia los matorrales, posiblemente intentando evitarles.

—¿Cómo fue el resto del juicio? —preguntó Mia—. Dejé de ver las declaraciones de los testigos después de unas cinco horas.

—Estuvo bastante libre de incidentes —dijo Korum, mirándola con una sonrisa—. No te perdiste mucho.

—¿Crees que alguien ha creído a Loris cuando ha lanzado esas acusaciones contra ti?

—Estoy seguro de que algunos sí. —No sonaba demasiado preocupado por eso—. Pero él no tiene ninguna prueba para validar sus afirmaciones.

—Arus parecía estar de tu parte —dijo Mia,

rodeando con cuidado un tronco caído. Estaba haciéndose más y más oscuro por minutos, y todavía les quedaba un buen trecho hasta la playa.

—No tiene elección —le explicó Korum—. Tiene que estar de parte de las pruebas.

—¿Por qué no te cae bien? —Mia preguntó, levantando la vista hacia él—. No parece ser mala persona...

—No lo es —admitió Korum—. Solo está equivocado en algunos aspectos. No siempre ve el panorama general.

—¿Y tú sí?

La sonrisa de Korum se ensanchó.

—En su mayor parte.

Durante los siguientes dos minutos los dos caminaron en amigable silencio, con Mia concentrándose en donde ponía los pies, y Korum al parecer absorto en sus pensamientos. Había muchas cosas en ese momento que transmitían una gran paz, desde el suave resplandor del crepúsculo hasta el lento rugido del océano en la distancia.

Por primera vez, Mia fue plenamente consciente de lo tumultuosa que había sido hasta el momento su relación con Korum. En muchos sentidos, era como una montaña rusa, con un montón de pasión, dramatismo y emoción, pero con muy pocos momentos como ese, en los que podía pasar tiempo con él sin que se le pusiera el corazón a mil por causa de la excitación sexual o por alguna otra emoción fuerte. Cuando ella se imaginaba teniendo un novio, siempre lo había hecho de esta forma: paseos largos y agradables juntos, pasar el tiempo tranquilamente, tan solo disfrutando de la compañía del otro. Y ahora mismo, podía fingir que eso era exactamente Korum para ella: un novio, un amante humano normal que podía presentarles a sus padres sin preocupaciones, alguien con quien ella pudiera tener un futuro...

De repente, su pie golpeó una piedra, y Mia trastabilló. Antes de que pudiera abrir la boca siquiera, Korum la cogió y la levantó en sus brazos.

—¿Estás bien? —preguntó, mirándola preocupado.

Como respuesta, Mia le pasó los brazos por el cuello y le apoyó la cabeza en el hombro, sintiéndose inusualmente mimosa.

—Estoy bien. Solo es que soy una torpe.

—Tú no eres una torpe —negó Korum—. Es que no ves bien cuando se hace oscuro.

—Cierto —dijo Mia, respirando el cálido aroma de su piel de la zona de la garganta. Se sentía extrañamente contenta así, llevada en sus brazos poderosos. Se dio cuenta de que ya no le tenía miedo, al menos a nivel físico. Era difícil creer que hacía solo unos días, pensó que él podría matarla por ayudar a la Resistencia.

Él continuó caminando unos minutos llevando a Mia, hasta que llegaron la playa. La bajó cuidadosamente y sostuvo su cintura entre las manos.

—¿Te apetece nadar un poco? —preguntó, y Mia pudo distinguir la sensual curva de sus labios bajo la pálida luz de la luna casi llena.

—No he traído el bañador —dijo Mia, levantando la vista hacia él. El aire nocturno también se estaba volviendo más fresco: perfecto para dar un paseo, pero posiblemente mucho menos agradable con la piel mojada.

—No hay nadie por aquí —le dijo él—. Excepto yo. Y yo ya te he visto desnuda.

Por algún motivo, esa sencilla afirmación sacó de golpe a Mia de su tranquila satisfacción. La parte inferior de su vientre se tensó de excitación, y se le endurecieron los pezones. De repente tenía mucho más calor, como si todavía estuviera dándoles el sol. Alzó la vista y le preguntó:

—¿Y qué pasa si viene alguien?

—No vendrá nadie —prometió Korum—. Esta noche he reservado esta parte de la playa para nosotros solos.

¿Había reservado la playa para ellos? Ni siquiera sabía que fuera posible hacer algo así. Pero tenía sentido, claro, que si alguien podía, ese sería Korum; como miembro del Consejo, probablemente disfrutaba de privilegios especiales en Lenkarda.

Impacientándose por su falta de respuesta, Korum decidió tomar cartas en el asunto. Dio un par de pasos atrás, se quitó su propia ropa y sus sandalias y lo dejó caer todo sin ningún cuidado sobre la arena. La respiración de Mia se aceleró. Su cuerpo alto y poderosamente musculado estaba ahora desnudo por completo, y la luz de la luna hacía visible la gran erección que tenía entre las piernas.

—Quítate la ropa —le ordenó con suavidad—. Quiero verte desnuda ahora mismo.

Mirándole, Mia se humedeció los labios, repentinamente secos. Podía sentir el suave tejido del vestido rozándole los pezones erectos, y la humedad que empezaba a brotar de su entrepierna. Notaba el cuerpo entero sensible, el corazón latiéndole con más fuerza y la sangre corriendo más rápido por las venas. Los recuerdos de la inquietante, aunque increíblemente erótica, experiencia de la noche anterior se agolparon de repente en su cerebro, y tragó saliva con nerviosismo, preguntándose si él pretendería darle otra lección o cumplir alguna otra fantasía que ella misma no sabía que tenía.

Él no dijo nada más, solo se quedó allí de pie esperando, mirándola expectante. Mia se preguntó lo buena que sería de verdad su visión nocturna. Ella no podía distinguir la expresión de su rostro bajo esa luz tenue, y no tenía ni idea de qué le estaba pasando a él por la cabeza en ese momento.

Con manos ligeramente temblorosas, se quitó despacio las botas. Bajo los pies notó el frescor de la arena que había perdido ya la calidez del sol.

—Ahora el vestido —ordenó Korum, y su voz tenía una aspereza que la hizo pensar que su paciencia estaba a punto de agotarse.

Mia obedeció, sacándose el vestido por arriba y dejándolo caer sobre la arena. Ahora estaba totalmente desnuda, y notó como temblaba ligeramente por la brisa marina de la noche.

Él se acercó a ella y la cogió por los hombros, atrayéndola para sí.

—Eres tan hermosa —susurró, inclinándose para besarla. Sus manos abandonaron sus hombros y la cogieron por las nalgas, levantándola contra él hasta que su dura polla le presionó contra el vientre.

Aproximó su boca a la suya, y ella sintió la suave calidez de sus labios y el insistente empuje de su lengua penetrando su boca. Dentro de ella todo se suavizó, se fundió, y ella empezó a gemir despacito, rodeándole el cuello con los brazos. Él tensó las manos sobre su trasero, apretándole las pequeñas esferas redondas, y entonces la hizo bajar hasta el suelo, tumbándola sobre su ropa. Con su mano derecha encontró el camino hacia abajo por su cuerpo, forzó sus piernas para que se separaran y exploró con los dedos sus tiernos pliegues, tocándola con una suavidad enloquecedora. Mia se retorció, sus caderas se levantaron hacia él pidiéndole más, y él se lo concedió. Un largo dedo penetró en su vagina y encontró el punto sensible del interior. La tensión que ya conocía empezó a concentrarse en su vientre, y ella retorció las caderas, pidiendo solo un poquitín más. Y luego se corrió con un pequeño grito y los músculos internos palpitando por el liberador orgasmo.

Tendida allí, sin fuerzas, notó como sus manos le separaban aún más las piernas. Su erección le rozaba los muslos con la punta de su pene, increíblemente suave y caliente. Estaba presionando contra su abertura, y Mia cogió aire para prepararse a su entrada, con el cuerpo anhelando más placer que el que acababa de experimentar.

—Dime que me deseas —susurró él y había algo extraño en su voz, algún tono oscuro que nunca le había oído antes.

—Sabes que sí —le dijo quedamente, sintiendo que se iba a morir si él no se lo daba todo ahora mismo. Sentía la piel extremadamente sensible, como si no fuera capaz de contener el deseo que la abrasaba desde dentro.

—¿Cuánto? —le exigió con aspereza—. ¿Cuánto me deseas?

—Mucho —admitió Mia, mirándole, con los músculos pélvicos tensándose por el deseo y el clítoris palpitante. ¿Qué quería de ella? ¿No podía notar lo mucho que su cuerpo ansiaba el de él?

Entonces él bajó la cabeza, besándola de nuevo, al mismo tiempo que su pene daba un empujón hacia adelante y la penetraba con un poderoso impulso. Mia gritó contra sus labios, repentinamente sintiéndose llena hasta el borde. Antes de que pudiera ajustarse a la sensación, él empezó a mover las caderas adelante y atrás, con un fuerte ritmo que reverberaba por todas sus entrañas de una manera que la hacía olvidar del todo su extraño comportamiento. Escuchaba sus propios gritos, aunque no era del todo consciente de estarlos dando, y la rudeza de él iba aumentando la tensión interna que se iba acumulando en su interior.

Y entonces él se detuvo, a punto de que ella se corriera. Frustrada, Mia gimió, retorciéndose debajo de él, incapaz de controlar los convulsos movimientos de su propio cuerpo.

—Korum, por favor...

—Por favor, ¿qué? —murmuró él, apartándose de ella. Su mano encontró el camino entre sus cuerpos y presionó ligeramente su clítoris con los dedos, manteniéndola en equilibro en el borde exquisito del precipicio entre el dolor y el placer. —Por favor, ¿qué?

—Por favor, fóllame —le susurró ella, casi incoherente por el deseo. Él presionó sus pliegues con más fuerza, y Mia gritó por la tensión aún mayor que se acumuló en el nudo de su interior.

—Dime que me quieres —le ordenó, y Mia se paralizó por esas palabras poco familiares que la alcanzaron a través de su aturdimiento, sacándola súbitamente de su niebla de sensualidad.

—Dímelo, Mia —dijo él con brusquedad, y deslizó su dedo dentro de ella, encontrando el lugar que siempre la volvía loca y presionándolo rítmicamente hasta que la tuvo a punto de llorar de frustración, con todo el cuerpo temblando y retorciéndose entre sus brazos.

Casi incoherente, ella gritó:

—¡Sí! Por favor, Korum... ¡Sí!

—¿Sí, qué? —Él era implacable, completamente inflexible en sus demandas.

—Te quiero —sollozó ella, sabiendo que más tarde lo lamentaría, pero incapaz de evitarlo—. Korum, por favor... ¡Te quiero!

Entonces sus dedos la abandonaron, pudo sentir de

nuevo su polla entrar dentro de ella, y se estremeció de alivio cuando él retomó sus embestidas, hasta el fondo, llenando el palpitante vacío de su interior. Al mismo tiempo, él le enterró la mano en el pelo para acercarse su garganta y Mia notó el calor de su boca en el cuello y el familiar dolor punzante que acompañaba a su mordisco. Casi al instante, su mundo se disolvió en una borrosa mezcla de sensaciones, y el clímax tan esperado la atravesó con tanta fuerza que perdió la consciencia durante unos segundos, apenas notando el áspero grito de él al alcanzar su propio orgasmo un minuto después.

El resto de la noche pasó en medio de una bruma, con él poseyéndola una y otra vez en un frenesí inducido por la sangre, hasta que ella fue incapaz de correrse más, su garganta se quedó ronca de gritar, y su cuerpo, exprimido por los orgasmos sin fin. Nada de eso parecía real, con todos sus sentidos insoportablemente sobreexcitados por el producto químico de su saliva y con la mente vacía de cualquier pensamiento, con todo su ser atrapado en el extremo éxtasis de su contacto.

Por fin, en algún momento antes del amanecer, Mia se desmayó entre sus brazos, con las olas del mar golpeando contra la costa a pocos metros de ellos y la luna brillando sobre sus cuerpos entrelazados.

CAPÍTULO DOCE

Al abrir los ojos a la mañana siguiente, Mia se quedó mirando al techo mientras los recuerdos de la noche pasada inundaban su cerebro.

Le había dicho que le quería, recordó con un nudo en el estómago. Como una idiota, le había permitido arrancarle el único retazo de protección que le quedaba, desnudando su corazón y su alma. Ahora podría jugar con sus sentimientos igual que lo hacía con su cuerpo. ¿Y por qué? ¿Por qué le había hecho esto? ¿No le bastaba con controlar totalmente su vida? ¿También tenía que poseerla a nivel emocional, arrebatándole su último gramo de privacidad?

Hoy podría negarlo. Podría decir que se lo había sacado mediante tortura, y eso sería verdad. Pero él sabría que ella mentía si intentara echarse atrás en lo dicho en su confesión a regañadientes.

Mia gimió y enterró la cara en la almohada,

deseando poder dormir más. Lo último que le apetecía hoy era verle cara a cara.

Como un minuto después, se obligó a sí misma de levantarse e ir a la ducha. Para su sorpresa, no había rastro alguno de arena en ninguna parte de su cuerpo. Korum debía de haberla traído a casa y lavado ayer, o en algún momento durante esa mañana. No se acordaba en absoluto de esa parte. También estaba sorprendida de no sentirse nada dolorida tras el maratón sexual de la noche anterior; en Nueva York, después de alguna noche parecida, Korum había tenido que usar su dispositivo sanador con ella. Mia decidió que probablemente también lo habría hecho esta vez mientras ella dormía.

Bajo el caliente chorro de la ducha, cerró los ojos y trató de pensar en otra cosa que no fuera en ver a Korum.

Resultó ser misión imposible. Su mente siguió dándole vueltas a lo que le diría la próxima vez que lo viera, como se comportaría él, si mantendría su habitual pose burlona... Deseaba desesperadamente poder marcharse un par de días, solamente irse a su casa, a su propio apartamento... pero obviamente, esa no era una posibilidad.

Al salir de la ducha, Mia se secó con una toalla y se puso el albornoz. Armándose de valor para un potencial encuentro, se aventuró en la sala de estar. Para su alivio, Korum no estaba allí. Mia cayó en la cuenta de que debía de estar en el juicio. Cuando miró la hora, se quedó estupefacta al ver que ya eran las tres de la tarde.

Se acercó a la cocina con los pies descalzos, pidió un plato de fruta para desayunar y se lo llevó al cuarto de estar. Probablemente era demasiado tarde para meterse en el mundo virtual del juicio; si había empezado a la misma hora que ayer, las presentaciones terminarían en otro par de horas. Así que en vez de eso, Mia se arrellanó en el sofá e intentó distraerse leyendo el último thriller de Dan Brown.

LEVANTÓ la vista del libro y miró la hora. Eran casi las cinco. El estómago le rugía, recordándole que apenas había comido. También seguía vestida con el albornoz y las zapatillas de andar por casa.

Mia se levantó, se fue al dormitorio y se puso un bonito vestido rosa y blanco y un par de sandalias planas de tiras. No tenía ni idea de cuándo volvería Korum del juicio, pero el día anterior ya estaba en casa y preparando la cena a media tarde, cuando ella llegó después de hablar con Delia. Por alguna razón, no quería tener un aspecto desaliñado cuando él llegara a casa, aunque no tenía ni idea de por qué eso le importaba. Durante un breve instante, pensó en salir a dar un paseo con la esperanza de evitarle un poco más, pero entonces decidió no ser una cobarde. No es que pudiera alejarse mucho, ni ir a algún sitio donde él no pudiera localizarla inmediatamente. Los dispositivos de seguimiento insertados en las palmas de sus manos le transmitían su paradero en todo momento. Era mejor simplemente enfrentarse a él y acabar de una vez.

Él llegó a casa una hora más tarde.

Al oír entrar a Korum, Mia levantó la vista del libro, y su corazón le dio un vuelco al verle. Vestido con la ropa formal que se había puesto para el juicio, estaba sencillamente arrebatador, con esa piel color bronce haciendo un hermoso contraste con el color blanco de su camiseta, y su poderoso físico acentuado por lo ajustado de su atuendo. La mirada en sus ojos color ámbar era sorprendentemente cálida, como si no hubiera pasado la noche anterior torturándola con el objetivo de sacar a la luz sus tontos sentimientos.

Mientras Mia le miraba con recelo, él se acercó y la recogió del sofá, levantándola para para darle un breve beso.

—Tengo una sorpresa para ti —dijo, dejándola de nuevo sobre sus pies cuidadosamente y manteniendo las manos en su cintura.

—¿Una sorpresa? —preguntó Mia, asombrada.

Korum asintió, sonriéndole:

—Vamos a salir a cenar con Saret y uno de sus ayudantes.

—Vale... —dijo Mia, frunciendo ligeramente el ceño—. Eso suena genial, pero, ¿cuál es la sorpresa?

Su sonrisa se amplió.

—La razón por la cual quedamos hoy con ellos es porque quieren saber más sobre tus conocimientos y experiencia en psicología, para averiguar dónde y cómo podrías ser de más utilidad en el laboratorio de Saret.

—¿Qué quieres decir? —Mia apenas podía creerse lo que estaba oyendo—. ¿Qué tiene que ver con nada de esto el laboratorio de Saret?

—Bueno, dado que tus estudios y tu carrera son tan importantes para ti —dijo Korum—, quería asegurarme de que no te estoy privando de nada al traerte hasta aquí. Parecías interesarte por la especialidad de Saret y, según tengo entendido, tu campo de estudio es muy similar al suyo. Recientemente uno de sus ayudantes se ha marchado, y ha dejado una vacante en su laboratorio. Por supuesto, hay ya unos diez candidatos para el puesto, pero le he convencido de que te contrate un par de meses, solo para ver cómo va. Obviamente, se trata de una gran oportunidad de aprendizaje para ti, pero también tú puedes proporcionarle algunas perspectivas únicas, dado tu entorno previo...

—¿Y él ha aceptado contratarme a mí? ¿A una humana? —preguntó Mia incrédula, con el corazón dando saltos en el pecho.

—Sí —respondió Korum—. Me debe un par de favores, y además me ha dicho que le caes bien.

—¿Me estás diciendo que puedo trabajar en un laboratorio K junto a vuestro máximo experto en temas de la mente? —dijo Mia muy despacio, necesitando que él lo confirmara por si acaso. Casi estaba hiperventilando de la emoción. Esa era una oportunidad increíble, imposible. ¿Cuántos seres humanos tenían una ocasión como esa de estudiar la mente de los Krinar desde su propia perspectiva? Algunos científicos venderían su alma al diablo para estar ahora mismo en su lugar. Mia quería ponerse a dar saltos y carcajadas, y sabía que lucía una enorme sonrisa en su cara.

—Si te interesa, claro —dijo él con tono despreocupado, pero había un brillo en sus ojos que le indicaba que sabía cuánto significaba eso exactamente para ella.

—¿*Si* me interesa? Oh, Korum, ni siquiera sé cómo agradecértelo —le dijo Mia muy seria—. ¡Obviamente, esta es una oportunidad fenomenal para mí! ¡Muchísimas, muchísimas gracias!

Él sonrió, aparentemente encantado.

—Por supuesto. Me alegra que te guste la idea. En cuanto a cómo puedes agradecérmelo... —Sus ojos adquirieron un ya conocido tinte dorado, se sentó en el sofá y la atrajo para sí—. Un beso estaría bien —le dijo suavemente.

Al recordar la noche anterior, la sonrisa de Mia se desvaneció y se puso tensa. Por un instante, había olvidado lo que él había hecho, lo que la había obligado a decir, distraída por la asombrosa oportunidad que le estaba ofreciendo. Pero ahora lo otro volvía a monopolizar su pensamiento. ¿Iría él a actuar como si no hubiera pasado nada? Si era así, ella estaría encantada de seguirle el juego.

Mia le miró a la cara, enterró los dedos en su pelo y atrajo su cabeza hacia ella. Notaba su pelo abundante y liso entre los dedos y sus labios suaves y cálidos bajo los suyos. Él tenía un sabor delicioso, como a él mismo aderezado con alguna fruta exótica, y ella le besó con toda la pasión y la excitación que sentía. Cuando por fin se detuvo, él respiraba un poco más deprisa, y Mia pudo sentir como sus propios pezones se erigían en pequeñas montañas bajo su vestido.

—Mmm, eso sí que ha sido un agradecimiento —murmuró, mirándola con una leve sonrisa—. Quizá debiera de encontrarte prácticas cada día.

—Si lo hicieras, podría caer muerta por la emoción —le dijo Mia con franqueza—. En serio, esto es más de lo que jamás podría haber esperado o imaginado. Gracias otra vez.

—De nada —dijo él, obviamente disfrutando con su reacción—. Ahora, ¿estás lista para salir? La cena es dentro de quince minutos y no deberíamos llegar tarde.

Mia se levantó y dio una vuelta sobre si misma frente a él.

—¿Puedo ir así vestida o debería cambiarme?

—Esto es perfecto. Ponte alguna joya y estarás lista para salir.

Salieron de la casa unos minutos más tarde, después de que Mia se pusiera su collar de piedra resplandeciente de un millón de años. Korum ya había creado la pequeña cápsula que les llevaría a cenar, y Mia se subió en ella atravesando la pared, que se disolvió frente ellos, para sentarse en uno de las planchas flotantes y ponerse cómoda. Estaba empezando a acostumbrarse a este tipo de transporte.

—¿Nos reuniremos con ellos en un restaurante? —preguntó, curiosa por si tal cosa existía en Lenkarda. Hasta el momento, la única comida que había hecho fuera de casa de Korum fue en la de Arman.

Korum asintió:

—Algo parecido. Se llama Salón de Comidas, y tendremos un reservado para nosotros. La idea es similar a la de un restaurante humano, pero ahí no hay camareros de ningún tipo. La comida tiende a ser mucho más elegante que lo comerías en casa, con ingredientes más exóticos que los que ni yo ni mi casa elegiríamos.

—Entonces, ¿se reúnen los K en este Salón de Comidas, tal como nosotros iríamos a un restaurante a socializar?

—Exactamente —le confirmó Korum—. Es un lugar popular para reuniones de negocios y ocasiones parecidas. También para citas, pero la mayoría prefiere un poco más de privacidad en eso.

—¿Por qué? —preguntó Mia mientras la pequeña cápsula despegaba silenciosamente.

—El sexo en público está mal visto —explicó Korum, mirándola con una sonrisa traviesa—. Y las citas frecuentemente acaban en sexo.

Mia sintió sus mejillas sonrojarse.

—Ya veo. ¿Con más frecuencia que en la sociedad humana?

—Probablemente... aunque no he visto ningún dato concreto que corrobore esa afirmación. Nuestra sociedad tiende a ser mucho más liberal sobre tales asuntos. A excepción de las parejas estables, todos tomamos anticonceptivos para no tener que preocuparnos de embarazos no deseados. Tampoco existe nada que se parezca a una enfermedad de transmisión sexual entre los krinar. No hay motivo alguno para no pasarlo bien.

De repente, Mia se sintió extremada e irracionalmente celosa, imaginándose a Korum divirtiéndose con alguna desconocida hembra krinar. Él le había dicho que ella era la única mujer en su vida y que lo había sido desde que se conocieron, y ella le creía... no había ninguna razón para que él le mintiera. Aun así, no podría sacarse de la cabeza las imágenes de Korum entrelazado con alguna hermosa mujer K.

Antes de que pudiera hacerle más preguntas, la cápsula aterrizó suavemente frente a un gran edificio blanco. Su estructura era similar a la de la casa de Korum: también era un cubo alargado con las esquinas redondeadas, solo que mucho más grande de tamaño.

Korum salió primero y luego le tendió la mano a ella. Mia la aceptó, agarrándose con fuerza. Esta era su primera salida pública en Lenkarda, y se sentía tan emocionada como nerviosa por encontrarse con otros krinar. Sobre todo, sin embargo, no quería parecerles una idiota a Saret y a su ayudante. Ojalá hubiera tenido la oportunidad de revisar los apuntes de algunas de sus clases, por si acaso decidieran hacerle preguntas sobre lo que había aprendido hasta el momento en su carrera de Psicología.

Korum la guio cogida de la mano hasta el edificio. Cuando se acercaron, la pared se disolvió para dejarlos pasar, y ellos entraron en una gran sala con paredes opacas y de techo transparente. Nadie salió a recibirles, pero había bastantes K por allí, tanto hombres como mujeres, vestidos con una mezcla de atuendos formales e informales.

Cuando entraron, varias docenas de cabezas se volvieron hacia ellos, y Mia apretó con más fuerza la mano de Korum, sorprendida de ser el centro de atención. Sin embargo, Korum parecía no notar las miradas en modo alguno, y caminaba con ritmo pausado por la sala. Mia hizo lo que pudo por imitar su compostura, mirando hacia adelante y concentrándose en no quedarse boquiabierta ante las hermosísimas criaturas que abiertamente, y en su opinión, de forma grosera, los estudiaban a ella y a su amante.

Justo antes de que parecieran llegar al final del salón, las paredes de la derecha se abrieron y Korum la condujo a través de la entrada. Resultó ser una sala pequeña y privada donde Saret y otro hombre krinar estaban ya esperándoles.

Cuando entraron, Saret se levantó de su asiento flotante y se acercó hasta Korum, poniéndole la palma de la mano en el hombro a modo de saludo. Su amante correspondió al gesto con una leve sonrisa.

—Estoy encantado de que hayáis podido salir esta

noche —dijo Saret, dirigiéndose a ambos—. Mia, ¿es esta la primera vez que visitas el Salón de Comidas?

Mia asintió, sintiéndose algo nerviosa. Si todo salía de acuerdo al plan, este K pronto sería su jefe.

—Sí, no he salido demasiado aún.

—Por supuesto —dijo Saret—. Tu cheren ha estado ocupado con el juicio, como muchos de nosotros. Bueno, Korum, ¿has conocido a Adam?

—No he tenido el placer —dijo Korum, volviéndose hacia el otro krinar—. Pero he oído hablar mucho de este joven.

Adam se puso en pie y, para sorpresa de Mia, tendió la mano en un gesto de saludo muy humano.

—Yo también he oído hablar mucho de ti —dijo. Su voz era profunda y suave, y la forma en que pronunciaba algunas palabras en krinar le hacía parecer casi como si fuera extranjero.

Korum sonrió ligeramente, extendió la mano y estrechó la de Adam.

—Veo que todavía no les has pillado el truco a nuestros saludos.

El otro K se encogió de hombros.

—A estas alturas ya estoy familiarizado con las costumbres, pero todavía no me salen de modo natural. Como has vivido bastante tiempo en Nueva York, supuse que no te importaría. —Entonces, volviéndose hacia Mia, le dirigió una cálida sonrisa y dijo—: Soy Adam Moore. Y tú debes de ser Mia Stalis, la chica de la que tanto he oído hablar.

Mia parpadeó, no muy segura de si solo acababa de

imaginarse escuchar a un K presentándose con lo que parecían ser un nombre y un apellido humanos.

—Sí, hola —dijo, devolviéndole la sonrisa. Korum lo había descrito como "un joven" y ella se preguntó cuántos años tendría en realidad. Físicamente, parecía ser de la misma edad que Korum y Saret.

—Adam tiene un historial muy poco corriente —dijo Saret, al parecer advirtiendo su desconcierto—. Venid, sentaos y podremos charlar más durante la cena.

—Esa es una idea excelente —dijo Korum, acercando hacia ellos un par de asientos flotantes. Mia se encaramó en uno de ellos, dejando que se ajustara a su forma corporal, y Korum hizo lo propio. Los asientos flotaron para acercarse a los otros dos krinar, que también habían ocupado sus sitios para entonces. Ahora los cuatro estaban dispuestos en círculo alrededor de lo que parecía ser una diminuta mesa flotante. Al examinarla más de cerca, Mia vio que la mesa era más bien algún tipo de tablet, llena de escritura krinar e imágenes de diferentes y apetitosos platos. Cayó en la cuenta de que era un menú.

—Nosotros ya hemos hecho nuestros pedidos —les dijo Saret—. Adelante, elegid los vuestros.

—¿Quieres que pida por ti? —preguntó Korum a Mía, esbozando una sonrisa con hoyuelos.

—Claro —le dijo Mia, feliz de delegar esa tarea. A pesar de que su traductor incorporado le hacía posible leer la escritura krinar, no tenía ni idea de lo que eran la mayoría de los platos.

Korum agitó la palma de su mano sobre la mesa.

—Bien, acabo de pedir. La comida debería estar aquí en unos minutos.

Mia le dio las gracias y volvió a centrar su atención en los otros K, dedicándoles una sonrisa.

Saret le devolvió la sonrisa con un centelleo en sus ojos castaños.

—¿Qué tal lo estás pasando en tus primeros días en Lenkarda?

—Es un lugar hermoso —le dijo ella con franqueza—. La playa es muy agradable. Crecí en Florida, así que realmente la echo de menos en Nueva York. Es decir, allí también está el océano y todo eso, pero no es lo mismo.

—¿Demasiado sucio y contaminado? —dijo Saret.

—Está bastante sucio —reconoció Mia—. Y abarrotado. Incluso en verano, las playas de alrededor de la ciudad no son las mejores. Y, por supuesto, el clima durante la mayor parte del año no es el más idóneo para ir a la playa...

—¿Alguna vez vas a la costa de Jersey o a los Hamptons? —le preguntó Adam—. Aquellas playas son mucho más agradables.

—No, no he tenido ocasión —respondió Mia—. No tengo coche, y normalmente tampoco suelo estar en Nueva York en verano. Durante el año escolar, el clima solo es lo bastante agradable para una excursión playera en septiembre, y normalmente estoy muy ocupada para coger un autobús y escaparme a algún sitio durante todo un fin de semana. ¿Por qué? ¿Has estado allí?

—De hecho, crecí en Manhattan —dijo Adam—. Así que he ido tanto a la costa de Jersey como a los Hamptons bastantes veces con mi familia.

Mia abrió mucho los ojos por la sorpresa:

—¿Tu familia?

Adam asintió.

—Fui adoptado por una familia humana cuando era un bebé. No tenían ni idea de lo que era, por supuesto, y tampoco yo, al menos hasta el Día K.

—¿En serio? —Mia se quedó mirándolo fascinada. Para ella, tenía evidentemente el aspecto de un K, con su cabello castaño oscuro, su piel dorada y sus ojos color avellana. También exhibía su forma de moverse, una gracia casi felina común a muchos depredadores. Por supuesto, antes del Día K, nadie sabía que existían los krinar, por lo que era factible que él pudiera haber sido tomado por humano—. ¿Así que has descubierto recientemente que eras un K?

—Yo sabía que era diferente, por supuesto —dijo Adam encogiéndose de hombros—. Pero no tenía ni idea de que en realidad era de otro planeta.

—¿Pero cómo es que nadie lo descubrió? Quiero decir, debes de haber sido mucho más fuerte y más rápido que los otros niños... ¿Y qué hay acerca de los análisis de sangre y las vacunas?

—No fue fácil —admitió Adam sin reparos—. Mis padres son personas increíbles. En seguida se dieron cuenta de que yo no era un niño normal de Rumanía e hicieron todo lo que estaba en su mano para protegerme.

—Pero, ¿cómo sucedió eso? —Mia todavía estaba devanándose los sesos con una situación tan implausible—. ¿Cómo terminaste en la Tierra siendo un bebé... y antes del Día-K, nada menos?

—Es una larga historia —respondió Adam, repentinamente con aspecto más frío y mucho más peligroso. Al verlo ahora, Mia podía imaginárselo fácilmente en los zapatos de Korum dentro de otros doscientos años—. Y probablemente nada adecuada para conversar mientras cenamos.

—Por supuesto —se disculpó Mia con celeridad. Estaba claro que había tocado un punto sensible—. No tenía intención de fisgonear...

—No pasa nada —dijo Adam, volviendo a sonreírle—. Sé que toda la historia es muy extraña y no te culpo por tener curiosidad.

En ese momento apareció su comida, en forma de platos que salieron de la pared a la izquierda de Mia y flotaron para aterrizar en la mesa, que se expandió inmediatamente hasta adquirir una superficie bastante considerable. El plato de Mia parecía ser una mezcla de un extraño grano violáceo y un montón de pedazos verdes y anaranjados de plantas que parecían desconocidas. Todo estaba presentado en elaborados remolinos con formas parecidas a flores, asemejándose más a una obra de arte que a comida de verdad.

Korum parecía haber pedido lo mismo para él. Mia tomó un bocado del mejunje y casi gime de placer, al sentir como si sus papilas gustativas se encontraran en el cielo ante la increíble fusión de sabores dulces, salados y ácidos. Durante un par de minutos, reinó el silencio mientras los cuatro se concentraban en su cena.

Saret terminó de comer el primero y apartó su plato, que inmediatamente se marchó flotando. Volviendo al tema anterior de la conversación, le dijo a Mia:

—Como te puedes imaginar, Adam todavía intenta entender nuestro modo de vida. En ciertos aspectos, vosotros dos tenéis mucho en común, que es la razón por la cual lo he traído conmigo hoy. A pesar de su juventud, es uno de mis ayudantes más prometedores, y eso es en parte debido a la perspectiva única que lleva consigo como resultado de su pasado. Normalmente no contrataría a alguien en la veintena, un adolescente en nuestra cultura, pero Adam es mucho más maduro que el krinar típico de esa edad.

Mia asintió, y le empezaron a sudar las palmas de las manos. Ahora estaban llegando al motivo principal de esta cena. Apartó el resto de su comida para concentrarse mejor en Saret.

—Korum me cuenta que tienes un gran interés en todo lo relacionado con la mente, y que, de hecho, ese es el campo de estudio que has elegido. ¿Es eso correcto? —preguntó, mirándola expectante.

—Estudio una licenciatura en Psicología en la Universidad de Nueva York —confirmó Mia—. Según tengo entendido, la psicología tiene un ámbito mucho menor que tu especialidad... pero me encantaría aprender sobre cualquier cosa que tenga que ver con la mente.

—¿Y cuánto sabes hasta ahora? ¿Qué te han enseñado en la Universidad de Nueva York hasta el momento?

Mia notó cómo se ponía en modo entrevista, y su nerviosismo se traducía de algún modo en una mayor claridad de pensamiento y de expresión. Basándose en todo lo que recordaba, le habló a Saret acerca de sus clases de Psicología Básica, así como de los cursos más avanzados y especializados que ella había comenzado a hacer recientemente. Le habló sobre el ensayo que acababa de escribir para Psicología Infantil y sobre las prácticas que hizo el año anterior en un hospital de Daytona Beach asesorando a víctimas de abuso doméstico. También le explicó sus planes de obtener un máster y de trabajar como orientadora escolar para poder influir positivamente en los jóvenes en un momento importante de sus vidas.

Saret y Adam escuchaban atentamente, y Saret asentía de vez en cuando al mencionar ella algunos de los conceptos clave que había aprendido en sus clases. Korum lo observaba todo con tranquilidad, aparentemente satisfecho solo con verla hablando animadamente sobre su formación.

Por fin, después de una media hora, Saret la detuvo:

—Gracias, Mia. Eso era exactamente lo que yo quería saber. Pareces muy apasionada por tu elección de... licenciatura... y creo que podrías ser un activo útil para mi equipo. ¿Podrías empezar mañana?

Mia casi da un salto de la emoción, pero se controló en el último instante y simplemente le dirigió a Saret una enorme sonrisa.

—¡Desde luego! ¿A qué hora quieres que esté allí? —Entonces, al acordarse de que probablemente debería consultarle al K que controlaba su vida, miró rápidamente a Korum. El asintió con una sonrisa, y la de Mia se extendió de oreja a oreja.

—¿Puedes estar allí hacia las nueve de la mañana? —preguntó Saret—. Sé que necesitas dormir más que nosotros, pero creo que esa es la hora de empezar a trabajar en un horario laboral estándar entre los humanos...

—Por supuesto —Mia dijo con ahínco—. También puedo llegar antes, a la hora que sea normal para vosotros...

Por el rabillo del ojo, vio como Korum negaba a Saret con la cabeza.

—No, no es necesario —dijo Saret—. No hay absolutamente ninguna urgencia, y tú serás de más utilidad si no estás falta de sueño. Tú vente a las nueve y ya está, ¿vale?

Mia asintió con la sensación de estar en una nube.

—Claro, ¡estoy impaciente!

Su entusiasmo hizo sonreír a Adam.

—Esto supone una curva de aprendizaje muy pronunciada —le advirtió—. Después de dos años trabajando en el laboratorio, te puedo decir que sigo aprendiendo unas cincuenta cosas nuevas cada día.

Mia sonrió de nuevo, demasiado hiperactiva para que eso la intimidara como correspondía.

—Eso es perfecto: me encanta aprender. —Se volvió hacia Saret y le dijo sincera—: gracias por esta oportunidad. Haré todo lo que pueda para ser útil.

—Claro que sí —dijo Saret con una sonrisa—. Estoy deseando verte mañana. —Y poniéndose en pie, repitió el saludo anterior, tocando el hombro de Korum antes de marcharse.

Adam siguió el ejemplo de su jefe, se levantó y estrechó la mano de Korum otra vez antes de partir. Mia notó que por alguna razón no le había ofrecido la mano a ella, aunque tenía que saber que era de mala educación ignorarla de esa forma. Supuso que habría algún tipo de tabú sobre tocar a las mujeres, o tal vez solo a la charl de otro K, que tendría que ver probablemente con la naturaleza territorial de los K. Puesto que incluso Adam estaba siguiendo esta costumbre en particular, debía de haber un motivo bastante convincente.

Por fin, Korum y Mia se quedaron solos.

Poniéndose en pie, su amante le sonrió afectuosamente.

—Has estado fantástica: podía notar que Saret estaba impresionado. Estoy muy orgulloso de ti.

Mia esbozó una enorme sonrisa y se levantó a su vez, resplandeciente de gozo por sus palabras.

—Gracias. Y gracias de nuevo por hacer esto posible.

—Por supuesto —Korum dijo, acercándola para sí y

enterrando la mano en su pelo. Mientras la mantenía pegada contra su cuerpo y con la cabeza levantada hacia su cara, le dijo con dulzura:

—Ahora dime otra vez que me quieres.

Con la vista levantada hacia él, Mia se quedó paralizada y toda su euforia se desvaneció para ser reemplazada por una terrible sensación de vulnerabilidad. Él *no estaba* pensando en ignorar lo que había pasado la noche anterior.

Ella se humedeció los labios.

—Korum, yo... —trató de bajar la mirada, pero le fue imposible por el modo en que él la sujetaba.

—Dímelo, Mia. —Sus ojos iban adquiriendo un tono de oro más oscuro—. Quiero escuchártelo decir otra vez.

Ella quería negarlo desesperadamente, contarle que la noche anterior no había estado en sus cabales, pero las palabras sencillamente no se formaban en su lengua.

Porque ella le amaba; tanto, que dolía... tanto que apenas podía pensar más allá de las poderosas emociones que henchían su pecho. En algún momento de las últimas semanas, él había cambiado de ser un extraño distante y peligroso a alguien sin el cual ella no podía imaginarse su vida. Por mucho que odiara su pérdida de libertad, también amaba los numerosos detalles tiernos que él tenía con ella a diario, la forma en que le hacía sentirse tan viva...

Él tenía razón: antes de conocerle, ella simplemente se había conformado con su vida. Había tenido una existencia cómoda, en su mayor parte feliz. Pero no había vivido de verdad.

—Dímelo, cielo —le instó suavemente, soltándole el pelo para sostener su mejilla en la mano—. Dímelo...

—Sí. Te quiero —le susurró, mirándole a los ojos y se preguntó qué diría él ahora, si utilizaría de alguna manera esa confesión en su contra.

Pero él solo sonrió y se inclinó hacia abajo para besarla, posando sus hermosos labios sobre los suyos con tanta ternura que ella sintió como su corazón se le encogía en el pecho.

—¿Te hace feliz poder hacer unas prácticas? —murmuró al levantar la cabeza y mirarla con un cálido brillo en sus ojos dorados.

Mia asintió:

—Claro que sí —dijo con voz queda—. Ya sabes que sí.

—Bien. Quiero que seas feliz aquí —dijo suavemente, apartándose y liberándola de su abrazo. Y entonces la cogió de la mano y la condujo fuera de su reservado y hacia el vestíbulo.

LLEGARON a la casa un par de minutos después.

Durante el breve trayecto, Mia mantuvo la mirada centrada en el suelo transparente, aunque apenas podía ver el paisaje de debajo con la mente ocupada por los acontecimientos de la velada. De algún modo extraño, era casi liberador abrirse a Korum de aquella manera, contarle como se sentía de verdad. Ahora no tendría que estar constantemente en guardia, preocupándose por si adivinaba que se había enamorado de él. No tendría que temer que se burlara de ella por ver a una niña estúpida que confundía el sexo con los sentimientos.

No, él no se había burlado de ella en absoluto. En contra de sus expectativas, él parecía ver con buenos ojos el aspecto emocional; de hecho, prácticamente la había forzado a admitir que le amaba. No le había correspondido confesándole su propio amor, aunque ella tampoco no lo había esperado. Él había dicho anteriormente que ella le importaba y ella le creía. Pero, ¿amor? ¿Podía alguien como Korum enamorarse de verdad de una humana? Arman parecía amar a María, pero su relación era muy diferente de la que había entre Mia y su cheren.

No, no sabía si Korum podría amarla jamás, y no quería volverse loca pensando en ello: no ahora mismo; no cuando ella se sentía tan feliz y estaba deseando empezar con sus prácticas a la mañana siguiente.

Salieron de la nave y Korum la desmontó rápidamente, activando las nanomáquinas con un pequeño gesto. Mia le miró sintiendo como si el corazón fuera a salírsele del pecho, incapaz de contener todos los sentimientos que había en él. Cada movimiento de su alto y musculoso cuerpo estaba imbuido de una fuerza apenas contenida y su herencia de cazador krinar se hacía evidente en la gracia depredadora con la que se conducía. Él distaba tanto de ser alguien con quien jamás se hubiera imaginado estar, era tan poco adecuado para ella a muchos niveles... sin embargo era el único hombre que la había hecho sentirse así.

Cuando la nave desapareció, descompuesta en sus átomos individuales, Korum la levantó en sus brazos y la llevó dentro de la casa, directamente hacia el dormitorio. Mia se aferró a él, anhelando su contacto físico, deseando el placer increíble que solo él podía proporcionarle.

Entraron en el dormitorio y él la dejó suavemente sobre la cama. Allí tumbada, Mia lo miró quitarse la camisa, mostrando su pecho poderoso y su musculado estómago. Lo siguiente fueron sus shorts, y entonces se quedó desnudo del todo, con su gran polla ya enhiesta y sus pelotas balaceando todo su peso entre sus piernas. Mia pensó vagamente que su cuerpo era el epítome de la belleza masculina, mientras el suyo propio reaccionaba con excitación casi instantánea al verlo.

Antes de tener ocasión de admirarlo a fondo, él se puso encima de ella y le subió el vestido, exponiendo su mitad inferior a su ardiente mirada. Sin preliminar alguno, le abrió las piernas y se detuvo unos segundos, fascinado al parecer por su sexo.

Mia se ruborizó de cuerpo entero e intentó cerrar las piernas, sintiéndose demasiado expuesta en esa posición, pero él no se lo iba a permitir, al menos no hasta que hubiera tenido ocasión de mirar todo lo que quería. Por fin Korum levantó la cabeza y murmuró:

—Tienes el coñito más lindo que he visto en mi vida. ¿Te lo había dicho alguna vez? —Mia negó con la cabeza, sonrojándose todavía más—. Lo tienes —dijo suavemente—. Todos esos delicados pliegues y el diminuto clítoris: como la más hermosa de las florecillas. —Y antes de que Mia pudiera decir nada, inclinó la cabeza hacia el objeto de su admiración y separó los mencionados pliegues con los dedos, hallando con su lengua infalible la zona sensible alrededor de su clítoris.

Sobresaltada por el repentino latigazo de placer, Mia gritó y se arqueó contra su boca, su cuerpo entero tenso por una sensación tan intensa que era casi intolerable. Sus manos encontraron de algún modo el camino entre su pelo, tensándole, intentando forzarle a adoptar un ritmo más intenso que le pudiera causar correrse de inmediato. Pero Korum se negó a que le metiera prisa, y su lengua continuó con sus enloquecedores lameteos suaves alrededor de su punto clave, manteniéndola justo al límite. Y precisamente cuando Mia pensaba que iba a perder la cabeza, él finalmente presionó la parte lisa de su lengua contra su clítoris, moviéndolo hacia adelante y hacia atrás con la fuerza precisa para que ella se corriera con un fuerte grito, con el cuerpo entero temblando por la fuerza del clímax.

Débil y jadeante, se quedó allí tendida mientras él observaba su sexo palpitando por el orgasmo, al parecer sin haber satisfecho del todo su curiosidad.

Una vez la notó algo recuperada, se puso encima de ella de nuevo, pero Mia susurró:

—Espera.

Para su sorpresa, él la escuchó, deteniéndose por un segundo.

Todavía temblando ligeramente por las secuelas de lo que acababa de experimentar, se sentó, le lanzó a Korum una sonrisa desafiante, y se puso a acariciarle los testículos con la mano.

—Es juego limpio que cambiemos de tercio —dijo con suavidad—. ¿Por qué no te tumbas tú ahora?

Sus ojos se volvieron aún más dorados y Mia pudo notar como sus pelotas se endurecían en su mano. Notó que a él le excitaba que ella tomara así la iniciativa.

—¿Qué tal si me pongo de pie? —sugirió él, y Mia asintió al gustarle incluso más la idea. Ella se puso de rodillas sobre la alta cama, extendió las manos y recorrió con ellas todo su pecho, deleitándose con la sensación del duro músculo cubierto de tersa piel. Su carne era caliente y dura al tacto, y ella casi podía imaginarse que fuera la estatua de algún dios griego o romano que hubiese cobrado vida.

Su mano derecha se desplazó hacia abajo, por los firmes músculos de su estómago y siguió el fino sendero de vello que conducía a su sexo. Mia envolvió su verga con los dedos, y sintió como se endurecía aún más en su mano. La acarició suavemente, disfrutando del tacto aterciopelado de su piel en esa zona y él gruñó, cerrando los ojos, con una expresión en el rostro que casi lindaba con el dolor.

Animada, Mia puso los labios contra su pecho y recorrió a besos todo el camino por su cuerpo, arrodillándose lentamente hasta que su boca estuvo justo por encima de su polla. Él contuvo el aliento, expectante, y Mia sonrió y le lamió, moviendo ligeramente y con rapidez la lengua sobre la sensible punta. Él siseó, arqueando las caderas hacia ella. Hundió las manos en su pelo y le acercó la cara hacia el sexo, hasta que Mia no tuvo más opción que abrir la boca y dejarle entrar.

Al sentir sus labios cerrándose alrededor de su miembro, él se estremeció, y ella percibió el sabor débilmente salado de su líquido preseminal. Sus músculos internos se tensaron con el terremoto de la excitación que la recorrió.

Mia notó que el placer de él la excitaba, y se deleitó en el efecto que ella tenía sobre él. Rara vez tenía ocasión de hacer esto, de chupársela y hacer que se corriera, porque él siempre estaba tan centrado en volverla loca a *ella*, hacerla gritar a *ella* de éxtasis entre sus brazos...

Sosteniendo sus pelotas con la mano izquierda, envolvió con la derecha la base de su polla y empezó a moverse con un ritmo lento, metiéndosela más y más profundamente en la boca. No podía albergar toda su longitud, por supuesto, pero a él no parecía importarle, y tensaba los dedos en su pelo casi hasta hacerle daño.

Entonces ella sintió como su erección crecía aún

más, volviéndose imposiblemente larga y gruesa, y un líquido salado y cálido salió disparado dentro su boca cuando él se corrió con un áspero grito, echando la cabeza hacia atrás por el éxtasis.

Un minuto después, los dedos de Korum se soltaron lentamente de su pelo y le sacó su polla decreciente de la boca. Miró hacia abajo y le sonrió.

—Ha sido increíble —le dijo y Mia levantó la vista, relamiéndose lentamente y degustando los restos que allí habían quedado de su semilla. Ella no sabía por qué encontraba tan excitante darle placer a él, pero lo hacía. Estaba totalmente excitada otra vez, como si el potente orgasmo que acababa de tener hubiera ocurrido días atrás, en vez de tan solo minutos.

Él se subió a la cama, la acercó para sí y terminó de quitarle el vestido por encima de la cabeza. Al ver su cuerpo desnudo, tuvo una nueva erección, y el vientre de Mia se tensó de expectación cuando él se la acercó y cubrió su boca con la suya con un beso voraz.

Y después la tomó, poseyéndola con su cuerpo incluso aunque ahora fuera dueño de su corazón y de su alma.

CAPÍTULO TRECE

ia se instaló en una rutina durante los siguientes diez días. Las prácticas en el laboratorio de Saret los consumían casi totalmente por completo, en tanto que Korum ocupaba sus veladas y, con mucha frecuencia, sus noches.

Ser una aprendiz en el laboratorio demostró ser un trabajo durísimo y mentalmente agotador. Sin embargo, Mia aprendió más en unos días allí de lo que había aprendido en los tres cursos completos de universidad. Saret no le hacía concesiones por su ignorancia o por el hecho de que, como humana, era más lenta que sus otros ayudantes en ciertas tareas. El primer día la emparejó con Adam y les asignó tres proyectos, el más interesante de los cuales era averiguar cómo mejorar el proceso de transferencia de conocimientos para los niños krinar. Mia había aprendido que la transferencia de conocimientos era la forma en la cual los K educaban a los más jóvenes:

esencialmente grabando la información necesaria en sus cerebros en crecimiento, y eliminando así la necesidad del aprendizaje por repetición de conceptos básicos como leer, escribir, las matemáticas y la historia.

Después de darle un tour vertiginoso de la tecnología extremadamente avanzada que se usaba en el laboratorio, Saret pidió a Adam que le explicara a Mia la investigación que habían llevado a cabo hasta la fecha y que le mostrara las grabaciones y lecturas necesarias. Para cuando Mia salió del laboratorio en su primer día, ya eran las diez de la noche y ella estaba completamente exhausta. Korum se había puesto furioso con Saret, pero su nuevo jefe demostró ser sorprendente inflexible: o Mia trabajaba igual de duro que el resto de aprendices, o no había sitio para ella en su laboratorio. Después de una discusión mayúscula entre los dos K, que incluyó varias amenazas finamente veladas por parte de Korum, Saret había aceptado a regañadientes que Mia volvería a casa a las siete la mayoría de las tardes, excepto cuando estuvieran llevando a cabo simulaciones de crucial importancia. En esos días, tendría que quedarse hasta la medianoche, igual que el resto del equipo del laboratorio. Mia había protestado diciendo que no le importaba, que le encantaba aprender y que se quedaría tan tarde como fuera necesario, pero Korum no quiso escucharlo:

—Eres humana y eres mi charl. No permitiré que te agotes de esta manera —le dijo rotundo.

Y de esta forma quedó establecida su rutina.

Esforzándose por mantenerse actualizada con la enorme cantidad de información con la que se encontraba cada día, Mia puso unas cuantas grabaciones relacionadas con su trabajo en la tablet fina como el papel que Korum le había regalado. Resultó que la tablet era impermeable, y Mia pudo ser multitarea y ver videos mientras se duchaba. Korum no se había mostrado especialmente complacido al enterarse de eso, y murmuró que ella estaba aún más obsesionada con sus prácticas de lo que lo había estado con sus deberes para la universidad, pero no se interpuso en su camino. De hecho, incluso le instaló un cómodo espacio en su oficina, donde ella podía estudiar a su lado por las tardes mientras él trabajaba en sus diseños.

Adam demostró ser indispensable como compañero de laboratorio, y Mia se dio cuenta enseguida de que Saret le había hecho un enorme favor emparejándole con él en los proyectos. El joven K, ella supo que él tenía solo veintiocho años, tenía una mente rápida y perspicaz y se encontraba extremadamente cómodo trabajando con una humana. Parecía ser que, de adolescente, había ganado una fortuna en la bolsa y había establecido un fondo fiduciario para asegurarse de que su familia adoptiva humana tuviera una vida cómoda para siempre. También poseía una serie de patentes por las que Intel y Apple se estaban peleando, y esperaba poder hacer unas prácticas en la empresa de Korum en unos años. Para su sorpresa, Mia se enteró de que tenía además una novia humana (él se negaba a llamarla su charl). Cuando intentó curiosear un poco más, oliéndose una historia fascinante, él se negó a darle ningún otro detalle. Prometió presentársela algún día, y ella tuvo que contentarse con eso.

Durante los primeros días, Mia se sentía tan abrumada que quería llorar, le dolía hasta el cerebro por la tremenda cantidad de cosas que intentaba aprender con él cada día. Para ayudarla, Adam sugirió que intentaran grabarle algo de la información necesaria, como harían con un niño krinar. Al principio Mia se resistió a la idea, pero después de pelearse con la recopilación de datos básicos usando los equipos de laboratorio más complicados, accedió a regañadientes. Saret se había mostrado encantado de tener un sujeto vivo con el que experimentar, aunque ella no perteneciera ni a la categoría de niño ni a la de krinar, y le pidió permiso a Korum para intentar el nuevo procedimiento de grabado con Mia. Después de interrogar exhaustivamente tanto a Saret como a Adam sobre la seguridad del procedimiento y sus potenciales efectos secundarios, su cheren dio su consentimiento, diciéndole a Mia que esperaba que eso le ayudara con las dificultades de su proceso de adaptación inicial. A resultas de eso, Mia pasó la mayor parte del fin de semana dentro de la cámara de grabado, absorbiendo rápidamente en su cerebro toda la información que Saret había considerado que sería útil para su ayudante.

Para cuando Mia salió de la cámara el domingo por

la tarde, se sentía mareada y con náuseas, pero sabía suficiente neurobiología como para poder sacarse un doctorado honorífico sobre el tema. También era potencialmente capaz de realizar cirugía cerebral, en particular en un paciente krinar, aunque no creía que a ella fueran a gustarle los aspectos físicos de esa tarea en particular. Al mismo tiempo había aprendido, al menos en teoría, a dominar todos los equipos del laboratorio de Saret y ahora se sentía infinitamente más cómoda con la tecnología krinar en general.

Tras la grabación, a Mia se le abrió la puerta a todo un mundo nuevo, y la segunda semana en el laboratorio de Saret resultó ser significativamente menos estresante que la primera. En vez de sentirse como una completa idiota todo el tiempo, ya sabía cómo hacer todas las tareas simples, y muchas de las más complejas, que Saret requería de sus ayudantes. Los otros tres aprendices del laboratorio, que al principio habían parecido divertidos por su presencia, empezaron a tratarla más como una igual, dejándola compartir algunas de sus herramientas y equipos. Todavía mostraban un comportamiento reservado cuando la tenían cerca, como si se sintieran inseguros por tener a una humana entre ellos, pero Mia no dejó que eso la afectara. Muchos candidatos krinar habían solicitado su puesto, y ella estaba allí solamente por Korum. Era comprensible que los otros aprendices pensaran que no se merecía realmente esa oportunidad. Mia estaba decidida a probarles que se equivocaban.

Ahora que disponía de una sólida base gracias a lo que le habían grabado, empezó a aprender mucho más rápido, e incluso fue capaz de ofrecer algunas sugerencias a Adam acerca de mejoras potenciales en el proceso de grabación. Él ya había pensado en la mayoría de ellas, por supuesto, pero sin embargo, le contó a Saret los progresos de Mia y su jefe afirmó que ella parecía tener una aptitud natural para este campo: unas palabras de elogio que jamás había esperado escuchar de labios de un krinar.

Le agradaba tanto trabajar en el laboratorio que se preguntaba por qué lo había dejado el ayudante anterior.

—No estoy seguro —le dijo Adam—. Un día, Saur simplemente se levantó y se marchó. Le dijo a Saret que lo dejaba y al día siguiente ya no estaba. Siempre fue un poco raro, algo solitario... ninguno de nosotros lo conocía demasiado bien. Pero era realmente inteligente. Hizo un gran trabajo con la manipulación mental, que es la parte más compleja de lo que hacemos. Nadie lo ha visto desde que se fue. Creo que ya no está en Lenkarda.

En cuanto al frente doméstico, su relación con Korum había experimentado un cambio significativo. Después de su inicial, y bastante reluctante, confesión de su amor, ella sentía que ya no tenía nada que ocultar, y las palabras acudían fácil y rápidamente a su lengua. Korum parecía deleitarse con la nueva situación, demandándole con frecuencia que le dijera lo mucho que lo amaba, y había un constante resplandor cálido en sus ojos cuando la miraba. Algunas veces, ella pensaba que él tenía que sentir amor recíproco por ella, al menos un poquito, pero no quería preguntarle por temor a estropear la frágil tregua que ahora parecía reinar entre ellos. En lugar de eso, por primera vez en su vida, decidió vivir el momento y no regodearse en el pasado ni preocuparse por el futuro.

Los días de Korum estaban ocupados por el juicio y toda la política subsiguiente, y a menudo le hablaba de ello durante la cena. El Consejo había encargado una investigación sobre la supuesta pérdida de memoria de los kets, y varios expertos de la mente, Saret incluido, tuvieron que testificar acerca de la validez de estos hallazgos. Estaba empezando a parecer que la pérdida de memoria era de hecho real, y el veredicto final fue pospuesto hasta que el Consejo pudiera averiguar exactamente qué había pasado y quién estaba detrás de estos extraños sucesos. Korum todavía sospechaba que Loris era el responsable, pero no tenía pruebas suficientes para persuadir al resto del Consejo. Como consecuencia, los kets disfrutaron de un respiro temporal, mientras la investigación seguía su curso.

Cada noche, Korum hacía la cena para los dos, dándole constantemente a probar nuevos y exóticos manjares de Krina. Después, o iban a dar un paseo por la playa, o se sentaban en su oficina, trabajando en silencio codo a codo. Siempre que Mia se permitía pensar sobre su vida en Lenkarda, se sorprendía de lo diferente, y asombrosa, que era en comparación con sus expectativas iniciales. Lejos de sentirse como una mascota humana de Korum, se despertaba cada mañana sintiendo que su vida tenía un rumbo, con ganas de afrontar el día que tenía por delante y aprender todo lo que su nuevo trabajo podía enseñarle. Pasaba sus veladas disfrutando de la compañía de su amante, mientras que sus noches estaban llenas de sexo apasionado.

En la cama, Korum era insaciable, y Mia se dio cuenta de que se había estado conteniendo allá en Nueva York. Su hambre por ella parecía no conocer límites, y muchas veces se la follaba hasta que ella quedaba totalmente exhausta y perdía literalmente el conocimiento entre sus brazos. Sorprendentemente, su cuerpo parecía haberse aclimatado a su forma de practicar el sexo, y Mia ya no tenía que preocuparse por las molestias internas o los músculos doloridos de la mañana siguiente. Incluso en las ocasiones en que tomaba su sangre, se recuperaba con una excepcional facilidad.

Él también comenzó a introducir la realidad virtual en su vida sexual. Ahora, al menos un par de veces por semana, tenían relaciones sexuales en un abanico de lugares públicos y privados, desde el escenario de un concierto de Beyonce hasta la cima del Monte Everest (donde hacía demasiado frío para el gusto de Mia). Después de esa primera vez en el entorno del club virtual, él no la presionaba para alejarse demasiado de su zona de confort, aunque ella no tenía duda alguna de que apenas había comenzado a arañar la superficie de todo lo que en última instancia planeaba hacer con ella en la cama.

Algunos días ella misma se maravillaba de lo aparentemente inagotable de su propia energía. Aunque no cabía duda de que se cansaba con más facilidad que sus colegas krinar en laboratorio de Saret, se las arreglaba para trabajar diez horas al día y luego pasar varias horas más con Korum, de las cuales al menos un par eran en la cama, o donde fuera que estuvieran cuando él estaba de humor para ello. Debería de haber estado hecha polvo y arrastrándose todo el tiempo, pero en vez de eso se sentía genial. Ella lo achacaba todo al aire fresco costarricense y al entusiasmo general por su nuevo trabajo.

Llamó a Jessie una semana después y le contó lo feliz que era.

—¿De verdad, Mia? ¿Eres feliz allí? —preguntó Jessie incrédula—. ¿Después de todo lo que él te ha hecho?

—Ahora es diferente —explicó Mia a su compañera de piso—. Me equivoqué asustándome tanto de él al principio. Creo que le importo de verdad...

—¿A un alienígena bebedor de sangre que prácticamente te secuestró? ¿Tienes alguna extraña versión del Síndrome de Estocolmo?

Mia se echó a reír:

—Eh, que soy yo la que se especializa en Psicología. Y no, no lo creo... —No entró en todos los detalles sobre la mejora de su relación con Korum, todavía le parecía demasiado frágil y preciosa, pero le habló a

Jessie sobre sus prácticas y le describió algunas de las cosas nuevas y geniales que estaba aprendiendo.

—Oh Dios mío, Mia, vas a ser una experta en los K cuando vuelvas —dijo Jessie, con tono de celos—. Está bien, puedo ver que no te está exactamente maltratando...

—No, nada más lejos de eso —Mia le dijo con voz seria—. De hecho, creo que soy más feliz de lo que he sido nunca antes en mi vida.

—Pero tú *vas* a volver a Nueva York, ¿verdad? —preguntó Jessie preocupada—. No vas a decidir simplemente quedarte allí, ¿verdad?

—No, claro que no —la tranquilizó Mia—. Tengo que terminar la universidad y todo eso... —Aunque la idea de regresar no le resultara ya tan convincente como lo era unos días atrás.

También llamó un par de veces a sus padres, diciéndoles que todo iba bien y que volvería a casa el viernes, casi dos semanas más tarde de la fecha en la que inicialmente estaba previsto que estuviera allí. Korum había conseguido el permiso de Saret, diciéndole que Mia necesitaba estas vacaciones para ver a su familia. Su jefe no había estado muy contento de que Mia se fuera una semana entera, pero lo aceptó, sobre todo después de que ella prometiera estar en contacto con Adam y mantenerse al día con las últimas novedades de sus proyectos.

—¿En qué vuelo llegarás? —le preguntó su madre, impaciente—. Necesitamos saberlo para poder ir a recogerte.

Mia parpadeó, agradecida de que su madre no la estuviera viendo. No tenía ni idea de cómo iba a llegar a Florida, y había estado tan ocupada con el trabajo que había olvidado preguntarle a Korum sobre los detalles del viaje.

—Ahora mismo estoy en lista de espera para un vuelo que sale por la mañana temprano —mintió Mia, y sintió una punzada por dentro por tener que contarles otra mentira más a sus padres—. Pero podría terminar siendo por la tarde, así que ahora mismo no lo sé seguro. Pero no os preocupéis, el profesor me ha buscado un coche de alquiler, así que no necesito que me recojáis del aeropuerto.

—Vale, cariño —dijo su madre, sonando sorprendida —. Si estás segura... No nos importa, de verdad. ¿Vuelas a Orlando o a Jacksonville?

—A Orlando —le dijo Mia. Sonaba suficientemente plausible.

EL JUEVES POR LA NOCHE, justo antes de salir para Florida, tenían previsto asistir a una celebración. Leeta, la prima de Korum, había estado al parecer con su pareja durante cuarenta y siete años, un hito importante dentro de la cultura krinar. En años terráqueos, estaba más cerca de los cincuenta años, realmente, porque Krina orbitaba alrededor de su sol a un ritmo ligeramente más lento que la Tierra.

Era el primer evento público de Mia en Lenkarda.

—Nosotros no celebramos el matrimonio, ni bodas en el sentido humano —le explicó Korum, observándola mientras ella se ponía el precioso vestido que él le había hecho—. En vez de eso, cuando una pareja quiere comprometerse permanentemente, llegan a un acuerdo verbal y lo documentan con una grabación. En ese momento, no es asunto de nadie más. No dan una fiesta ni nada por el estilo, y su unión no se considera permanente hasta que hayan estado juntos durante al menos cuarenta y siete años.

—¿Por qué cuarenta y siete? —preguntó Mia con curiosidad, deslizando sus pies en un par de sandalias con brillos que combinaban con el tejido blanco y centelleante de su vestido. El vestido en sí era ceñido y mostraba cada curva de su cuerpo. También era increíblemente sexy y dejaba su espalda completamente expuesta. Llevaba alrededor del cuello el hermoso collar de Korum, y su pelo estaba decorado por una delicada redecilla de plata que se había colocado por sí sola en su melena, definiendo y separando cuidadosamente cada uno de sus rizos. Estaba todo lo guapa que podía estar, y se sentía agradecida de que Leeta se hubiera tomado la molestia de mandarle instrucciones grabadas acerca de qué ponerse. Al parecer, Korum había insistido en ello, queriendo asegurarse de que Mia no se sintiera incómoda en su primera fiesta en Lenkarda.

—Porque es un número que consideramos especial. Es un número primo bastante grande, y varios acontecimientos históricos de Krina han ocurrido en años terminados en cuarenta y siete. Además, se considera que es tiempo suficiente para que una pareja sepa si son compatibles o no a largo plazo. Antes de la Celebración de los Cuarenta y Siete, es muy fácil abandonar la relación; sin embargo, el evento al que vamos a asistir esta noche hace que la unión sea vinculante. Pasado ese punto, una pareja cuya relación se rompe, pierde algo de estatus en la sociedad. Por supuesto, si uno de los miembros de la pareja ha sido infiel, o ha hecho alguna otra cosa que precipitara el final de la unión, su estatus es el más afectado, mientras que la separación tiene menos impacto en la parte inocente.

—Entonces, ¿los divorcios son escasos entre los Krinar?

Korum asintió, levantándose ágilmente de la cama donde había estado tendido. Él llevaba un par de pantalones blancos ajustados, metidos en botas grises que le llegaban a la rodilla y una camisa blanca sin mangas fabricada con algún tipo de material tieso y armado. Al parecer, ese era el atuendo Krinar tradicional para este tipo de celebración, y así vestido, él estaba sencillamente arrollador.

—Sí, los divorcios —o disoluciones de la unión— son poco comunes. Sin embargo, también lo son las uniones permanentes. Muchos krinar pasan siglos, o incluso milenios, sin encontrar a la persona con la que quieren estar, y algunos jamás adoptan la unión tradicional por diversas razones. Así que, ya ves, la Celebración de los Cuarenta y Siete es un gran evento para nosotros, y habrá muchísima concurrencia. No podemos llegar tarde.

—Por supuesto — dijo Mia, siguiéndole hacia la puerta del dormitorio.

Salieron por la habitual pared que se desintegraba y se subieron a la nave que Korum tenía aparcada junto a la casa, preparada para su viaje. La celebración tendría lugar allí en Lenkarda, pero no a una distancia que se pudiera recorrer a pie. En las últimas dos semanas, Mia había aprendido que los Krinar viajaban de dos formas: a pie o a con pequeñas cápsulas voladoras. No había coches o transporte terrestre de ningún tipo.

Sentada en su asiento inteligente, Mia disfrutó de la sensación de estar totalmente cómoda. Aunque ya eran las diez de la noche y había tenido un día largo en el laboratorio, se sentía bastante hiperactiva al pensar en asistir a esta celebración. Dando golpecitos con el pie en el suelo, observó como la nave despegaba, llevándolos rápidamente hacia el centro de la colonia.

Un minuto después, aterrizaron frente a un enorme edificio que Mia no había visto antes. En vez de estar asentado sobre el suelo, flotaba en el aire a pocos metros de las copas de los árboles. Un largo camino conectaba una de las paredes al suelo, haciendo las veces de puente.

—Es el Salón de Celebraciones —le explicó Korum cuando salieron del avión y subieron caminando por el camino hacia la imponente estructura. El edificio parecía tener unos veinte pisos y ser del tamaño de una manzana urbana. Mia estaba sorprendida de no haberlo visto antes en el mapa virtual de Lenkarda.

—¿Esta siempre aquí este edificio? —preguntó, viendo como a su alrededor aterrizaban otras naves de las que salían centenares de krinar.

—No —contestó Korum llevándola hacia el edificio y haciendo caso omiso de todas las miradas que les lanzaban—. Ha sido construido específicamente para lo de hoy, y será desmantelado una vez cumpla su propósito. Hay un Salón de Celebraciones mucho más grande en Krina, y ese es permanente, pero no estamos tantos aquí en la Tierra para justificar tener un edificio tan grande aquí todo el tiempo. La Celebración de los Cuarenta y Siete es uno de los pocos acontecimientos que reúne a toda la población krinar de la Tierra. También habrá mucha gente observando virtualmente desde Krina.

¿Toda la población krinar de la Tierra? ¿Los cincuenta mil? Mia no había sido consciente del alcance total de este evento. Nerviosa y emocionada, se agarró del brazo de Korum al entrar en el edificio.

El ruido allí dentro era casi ensordecedor. Al parecer ya se habían reunido varios miles, y Mia no pudo evitar quedarse boquiabierta ante las hermosísimas criaturas que la rodeaban. Las mujeres llevaban vestidos resplandecientes y de color claro, similares al de Mia, mientras que los trajes masculinos se parecían al de Korum. Incluso las mujeres krinar más bajitas eran bastantes centímetros más altas que Mia, haciendo que ella deseara haberse puesto tacones altos. El edificio en sí estaba bellamente decorado, con flores y relucientes superficies por todas partes. Las paredes no eran transparentes, como era habitual en las estructuras krinar; en cambio, parecían ser reflectantes, haciendo que el enorme salón pareciera todavía más grande.

Como en el Salón de Comidas, los krinar que les rodeaban se quedaron mirando fijamente a Mia y a Korum. Mia se preguntó si sería porque no habían visto muchos humanos, lo cual era improbable, porque todos vivían en la Tierra, o si sería porque estaban sorprendidos de ver a Korum con su charl. Decidió que se trataba de eso último. Probablemente fuera solo el factor de la novedad de ver a un miembro del Consejo acompañado por una joven humana.

Mientras se abrían paso entre la multitud, Korum le pasó una posesiva mano por la espalda, atrayéndola más cerca de él. Mia había aprendido en las últimas dos semanas que se consideraba una grave ofensa que un hombre krinar tocara a la mujer de otro hombre, ya fuera esta su compañera o su charl. Era un extraño atavismo, un vestigio de sus orígenes territoriales. Los krinar eran muy liberales en lo que se refería al sexo, y las mujeres krinar tenían los mismos derechos y libertades que los hombres krinar. Sin embargo, una vez formaban parte de una relación estable, ningún otro hombre tenía permitido tocar a la mujer sin el consentimiento explícito de su cheren o su compañero. En algunos casos, incumplir esta norma podía incluso conducir a un desafío en el Arena.

Korum era particularmente susceptible en este sentido. Cuando la recogió del trabajo en su segundo día y vio a Adam inclinado hacia ella para ayudarla con un dispositivo en particular, casi se volvió loco. A Mia le había impresionado la compostura de Adam en esa situación; en vez de acobardarse por la furia de Korum, el joven krinar le había explicado tranquilamente que estaba ayudando a Mia a hacer su trabajo y que no le había puesto un dedo encima. Afortunadamente, Korum no había hecho más que mirarlo con furia: Mia hubiera odiado ver como los dos llegaban a las manos. Aun así, después de ese incidente, Adam fue particularmente cuidadoso cuando estaba con ella, manteniendo al menos medio metro de distancia entre los dos. Le explicó con una carcajada que lo último que necesitaba era tener a un cheren celoso detrás de él.

Así que Korum la mantenía pegada a él mientras iban andando hacia el centro de la gigante estancia. Dios no quisiera que otro krinar de sexo masculino la rozara, pensó Mia exasperada.

Según se acercaban al centro, Mia vio una plataforma flotante con una pareja de pie encima de ella. Reconoció el cabello rojo oscuro de la prima de Korum, a cuya celebración de unión asistían. Era un tono poco común para un krinar, y Mia se preguntó si sería natural o teñido. El compañero de Leeta era tan atractivo como ella: alto, musculoso, y con la complexión oscura de los krinar. Estaban vestidos con unos extraños atuendos con aspecto de albornoces, de un pálido verde menta, y permanecían completamente quietos, uno frente al otro.

Alrededor de esta plataforma había cientos de planchas flotantes organizadas en filas circulares, y Korum la guio hasta la de delante. Como pariente y miembro del Consejo, aparentemente tenía derecho a los mejores asientos.

Mia miró a su alrededor y divisó una figura familiar un par de filas por detrás de ellos. Levantó el brazo lo agitó para saludar a Delia, esbozando una sonrisa cuando la charl de Arus agitó el suyo como respuesta. Al volver la cabeza para ver qué estaba mirando Mia, Korum vio a Arus y le saludó con una fría inclinación de cabeza. El otro Consejero le respondió de igual manera. Estaba claro que las tensiones políticas entre ambos no habían mejorado desde cuando Mia les vio interaccionar en el juicio.

—Entonces, ¿qué va a pasar? —preguntó Mia, viendo como más y más krinar iban abarrotando el edificio. Quizás no fueran todavía cincuenta mil, pero sin duda parecía haber un montón de ellos.

—Dentro de unos minutos, ellos se harán uno y entonces todos lo celebrarán bailando la noche entera —dijo Korum, con una chispa de picardía en sus ojos.

Esa chispa normalmente quería decir que estaba tramando algo.

—¿Qué quieres decir con lo de que "se harán uno"? —preguntó Mia con recelo. Su mente estaba empezando a divagar en una dirección extraña y poco apropiada.

Los labios de él esbozaron una sonrisa, haciendo aparecer el hoyuelo de su mejilla izquierda.

—Exactamente lo que crees que significa, mi vida. Se aparearán en público, haciendo su unión vinculante a la manera de nuestros antepasados.

—¿Van a practicar el sexo delante de todos?

Ella debía de haber enrojecido, porque Korum se echó a reír a carcajadas:

—Sí, cariño. Pero no te preocupes, los ropajes que llevan están especialmente diseñados para respetar su privacidad. Tu delicada sensibilidad no se verá demasiado ofendida.

—Mi sensibilidad no es tan delicada —bufó Mia, sabiendo que probablemente todos los krinar a su alrededor podían escuchar la conversación. Como los vampiros de las leyendas, los K tenían algunos sentidos más agudos que la mayoría de los humanos: mejor audición, vista y olfato, todo cortesía de su herencia de cazadores.

—¿No? —bromeó él, levantando su mano para acariciarle la mejilla—. ¿Estás acostumbrada a las orgías públicas?

Mia se la apartó de un manotazo, y se volvió con determinación hacia la pareja de la plataforma. A veces a Korum le gustaba jugar con ella diciéndole todo tipo de cosas obscenas solo para verla sonrojarse. Mia no era una mojigata, pero no podía evitar la reacción involuntaria de su piel, y él parecía disfrutar bastante con eso.

En aquel momento, la sala se oscureció y el ruido de

la multitud disminuyó bruscamente. Se encendió una luz suave, como un foco iluminando solamente la plataforma. Mia se percató de que era como un escenario, y sus mejillas volvieron a arrebolarse al pensar en lo que vendría ahora. En general, encontraba que la cultura de los krinar era bastante paradójica: mientras que su ciencia y su tecnología eran increíblemente avanzadas, algunas de sus costumbres, como los Retos del Arena y este ritual de unión, eran casi bárbaras.

Empezó a sonar una extraña música, distinta de cualquier cosa que Mia hubiera escuchado antes. La melodía era inquietante y poderosa, y el ritmo era al mismo tiempo rítmico e irregular, haciendo que Mia quisiera revolverse en su asiento. No era música para bailar, pero había algo extrañamente sensual en ella, con algunos tonos que casi acariciaban su piel. No tenía ni idea de qué instrumentos musicales estaban utilizando, pero tenía que admitir que el resultado general era hermoso. Korum le había dejado escuchar algo de música krinar antes, y entonces le había parecido algo extraña... pero no se parecía en nada a lo que estaba escuchando ahora mismo.

—Esta es la canción tradicional de unión —le susurró Korum—. Es una de nuestras melodías más antiguas...se remonta a más de 1 billón de años atrás.

—Es increíble —le respondió Mia con otro susurro, notando como se le iban poniendo los pelos de punta según el tempo se iba acelerando.

La pareja, que había estado de pie en el escenario

todo este tiempo sin hacer ningún movimiento, dieron un paso el uno hacia el otro. Levantaron los brazos, unieron sus palmas, y las ropas que llevaban parecieron expandirse y curvarse alrededor de sus cuerpos, creando una especie de tienda. Ahora solo sus cabezas eran visibles, y las expresiones de sus rostros tranquilas, como si no estuvieran a punto de hacer algo muy íntimo frente a cincuenta mil espectadores.

Mientras la música seguía sonando, el compañero de Leeta empezó a hablar, con una voz que resonó por todo el salón:

—Durante los últimos cuarenta y siete años, tú has sido mi compañera, mi amor, mi vida. Sin ti, nada significa mi futuro. Eres el aire que respiro, el agua que bebo, la comida que como. Eres parte de mí, y siempre serás parte de mí.

Él se detuvo, y Mia parpadeó para deshacerse de la humedad repentina de sus ojos. Aunque fueran simples, esas palabras parecían genuinamente sinceras, y ella no pudo evitar sentir envidia por a Leeta por tener a alguien que la amara tan profundamente.

Leeta habló a continuación:

—Tú eres mi compañero, mi amor, mi vida —dijo solemnemente—. Sin ti, nada significa mi futuro. Eres el aire que respiro, el agua que bebo, la comida que como. Eres parte de mí, y siempre serás parte de mí. Estaré contigo durante cuarenta y siete años más, y cuarenta y siete años después de eso, y así para siempre, de cuarenta y siete en cuarenta y siete años hasta el infinito.

Ella se calló y entonces hablaron los dos al mismo tiempo:

—Estamos unidos —dijeron, y sus votos reverberaron por el edificio.

La música se hizo más tranquila por un segundo, y entonces empezó a acelerarse de nuevo, solo que esta vez el ritmo era más profundo, más sexual. Para su sorpresa, la propia Mia empezó a sentirse excitada, con el pulso acelerándose y los músculos de su vientre tensándose con aquellos acordes peculiares aunque melodiosos. Nunca había imaginado que la música pudiera provocarle algo así.

Y al parecer, ella no era la única. El humor de la audiencia pareció cambiar, y Mia pudo sentir la repentina tensión en el ambiente. Una cálida mano masculina se posó en su muslo, acariciándolo suavemente, y Mia volvió la cabeza para ver a Korum mirándola con el ya conocido resplandor dorado en sus ojos.

—Ahora comienza la parte divertida —articuló su boca sin emitir sonido, y las mejillas de Mia volvieron a encenderse.

Mirando de manera subrepticia a su alrededor, vio que otros espectadores tenían los ojos fijos en la escena y los rostros embelesados.

Mientras tanto, los miembros de la pareja en el escenario se fueron acercando incluso más el uno al otro. Aunque Mia no podía ver sus cuerpos, era capaz decir que en este punto se estarían tocando. Los ojos de Leeta estaban cerrados, y su piel de un dorado claro parecía estar sonrojada, mientras que su pareja parecía estar respirando con más dificultad mientras miraba a su hermosa cara. No se besaron, y no había ningún contacto físico visible de ninguna clase, pero aun así el corazón de Mia palpitaba con fuerza al saber lo que estaban haciendo. La escena que tenía lugar en la plataforma era increíblemente erótica, más aún por el hecho de que había tanto que quedaba a la discreción de la imaginación del espectador.

Cautivada, Mia miraba el escenario, incapaz de apartar los ojos.

A un par de filas de distancia, el krinar observaba como la charl de Korum contemplaba la ceremonia de unión.

Su pequeño rostro estaba sonrosado, y sus labios ligeramente abiertos. Podía ver su pechito subiendo y bajando con cada respiración, y sus dedos se morían por bajarle el vestido y exponer esos senos perfectamente redondeados y de pezones sonrosados a su vista.

En las últimas dos semanas, su deseo se había convertido en una casi insoportable obsesión. Cuando intentaba analizarlo lógicamente, era consciente de que eso tenía algo que ver con el hecho de que ella perteneciera a su enemigo. Llevaba mucho tiempo odiando a Korum y la idea de quitarle algo que él amara era extremadamente atractiva.

Pero había algo más profundo que eso. Constantemente se encontraba pensando en ella, fantaseando con tocarla, probar su sabor... Follarla, como había visto hacer a Korum en la playa. Hasta el presente día, aún no había podido ver esa grabación en su totalidad, por la rabia y los celos amargos que corrían por sus venas al ver a su enemigo disfrutar de algo que tan desesperadamente deseaba para él mismo.

Esta obsesión suya era algo increíblemente peligroso. Estaba empezando a tener problemas para controlarse, y no podía permitirse el lujo de dejar que afloraran sus verdaderos sentimientos. Había demasiado en juego para tirarlo todo por la borda por una chica humana, daba igual lo mucho que él ansiara su delicado cuerpecito.

Además, si su plan tenía éxito, ella sería suya.

Todo sería suyo.

CAPÍTULO CATORCE

Cuando terminó el ritual de unión, se elevó una pared opaca alrededor de la plataforma, ocultando a la pareja de la vista, y la música se atemperó.

Con las mejillas llameantes, Mia se levantó de su asiento siguiendo el ejemplo de Korum. Lo que acababa de presenciar había estado lejos de ser pornográfico, pero no podía sacarse de la cabeza las expresiones de éxtasis de la pareja. Su acto sexual había quedado oculto a la vista, pero sus sentimientos y emociones durante el ritual habían estado expuestos para que todos lo vieran. Al final, la música había alcanzado un crescendo, y Mia se dio cuenta que eso tanto imitaba como facilitaba su acto sexual.

Ahora todos se habían levantado. Mirando de reojo a Korum, vio que él tenía la mirada fija hacia el frente. De repente, dio un golpe con el pie en el suelo, luego otro y otro más. Sus acciones parecieron servir como algún tipo de señal, porque de repente la sala entera se llenó de ruidos de pies golpeando, ya que todos en la audiencia siguieron la iniciativa de Korum. Insegura al principio, Mia lo hizo también, decidiendo que probablemente fuera la versión K de los aplausos. Korum volvió la cabeza y le brindó una sonrisa de aprobación.

El foco que apuntaba al escenario bajó de intensidad y la sala se fue iluminando gradualmente. Todos los asientos se elevaron en el aire y se alejaron flotando, dejando un gran espacio vacío donde los espectadores habían estado sentados.

Empezó a sonar otra canción diferente, más en la línea de lo que Mia había escuchado ya en casa de Korum. Sonaba como una mezcla de música de sintetizador con una base de tonos sollozantes y un ritmo palpitante. Música de fiesta krinar, supuso Mia, al ver como todos empezaron a dispersarse y reunirse en pequeños grupos.

—¿Qué te ha parecido? —le preguntó Korum, poniéndole la mano en el hombro y mirándola con una sonrisa.

—Creo que ha sido precioso —le dijo Mia con sinceridad, y vio cómo su sonrisa se hacía más amplia.

—¿Quieres quedarte a bailar o estás demasiado cansada? —preguntó.

—Oh, no, ¡me encantaría quedarme! —¿Qué clase de idiota sería si se perdiera su primer baile Krinar?

—Bien, entonces, vamos a bailar.

La condujo lejos de la plataforma hacia una de las

esquinas que al parecer hacían las veces de pistas de baile. Mientras atravesaban la multitud, los otros krinar se iban apartando y dejándoles pasar. Korum saludó con la cabeza a unas cuantas personas, deteniéndose para decir hola brevemente y presentar a Mia a unos pocos K aquí y allí. Todo el mundo parecía tratar a Korum con una mezcla de deferencia y respeto, y Mia volvió a darse cuenta una vez más de lo poderoso que era su amante en la sociedad K.

Cuando llegaron a una de las pistas de baile de la esquina, Mia se detuvo y se quedó mirando fijamente. Era imposible que ella pudiera bailar así. Era sencillamente imposible.

La gracia atlética de los bailarines era increíble... y nada humana. No se movían: simplemente *fluían* entre un paso y el siguiente. Era un espectáculo diferente a cualquier otro que Mia hubiese visto, y trató de imaginarse cómo serían los atletas o los bailarines K profesionales... si tal cosa existiera.

Miró a Korum y le dijo con acidez:

—Creo que miraré desde la barrera. Esto podría ser un pelín demasiado avanzado para mí.

—No te preocupes por eso —le dijo Korum con una sonrisa—. Puedes seguirme.

Y antes de que pudiera protestar, la arrastró a la pista de baile, sujetando firmemente su cintura con las manos. Sobresaltada, Mia se agarró de sus hombros, aferrándose a él mientras él empezaba a moverse de formas poco habituales.

Bailar con Korum fue una experiencia diferente de

cualquier otra. Ni siquiera estaba segura de poder llamar a eso bailar... era más bien ser levantada y arrastrada por un tornado. Durante la siguiente hora, sus pies apenas tocaron el suelo mientras él la hacía girar con una complicada coreografía. Riéndose y dando algún que otro respingo en las posturas más extremas, Mia sólo era capaz de sujetarse a él mientras la habitación giraba a su alrededor. Por fin, sedienta y sin aliento, Mia tuvo que rogarle que parara.

—¡Ha sido alucinante! —Era incapaz de borrar la enorme sonrisa de su cara, mientras los dos estaban junto a una de las mesas flotantes que contenían una variedad de líquidos de aspecto interesante.

Korum le devolvió la sonrisa.

—¿Ves? Sabes bailar. —Llenó una copa redondeada con un líquido rosa y se lo ofreció.

Más bien sé colgarme de ti mientras tú me haces girar —dijo Mia, riéndose ante la imagen que debían haber dado. Se había sentido como si estuviera volando, y había sido una sensación increíble. Cogiendo la copa que él le ofrecía, tomó un sorbo e inmediatamente se bebió el vaso entero de un trago.

—Estaba delicioso —dijo—. ¿Qué era? —Sabía a zumo, pero tenía como un regusto nuevo y refrescante.

—Es un tipo de coctel de frutas. Muy popular en fiestas y otros eventos.

—¿No bebéis alcohol?

—Sí, claro que sí. —Korum señaló las otras bebidas sobre la mesa—. Pero aquí no hay nada que tú pudieras beber. Esas están pensadas para achisparnos a *nosotros* así que probablemente a ti te harían caerte sentada sobre tu dulce traserito. Así que limítate a este cóctel, ¿vale?

Mia fingió hacer pucheros. Después del incidente del club de Nueva York, Korum parecía hacer lo humanamente posible para limitar el alcohol que ella consumía. Ella no quería de hecho beberse nada lo bastante fuerte como para emborrachar a un K, pero le pareció divertido que Korum sintiera la necesidad de advertirle que se mantuviera alejada.

—No me mires así —le dijo él con suavidad, con los ojos pegados a su boca—. Me dan ganas de morder ese delicioso labio inferior tuyo.

Sorprendida por el cambio repentino en el estado de ánimo de Korum, Mia se humedeció reflexivamente los labios, y se dio cuenta de su error cuando lo escuchó inhalar bruscamente.

—Ya está —dijo él con calma, y con una voz ligeramente ronca—. Nos vamos a casa.

Y antes de que ella pudiera decir nada, él la guio rápidamente entre la multitud, dirigiéndose con decisión hacia la salida.

Cuando llegaron a casa, le arrancó la ropa nada más entrar. Perpleja, Mia se quedó allí desnuda, mirando como él también se desvestía. Estaba totalmente empalmado, y ella notó como un conocido calor ardía en su vientre al ver la mirada hambrienta de sus ojos.

—Tú me estás volviendo loco, ¿lo sabes? —le dijo

con brusquedad, acercándose hacia ella y levantándola para ponerla de pie sobre el sofá. Desde ese punto de vista, ella era un poco más alta que él, y le encantó la novedad de mirarle desde arriba.

—Yo no hago nada —protestó Mia, y luego gimió cuando él puso su boca cálida en su cuello, mordisqueándolo en su parte más sensible. Temblores de placer bajaron por su cuerpo, y cerró los ojos cuando él se la acercó, y acarició su espalda desnuda con sus grandes manos. Sus labios descendieron por su cuello hasta su clavícula, luego más abajo, hasta que su lengua empezó a dibujar espirales en torno a su pezón derecho. Su vientre se tensó por la sensación.

Levantó la cabeza, mirándola con ardientes ojos ambarinos.

—Existes. Haces que te desee solo por respirar. Todo lo tuyo me atrae: tu sabor, tu olor, la expresión de tu rostro cuando estoy muy dentro de ti. No puedo pasar ni un solo jodido día sin tocarte, sin sentirte entre mis brazos. Apenas puedo pasar unas horas. Y no es suficiente, Mia... Quiero más. Lo quiero todo.

A Mia se le cortó la respiración al mirarle. Su intensidad era casi aterradora.

—Tú lo tienes todo ya —susurró, agarrándose a sus hombros poderosos—. Te quiero. Ya lo sabes...

—¿Lo sé? —Sus manos se deslizaron por su espalda hasta cogerla por el trasero. La acercó más a él hasta que su bajo vientre estuvo apretado contra el de él, y la punta de su dura polla abriéndose paso entre sus muslos.

—Por supuesto. —Mia soltó un jadeo cuando lo sintió empezando a empujar hacia adentro.

—Dime que eres mía —le ordenó, y ella se sorprendió ante la oscura necesidad reflejada en su cara. Estaba sonrojado y le brillaban los ojos por alguna emoción extraña.

Mia se pasó la lengua por los labios. Por ahora, sólo la punta de su polla estaba dentro de ella, y ella estaba desesperada por más.

—Soy tuya —le dijo suavemente, y soltó un grito sin apenas pausa, echando la cabeza hacia atrás, cuando él la penetró hasta el fondo de una sola embestida.

—Eso es cierto —susurró con tono feroz—, eres mía. Siempre serás mía.

Y durante las siguientes horas, Mia no lo dudó ni por un segundo.

—¿Cómo vamos a llegar a Florida? ¿Y podrías hacerme algo de ropa más del estilo humano, por favor? Creo que no tengo bastante aquí. Y calzado... ¿Tal vez si recogemos un poco de mi ropa nueva de Nueva York?

Mia se sentía como un manojo de nervios a la mañana siguiente, y paseaba arriba y abajo por la cocina, demasiado tensa para quedarse en la cama pasadas las 7 de la mañana a pesar de haber dormido solo cuatro horas esa noche.

—No creo haberte visto tan nerviosa ni cuando me espiabas —observó Korum divertido, mientas cortaba una papaya para hacerle su batido del desayuno. Él había vuelto a ser él mismo y se había librado al parecer de lo que fuera que le había causado ese extraño estado de ánimo de la noche anterior.

Mia respiró hondo y se dejó caer ruidosamente sobre una de las sillas.

—No, en serio, no tengo nada que ponerme. Solo tengo aquellos vaqueros y la camiseta que llevaba antes...

—¿Es que no me preocupo yo siempre de eso por ti?

Eso era verdad, lo hacía. Se ocupaba de toda la logística y las cosas salían invariablemente perfectas.

—Vale, estoy nerviosa —confesó Mia, acercándose el pulgar a la boca para morderse la uña antes de acordarse de que se había librado de ese desagradable hábito cuando iba al instituto.

—¿Por qué? Deberías estar contenta. Vas a ver a tu familia. ¿No era eso lo que querías?

—Se van a enterar de que les he mentido —le explicó Mia con impaciencia, mirándolo con expresión de "¿es que no lo pillas?"—. Y luego van flipar cuando te conozcan...

Él suspiró con exasperación:

—No van a flipar. Ya hemos hablado de eso. Primero tú les hablarás de mí, y entonces haré lo que pueda para tranquilizarles acerca de tu seguridad y bienestar.

Mia se levantó de un salto, incapaz de quedarse quieta y sentada.

—Lo sé, pero no veo como *no* van a flipar. Nunca

antes había llevado a casa un novio, y aquí estoy, presentándome con un K. Ellos aún no han visto a uno de vosotros excepto por la tele.

—Bueno, entonces tendrán una experiencia nueva.

Korum era totalmente inflexible sobre este tema. En lo que a él respectaba, sus padres tendrían que acostumbrarse a la idea de que su hija ahora era su charl. Siempre que Mia intentaba sacar la idea de ir a Florida ella sola, él la hacía callar de inmediato. Le decía que era demasiado peligroso y que, además, él no tenía ninguna intención de no verla durante una semana. Cuando Mia había argumentado que aun así podrían verse por las noches, ya que su nave súper-rápida podía ir a cualquier parte del planeta en cuestión de minutos, él le había recordado su primer motivo. No todos los miembros de la Resistencia habían sido capturados aún, le explicó, por eso no era seguro que ella fuese sola a ninguna parte fuera de Lenkarda.

Mia soltó un resoplido de frustración:

—Vale, bien. ¿Entonces iremos con la misma nave que nos trajo aquí, a Costa Rica? —Korum asintió, a lo que ella continuó—: ¿Y dónde estás planeando aterrizar? ¿En el jardín trasero de mis padres?

Él se echó a reír.

—No, mi vida. Eso podría asustarles demasiado, sin mencionar el hecho de la atención no deseada que atraería hacia tu familia. Vamos a aterrizar en una sección especial del Aeropuerto Internacional de Daytona Beach, y allí nos construiré un coche.

Entonces conduciremos hasta casa de tus padres. Tu llegada va a ser muy sencilla y humana.

—¿Y qué hay de ti? ¿Te sentarás en el coche mientras les explico la historia?

—Te dejaré allí y me iré a dar una vuelta en coche para explorar la zona. Cuando estés lista para que yo vaya, me llamas. Venga, bébete tu batido y deja de estresarte. Todo va a salir bien —le dijo Korum con tono tranquilizador, alcanzándole el batido.

—Gracias —le dijo Mia después de tomar unos sorbos del sabroso brebaje. Estaba empezando a sentirse ligeramente mejor. Quizás sí *estaba* dándole demasiadas vueltas—. Entonces, ¿cuándo salimos?

Él se encogió de hombros.

—Cuando tú estés lista. Podemos marcharnos ahora mismo si quieres.

—¿Qué? ¿Cómo, en este mismo instante? —Volvía a tener los nervios totalmente de punta.

Korum se mostró exasperado.

—He dicho cuando estés lista. Acábate el batido, termina lo que sea que necesites hacer y entonces nos marchamos.

—¿No debería vestirme también? —preguntó Mia, mirándole con ansiedad. En ese momento iba en albornoz y zapatillas.

—Sí, deberías. Y si miras en el armario, encontrarás un modelito que te he preparado especialmente para hoy —le dijo Korum, pacientemente. Ahora déjate de ataques de pánico, y prepárate. Tu familia está esperando.

· · ·

CASI VIBRANDO POR LA TENSIÓN, Mia corrió hacia el dormitorio y abrió el armario. Efectivamente, Korum había preparado para ella un bonito vestido de verano azul y un par de chancletas plateadas. Ni el vestido ni los zapatos llevaban etiquetas: su amante los había creado obviamente él mismo. A pesar de eso, había dado en el clavo en cuanto al estilo: el vestido tenía el amplio escote redondo que aparecía en todas las revistas de moda del momento, y las chancletas lucían los brillos justos para convertirlas en casual glam de diario... o como fuera que las revistas llamaran últimamente a ese look. También había un conjunto de ropa interior para ella: un par de braguitas sexis de encaje tipo culotte y un sujetador sin tirantes a juego. Claramente, Korum había pensado en todo.

Mia se puso su nueva ropa de estilo humano y se miró con ojo crítico en el espejo, intentando averiguar cómo iban a verla sus padres. En su opinión, claramente no demasiado modesta, tenía un aspecto excepcionalmente bueno. Su piel estaba libre de toda imperfección (incluso las pecas se habían desvanecido a pesar del cálido sol), y sus rizos castaño oscuro estaban suaves y brillantes. El color del vestido hacía resaltar sus ojos, que parecían aún más azules. En conjunto, aparentaba estar exactamente como se sentía: feliz y sana. Ojalá eso mitigara la preocupación de sus padres por la situación.

Mia salió del dormitorio y encontró a Korum

sentado en su oficina, aparentemente modificando algún diseño. Él también se había cambiado y llevaba un par de vaqueros y un polo blanco que se ajustaba a su cuerpo poderoso y musculado a la perfección. Calzaba un par de mocasines marrones que lograban parecer tanto informales como elegantes.

—Estoy lista —le dijo Mia valientemente, sintiéndose como si fuera a enfrentarse a la guillotina en vez de a sus queridos padres.

Al verla, Korum sonrió lentamente y en sus expresivos ojos aparecieron chispas doradas.

—Ven aquí —le dijo con dulzura, sentándola en su regazo antes de que ella tuviera ocasión de protestar.

Se inclinó y la besó profundamente, ahondando con la lengua en su boca mientras con la mano encontraba el camino bajo su falda, y presionaba contra su coñito cubierto de encaje. El cuerpo de ella reaccionó excitándose rápidamente, sus pezones se endurecieron en prietas montañitas y su vagina se humedeció, preparándose para él.

Mia se apartó para coger aire y se quejó:

—¿Qué estás haciendo? —Sus malévolos dedos estaban ya dentro de sus bragas, y sintió como empezaban a acariciar la zona directamente alrededor de su clítoris. Incapaz de quedarse quieta, se retorció en su regazo, sintiendo como se empezaba a acumular la tensión. No podía creerse que estuviera haciéndole eso ahora mismo, tan pronto después de la maratón sexual de la noche anterior.

—Estoy seguro de que así estarás menos estresada

cuando veas a tus padres —murmuró, y ella oyó el sonido de una cremallera bajándose. Antes de que ella pudiera decir nada más, él le bajó la ropa interior, dejándola colgando alrededor de sus tobillos, y le levantó la falda. Ahora él tenía su trasero desnudo en el regazo y su pene erecto presionando contra sus nalgas.

—Korum, por favor... No estoy segura de que esto sea una buena idea... ¡Oh! —ella soltó un gritito cuando él la penetró de repente, embistiéndola sin preliminar alguno. Con los pies atrapados por las bragas, no podía abrir más las piernas para un ajuste más cómodo y lo notaba enorme dentro de ella, con esa verga grande como una porra caliente quemándola desde dentro.

—Shh —susurró él, y sus dedos encontraron su clítoris otra vez—. Solo relájate. Así, buena chica...

Mia gimoteó, sintiéndose demasiado llena de él, e insoportablemente excitada, cuando él empezó a moverse dentro de ella, y su polla a dar empujones en su punto G. A la vez, él empezó a acariciarle el clítoris, manteniendo una presión firme y constante.

Sin previo aviso, su cuerpo fue atravesado por un poderoso orgasmo, y Mia gritó, con su vagina dando espasmos en torno al enorme intruso. Korum gruñó a su vez, y se corrió dentro de ella, con su polla liberando su semilla en cálidos chorros cuando la presión rítmica de sus músculos internos hizo que él alcanzara su clímax.

Sintiéndose como una muñeca de trapo, Mia se desplomó contra él. Todo su cuerpo temblaba todavía con pequeñas réplicas, y oyó como la respiración de él empezaba a volver lentamente a la normalidad.

Después de un minuto más o menos, se levantó y la puso suavemente sobre sus pies, entregándole un suave pañuelo de papel para limpiarse los restos de su momento de pasión.

—¿Ahora te sientes mejor? —le preguntó, sonriente.

Era verdad que Mia estaba menos tensa, pero también estaba preocupada por presentarse ante sus padres oliendo a sexo y con pinta de ninfómana. Le lanzó una mirada de reproche mientras limpiaba los restos de su esperma de la parte interior de su muslo—. Ahora necesito una ducha antes de ir a ninguna parte.

—Vale. —Korum sonrió—. Nos damos un remojón rápido y luego nos vamos. No debería costarnos más de cinco minutos. —Y cogiéndola en brazos, la llevó rápidamente hasta el baño, moviéndose con velocidad sobrehumana.

Fiel a su palabra, estaban listos y saliendo de casa en cuestión de minutos. La cápsula que había traído a Mia hasta Costa Rica ya estaba montada esperándoles junto a la casa. Al parecer, Korum había ensanchado el claro de alrededor de su casa para acomodar la nave en lugar de hacer que los dos caminaran unos minutos hasta el lugar donde habían aterrizado hacía dos semanas.

Mia entró por una zona del casco que se desintegró y estudió las paredes de marfil translúcido y los asientos flotantes que ya le parecían familiares. La nave seguía sin parecerse a la compleja pieza de ingeniería que era en realidad, y no tenía ni controles ni nada electrónico a la vista. A pesar de eso, sabía que era capaz de llevarles a miles de kilómetros de distancia en solo unos minutos, sin efectos adversos producidos por viajar a tal velocidad.

Mia se encaramó en uno de los asientos y suspiró al notar como se ajustaba a ella, adoptando la forma de su cuerpo. Era una de las cosas que más iba a echar de menos en Florida: toda la tecnología inteligente que parecía diseñada con el único propósito de hacer sus vidas más fáciles y cómodas. Decidió pedirle a Korum que volviera a dejar su casa como estaba antes de que él la "humanizara" por ella: ahora que ya se había aclimatado en general a la tecnología krinar, tenía mucha curiosidad por ver cómo era normalmente su casa.

Y entonces ya estaban de camino, con la nave elevándose silenciosamente y llevándoles hacia Florida, donde los padres de Mia eran felizmente ignorantes de la sorpresa que su hija menor les tenía reservada.

EL KRINAR observó cómo la nave despegaba.

Se habían ido. *Ella* se había ido.

Verla bailar con su enemigo anoche había sido casi intolerable. *Él* quería ser quien tuviera su liviano cuerpo apretado contra el suyo, quien la llevara a casa por la noche. Se había pasado las siguientes horas imaginándosela en la cama de Korum y una furia silenciosa había ardido en la boca de su estómago. Quizás fuera para bien que se marchara. Reduciría al mínimo las distracciones durante la siguiente semana.

Parecía feliz, riéndose cuando Korum la hacía girar a su alrededor. Chica estúpida. Si supiera la verdad.

Ella entendería su causa una vez se lo explicara todo. Ella lo comprendería... el K estaba seguro de ello.

Querría que la Tierra fuese salvada.

CAPÍTULO QUINCE

—¿**P**uedes dejarme aquí, por favor? —preguntó Mia a Korum al volver la esquina de la calle de sus padres—. Podrían ver el coche si paras en la entrada.

—Claro —dijo él, y el Ferrari Spider descapotable inconcebiblemente caro se detuvo limpiamente a unas pocas casas de la que fuera su hogar durante la infancia.

De por qué Korum había elegido hacerse este coche en concreto, Mia no tenía ni idea. Recordaba vagamente como el hermano de Jessie estuvo poniéndolo por las nubes unos meses atrás: supuestamente, costaba más que tres casas normales juntas. Cuando Mia alegó que un Toyota los llevaría igual de bien, su amante simplemente había enarcado las cejas.

—Es uno de vuestros mejores coches —le dijo— y quiero disfrutar de la experiencia de manejar uno de estos vehículos humanos. Sin mencionar que este es el único diseño de automóvil que me he molestado en ajustar para hacer que nuestra nanotecnología lo pudiese reproducir.

Y eso fue todo. El pequeño coche deportivo había ido zumbando por la I-95 a más de ciento sesenta kilómetros por hora, llevándolos hasta su destino en Ormond Beach en tiempo record. Parecía que una de las ventajas de viajar con un K era no tener que preocuparse por las multas por exceso de velocidad; cualquier policía estatal con suficiente mala suerte para pararles se echaría para atrás inmediatamente en cuanto viera al conductor.

—Vale, entonces llámame cuando quieras que venga. Y deja de preocuparte —le dijo Korum, estirándose para abrirle la puerta y darle un rápido beso en los labios.

—Vale, seguro.

Mia se bajó del coche, cerró la puerta y se quedó mirando cómo se alejaba. Entonces, respirando hondo, se dirigió hacia la casa de sus padres.

La calle en la que había crecido Mia estaba en una zona de la ciudad ligeramente más antigua. La mayoría de las casas habían sido construidas en los ochenta y los noventa, antes del gran boom inmobiliario de mediados de la primera década del 2000. Por eso, algunos de los tejados de sus vecinos parecían algo anticuados, y unos cuantos estaban cubiertos por placas solares, que eran el último grito en aquella época. En general, las casas no daban la flamante sensación ni tenían el aspecto nuevo y brillante que caracterizaba algunos de los barrios más ricos y caros de la zona. Sin embargo, el paisaje era aquí mucho más agradable, con grandes árboles que proporcionaban una buena sombra y reducían la factura de la electricidad.

Al caminar calle abajo, Mia absorbió la atmósfera familiar, y cada casa, cada arbusto, le retrotraía a algún recuerdo infantil. Allí estaba la casa de su amiga Lauren, en la que había pasado muchos veranos calurosos, nadando en la piscina. Y allí estaban los altos robles a los que solían trepar, tan inconscientes con respecto a su seguridad como solo los niños podrían serlo. Lauren se había ido al final a Michigan para ir a la universidad, y Mia la veía poco por aquel entonces, aunque normalmente se ponían al día por teléfono o Skype cada dos meses o así.

Como muchos otros, los padres de Mia se habían mudado a Florida desde Brooklyn, atraídos por el clima cálido y las viviendas asequibles. Fue una decisión de la que nunca se habían arrepentido, aclimatándose rápidamente al ritmo de vida más pausado de aquí. Entonces Marisa tenía tres años y Nueva York era demasiado caro para que la joven pareja pudiera permitirse comprar nada más grande que un estudio. Así que en vez de eso, economizaron y ahorraron durante dos años (según su madre decía orgullosa, sin salir a comer fuera ni una sola vez en todo ese tiempo), y habían pagado la entrada de una vivienda de cuatro dormitorios en un bonito barrio de clase media de Ormond Beach.

Al acercarse a la casa, Mia dudó por un segundo, tratando de controlar su nerviosismo. No quería contarles ninguna mentira más, así que había decidido no llamar a sus padres para decirles a qué hora iba a llegar. Parecía más fácil aparecer simplemente y explicarles toda la historia. Al comprobarlo en su teléfono, vio que eran solo las nueve de la mañana, por lo que era probable que sus padres estuvieran en casa.

Levantó la mano y tocó el timbre. Inmediatamente, un escandaloso ladrido perforó el silencio cuando Moka, la chihuahua de sus padres, cumplió con su deber de anunciar a los visitantes. Sus padres habían adoptado a la perra cuando Mia se fue a la universidad, "como sustituta", decía siempre su padre en broma.

Veinte segundos más tarde, su madre abrió la puerta.

—¡Oh Dios mío, Mia!

Antes de que Mia tuviera la oportunidad de decir nada, se vio envuelta por un abrazo cálido y familiar. Como siempre, Ella Stalis olía a limones y a perfume de Chanel.

Sonriendo, Mia le devolvió el abrazo antes de apartarse.

—Hola, mamá. ¡Sorpresa!

—Oh, cariño, ¡no teníamos ni idea de que fueras a llegar tan temprano! ¿Por qué no nos has llamado? ¿Y dónde está tu coche? —Su madre estaba mirando por encima del hombro de Mia y solo veía una entrada vacía—. ¿Y todo tu equipaje?

—Es una larga historia, mamá. ¿Está papá en casa? Hay algo que tengo que contaros.

Una mirada instantánea de preocupación apareció en la cara suavemente redondeada de su mamá.

—Mia, cielo, ¿estás bien? ¿Qué ha pasado? Vamos, entra...

—No ha pasado nada, mamá —la tranquilizó Mia, entrando en el recibidor que conducía a la amplia sala de estar. Moka se escapó corriendo inmediatamente. La perra de sus padres era tímida con los extraños e insistía en pensar en Mia como tal, a pesar de haberla visto docenas de veces—. Todo va bien. Solo tengo una historia interesante que contaros, nada más. ¿Está papá en casa?

—Está en su oficina —dijo su madre, y entonces gritó—: ¡Dan! ¡Ven a ver quién está en casa!

Daniel Stalis entró en la sala de estar, todavía en bata y pijama. Al ver a Mia, su cara se iluminó.

—¡Mia, cariñito! ¿Qué haces en casa tan temprano? ¿Cuándo ha llegado tu vuelo?

Sonriente, Mia se acercó a él y le dio un gran abrazo, respirando el tan conocido aroma a loción de afeitar y pasta de dientes mentolada.

—¡Hola papá! ¡Oh, chicos os he echado tanto de menos!

Su padre sonrió, y le devolvió el abrazo.

—Oh, siempre se me olvida lo menudita que eres

cuando no te veo durante un tiempo. En serio, cielo, deberías comer más.

—Como igual que un caballo y lo sabes —le dijo Mia, sonriente.

—Mia tiene algo que contarnos —le dijo su madre, y Mia pudo percibir la nota de preocupación en su voz.

Su padre frunció el ceño:

—¿Va todo bien? ¿Tiene esto algo que ver con ese profesor?

—Sí y no. —Mia no tenía ni idea de por dónde empezar—. ¿Por qué no nos sentamos todos y nos tomamos un té? Es una larga historia.

Su madre asintió lentamente:

—Por supuesto. Hagamos un poco de té. ¿Tienes hambre? ¿Has desayunado? Puedo hacerte unos crepes de patata...

—Ya he comido, mamá. Gracias. Pero sin duda en otro momento. —Mia se sentó a la mesa y se retorció las manos nerviosamente, mirando cómo su madre ponía agua a hervir. Su padre se sentó también, estudiando a su hija silenciosamente mientras el té se iba haciendo. Cuando hirvió el agua, Mia ayudó a su madre a llevar las tazas a la mesa. Por fin estuvieron los tres sentados alrededor de la mesa, con un humeante té verde frente a ellos.

—Bueno, cariño. Ahora cuéntanos —dijo su madre, preparándose visiblemente para lo peor.

—Está bien —dijo Mia despacito—. Pues no he sido sincera del todo con vosotros dos sobre lo que ha estado ocurriendo en mi vida en las últimas semanas.

Nunca hubo ningún profesor, ni me he quedado en Nueva York para su proyecto de voluntariado...

Al ver las caras de sorpresa de sus padres, Mia prosiguió rápidamente.

—Veréis, de hecho he conocido a alguien...

—¿Lo ves, Ella? ¿No te había dicho yo que Mia se comportaba de forma extraña? —su padre pareció muy ufano durante un segundo, pero su madre siguió mirándola con preocupación.

Respirando hondo, Mia continuó:

—La razón por la que no os lo he contado es porque él no es alguien con quien normalmente os sentiríais cómodos, y no quise preocuparos...

—¿Quién es él, Mia? —le preguntó su madre, impaciente—. ¿Un traficante de drogas? ¿Alguien con antecedentes penales?

—¡No, nada de eso! —Aunque podría haber sido más fácil para sus padres aceptarlo si hubiese sido así —. Korum es un K.

Por un momento, se hizo el silencio en la mesa. Parecía como si hubiese caído una bomba y sus padres se hubieran quedado en shock, sin palabras.

Su padre carraspeó para aclararse la garganta.

—¿Un K? Es decir, ¿un extraterrestre?

Mia asintió, tomando un sorbo de té.

—Lo conocí en un parque de Manhattan hace unas semanas. Llevamos juntos desde entonces.

A su madre le temblaba la barbilla.

—¿Qué quieres decir con lo de juntos? ¿Juntos, cómo?

—Ella, no seas tonta —dijo su padre, con un tono sorprendentemente tranquilo—. Está claro, Mia está intentando contarnos que tiene un novio que es un K. ¿No es así?

Su padre era muy bueno en condiciones estresantes.

—Exacto —dijo Mia, y se le hizo un nudo en el estómago cuando vio como a su madre se le cambió la cara y unos enormes lagrimones empezaron a rodar por sus mejillas. Sintiéndose como la peor hija del mundo, Mia intentó tranquilizarla—. Mira, puedes ver que estoy perfectamente bien. Sé cómo los retratan los medios, y la realidad no tiene que ver con eso en absoluto. Él es realmente muy cariñoso, y me hace feliz...

—¿Cariñoso? ¿Cómo pueden ser cariñosos esos monstruos? ¡Mia, dice la gente que beben sangre! —Su madre estaba fuera de sí, y su cara normalmente pálida se iba llenando de manchas rojas.

—¿Beben sangre? —le preguntó su padre, con cara de sentirse ligeramente curioso.

—Únicamente de forma recreativa y en pequeñas cantidades —admitió Mia con honestidad—. Es solo algo agradable para ellos, de hecho ya no necesitan hacerlo más.

Su madre enterró la cara entre las manos.

—¡Oh, dios Mío, me estoy poniendo enferma!

—Ella, para —le dijo su padre, con voz inusualmente firme—. Tu reacción es exactamente la que Mia se temía y la razón por la cual no nos lo ha contado antes.

Mia sonrió, y el nudo de su estómago se aflojó un poquito.

—Gracias, papá. Mira, ya sé cómo suena, pero créeme cuando te digo que él me trata realmente bien y me hace muy feliz...

—¿Es él la razón por la cual no pudiste venir a casa antes? —le preguntó su padre, mientras que su madre levantó la cabeza para mirar a Mia con ojos que seguían inundados por las lágrimas.

—Sí. La verdad es que nos fuimos a Costa Rica después de que yo terminara mis finales —dijo Mia—. Tengo unas prácticas allí en un laboratorio de neurociencia, y estoy trabajando en algunos proyectos realmente interesantes...

—¿En Costa Rica? —Su padre pareció perplejo por un segundo, y entonces abrió mucho los ojos—. ¿En el Centro K de Costa Rica?

Mia le lanzó una enrome sonrisa.

—Pues sí. Korum me consiguió unas prácticas allí. Estoy trabajando codo con codo con sus mejores expertos en la mente, y no puedes ni imaginarte cuánto estoy aprendiendo...

—¿Estás trabajando en un Centro K en Costa Rica? —Su madre parecía totalmente hundida—. ¿Con los K?

—Lo sé, apenas puedo creérmelo yo misma —les dijo Mia, muy sonriente—. Y ahora puedo hablar tantos idiomas...

—¿Qué?...¿Qué quieres decir? —Su padre se frotó las sienes—. ¿Qué idiomas?

—Todos los idiomas —le dijo Mia en polaco,

sabiendo que la entendería—. Todos los idiomas humanos, además del krinar. Es un traductor genial que me consiguió Korum. —Decidió no contarles la parte del implante cerebral.

Su padre se quedó con la boca abierta:

—¡Hablas polaco sin ningún acento! Mia, ¿cómo...

—Tecnología krinar —explicó ella con una sonrisa—. No te puedes imaginar algunas de las cosas que son capaces de hacer...

—Pero, Mia, él no es *humano*... —Su madre parecía estar en shock—. ¿Cómo puedes siquiera...

—Mamá, son muy similares a los seres humanos en muchas cosas. ¿Sabes que nos crearon a su imagen, verdad?

Su madre negó con la cabeza, aparentemente incapaz de creer lo que estaba oyendo.

—¿Y eso hace que esté bien? ¿Cómo has hecho para relacionarte con él siquiera? Lo conociste en el parque y luego ¿qué, tuviste una cita?

Mia dudó un segundo.

—Sí, más o menos. De hecho, me mandó flores y fuimos a un restaurante muy bueno. Y llevamos viéndonos desde entonces...

—¿Tan sencillo como eso? —Su madre parecía incrédula—. ¿Conoces a una de esas criaturas en un parque y tienes una cita con él? ¿En qué estabas pensando?

Ella estaba pensando en que no quería morir ni ser secuestrada. Pero sus padres no necesitaban saber eso.

—Él es muy guapo —les dijo con franqueza—. Y es la primera vez que me siento tan atraída por alguien.

—Entonces, ¿ignoraste por completo el hecho de que él no era humano? Mia, eso no es propio de ti en absoluto... —Su madre la estaba mirando como si le hubieran crecido dos cabezas.

—¿Cómo llegaste hasta aquí desde Costa Rica? —le preguntó su padre con voz tranquila, mirándola con rostro inescrutable. Como de costumbre, era el único que podía pensar con claridad en circunstancias difíciles.

Mia le miró.

—Korum me trajo. Volamos hasta Daytona en una de sus naves, y luego él me trajo en coche, para poder hablar con vosotros.

—¿Y cuánto tiempo te quedarás?

—¿Qué quieres decir, Dan con lo de cuánto se va a quedar? Todo el verano, ¿verdad? —preguntó su madre, con voz llena de pánico.

Mia negó con la cabeza.

—Estoy aquí para una semana, mamá. Por desgracia, no puedo alejarme del laboratorio tanto tiempo...

Su madre rompió a llorar:

—Oh Dios mío, es la última vez que te vemos...

—¿Qué? ¡No! ¡Claro que no! Tengo que terminar mis prácticas, eso es todo. Volveré pronto, y podréis venir a verme a Nueva York durante el curso...

—¿Dónde está él ahora? —preguntó su padre con

frialdad—. Si te ha traído hasta aquí, ¿entonces dónde está?

Mia cogió aire.

—Tengo que llamarle. Quería tener la oportunidad de hablar primero con vosotros, de contároslo un poco antes de que le conozcáis. Pero a él le gustaría conoceros, y aseguraros que todo va bien y que estoy sana y salva con él.

—¿Vamos a conocer a un K? —Su madre parecía estupefacta por este giro de los acontecimientos.

—Sí —le dijo Mia—. Y ya verás que realmente no hay nada que temer. —Cruzó los dedos para que Korum se portara lo mejor posible.

—Muy bien, Mia —dijo su padre—. ¿Por qué no lo llamas? Nos gustaría conocer a este K tuyo.

MEDIA HORA DESPUÉS, sonó el timbre.

Mia había conseguido explicarles un poco más a sus padres acerca de Korum y de su relación, poniendo énfasis solamente en las partes buenas. Les contó que él cuidaba de ella y lo de su afición por la cocina (esto último hizo que su madre alegrara un poco la cara), que tenía la inteligencia de un genio y su propia empresa, y les habló acerca de la increíble oportunidad que le había proporcionado al conseguirle esas prácticas. Como resultado, para cuando Korum apareció, Mia estaba razonablemente segura de que sus padres se habían calmado lo suficiente como para ser más o menos educados. Aun así, no pudo evitar su ansiedad cuando abrió la puerta y vio a su amante allí de pie, demasiado guapo con creces como para parecer humano.

—Hola —dijo suavemente, inclinándose para darle a Mia un beso en la frente.

—Hola. Pasa. —Mia le cogió de la mano y le condujo dentro de la casa. Se detuvo por un segundo en el pasillo, le lanzó una mirada de súplica, y apretó su mano, esperando que entendiera su ruego silencioso.

Korum sonrió y susurró:

—Confía en mí.

Mia no tenía elección. Preparándose para lo peor, llevó a Korum hasta la sala de estar.

Cuando entraron, sus padres se levantaron del sofá y se quedaron mirándole fijamente. Mia no podía culparlos: Korum constituía una visión asombrosa. Con su polo blanco y sus vaqueros, su amante era el epítome de la elegancia informal. Su brillante cabello negro y su piel dorada, podrían haber hecho de él un modelo o una estrella de cine, salvo porque ningún ser humano tenía los ojos de ese inusual tono ambarino, ni se movía con tal gracia animal. Incluso estando inmóvil, él proyectaba una inconfundible aura de poder, dominando con su presencia toda la habitación.

Él dio un paso hacia sus padres y les brindó una amplia sonrisa que mostraba el hoyuelo de su mejilla izquierda.

—Vosotros debéis de ser Ella y Dan. Estoy

tremendamente encantado de conoceros. Mia me ha hablado tanto de su familia...

Mia se dio cuenta de que él no se ofrecía a estrechar su mano ni hacía ningún otro movimiento para tocarlos. Probablemente eso era lo correcto. Sus padres ya estaban bastante tensos por tener a un K en su casa.

Su padre asintió con frialdad.

—Eso tiene gracia, porque nosotros acabamos de oír hablar de ti por primera vez.

—¡Dan! —susurró furiosamente su madre, claramente temerosa de la reacción de su invitado alienígena. Parecía incapaz de apartar los ojos de Korum, mirándole con una expresión alucinada en el rostro. Mia sabía exactamente cómo se sentía.

Korum no pareció ofenderse en absoluto. En vez de eso, dirigió a su padre una cálida sonrisa.

—Por supuesto —dijo con suavidad—. Comprendo que esto ha sido un shock enorme para vosotros. Sé lo mucho que queréis a vuestra hija y lo que os preocupáis por ella, y me gustaría que os quedarais tranquilos con respecto a nuestra relación.

La madre de Mia recordó por fin sus modales de anfitriona.

—¿Puedo ofrecerte algo de beber o de comer? —le preguntó vacilante, todavía mirando a Korum como si no estuviera segura de si huir gritando, o estirar la mano para tocarle.

—Claro —dijo él con normalidad—. Un poco de té y fruta estarían geniales, sobre todo si os unís a mí.

Mia parpadeó por la sorpresa. No sabía que Korum

bebiese té. Y entonces se dio cuenta de lo exhaustivo que tenía que ser su expediente sobre su familia: de forma infalible, había escogido la única cosa garantizada para hacer que su madre se sintiera más cómoda... el ritual diario de sus padres y de hacer y beber té.

—Por supuesto. —Su madre pareció aliviada por tener algo que hacer—. Por favor, sentaos en el salón y traeré un poco de té. Tenemos unas naranjas autóctonas estupendas... Tú comes naranjas, ¿verdad?

Korum le sonrió.

—Por supuesto. Me encantan las naranjas, sobre todo las de Florida.

Ella Stalis le sonrió tímidamente.

—Eso es estupendo. Esta semana tenemos unas realmente buenas: jugosas y dulces. Las traeré enseguida. —Y sonrojándose un poco, salió a toda prisa, con aspecto de estar anormalmente acalorada.

Mia puso mentalmente los ojos en blanco. Al parecer, ni siquiera las mujeres más mayores eran inmunes a sus encantos.

—El salón está por aquí —dijo su padre, algo incómodo al quedarse solo con Mia y su K.

Mia se acercó a Korum y le cogió de la mano, decidida a demostrarle a su padre que no había nada de qué preocuparse. Sonriendo, le llevó hasta la mesa.

Los tres se sentaron.

En ese momento apareció Moka, meneando su colita. Para la inmensa sorpresa de Mia, se fue directamente hacia Korum y le olfateó las piernas. Él sonrió y se agachó para acariciar a la perrita, que pareció disfrutar con sus atenciones. Mia observó la escena incrédula: el chihuahua era normalmente muy reservado con los extraños.

Después de un minuto, Korum se enderezó y volvió a dirigir su atención a los habitantes humanos de la casa.

—Entonces Mia nos cuenta que tiene unas prácticas en tu colonia —dijo Dan Stalis, mirando a Korum como si fuera una especie nueva y exótica, ya que, de hecho, lo era—. ¿Cómo funciona eso exactamente? Asumo que ella no comprende gran parte de vuestra ciencia y no conoce vuestra tecnología...

—Al contrario —le dijo Korum—, Mia aprende muy rápido. Ha hecho un enorme progreso en las últimas dos semanas. Saret, su jefe en el laboratorio, ya me ha dicho que se está haciendo bastante útil.

Mia sonrió, ruborizándose un poquito por sus elogios.

—Como te he explicado, papá, Saret es uno de sus mayores expertos en la mente. Está a la vanguardia de la neurociencia y la psicología de los krinar. Y estoy trabajando con él. ¿Te lo imaginas?

Su padre se frotó las sienes otra vez y Mia le vio hacer una ligera mueca.

—No puedo, para ser franco. Todo el asunto ha sido bastante abrumador. Nos disculparás si ahora mismo no estamos exactamente dando saltos de alegría...

—Por supuesto —dijo Korum cortésmente—. Yo tampoco lo estaría si se tratase de mi hija.

—¿Tienes hijos? —le preguntó Dan sin rodeos.

—No, no tengo.

—¿Por qué no?

—¡Papá! —Mia se sintió mortificada ante esta línea de interrogatorio.

Korum se encogió de hombros, sin importarle al parecer que él se entrometiera:

—Porque no tengo pareja, y no quiero criar a un niño sin una.

Su padre entornó los ojos.

—¿Cuántos años tienes?

—En años terrestres, tengo unos dos mil años.

La expresión en la cara de su padre fue impagable:

—¿Do-dos mil?

En ese momento, su madre entró, llevando una fuente con naranjas y una bandeja con tazas de té.

Mia se levantó y se apresuró hacia ella.

—Ven, déjeme ayudarte con eso —dijo, quitándole la fuente.

—Gracias, cariño —le dijo su madre, y Mia exhaló un suspiro de alivio porque al menos uno de sus progenitores pareciera haber recuperado la compostura.

Ella puso las tazas llenas de té caliente en la mesa y preguntó a Korum:

—¿Quieres leche o azúcar? Tenemos leche de coco, leche de almendras, leche de soja...

—No, gracias —respondió Korum amablemente, mostrándole una sonrisa deslumbrante—. Prefiero el té solo.

—Igual que nosotros —admitió su madre, volviendo a ruborizarse. Mia apenas pudo resistirse a soltar unas risitas... su madre parecía haberse colgado un poquito por su amante.

—Ella —dijo despacio el padre de Mia— aquí, Korum, es aparentemente mucho mayor de lo que pensábamos...

—¿Sí? —inquirió su madre, sentándose y cogiendo una naranja. Mientras pelaba la fruta metódicamente le lanzó a su marido una mirada interrogante.

—Tiene dos mil años de edad... —Su padre parecía sobrecogido por ese hecho.

—¿Qué? —La naranja cayó sobre la mesa, haciendo un suave "plop".

—Mamá, ya sabías que los K son muy longevos —dijo Mia, exasperada ante sus reacciones—. Tú y yo vimos aquel programa juntas hace un par de años, ¿recuerdas? Era uno de esos documentales de Nova sobre la invasión.

—Me acuerdo —dijo su madre, todavía con la expresión de haber sido golpeada con un martillo—. Pero no era consciente de que eso quería decir miles de años...

—¿Cómo funciona exactamente eso si tenéis una relación con un humano? —Su padre volvía a ser el mismo hombre directo de siempre—. Porque Mia no podrá vivir tantísimo...

—Eso es algo entre tu hija y yo, Dan —dijo Korum educadamente, pero había una nota de fría advertencia en su voz que sugería no insistir en esa dirección—. Lo solucionaremos todo a su debido tiempo. —Y cogiendo una naranja, la peló con calma, usando unos dedos que se movían más rápida y eficientemente que los de su madre.

—Por cierto —añadió, mordiendo la naranja—, Mia me ha mencionado que tiendes a padecer frecuentes dolores de cabeza, y no puedo evitar notar que has estado frotándote las sienes. ¿Estás teniendo uno ahora mismo?

Sorprendido con la guardia baja, su padre asintió.

Ante su gesto afirmativo, Korum metió la mano en el bolsillo de sus vaqueros y sacó una diminuta cápsula. Se la ofreció al padre de Mia, diciendo:

—Esto es algo que debería solucionar el problema. Uno de nuestros mayores expertos en biología humana lo ha desarrollado específicamente para casos como el tuyo.

—¿Qué es eso? ¿Un analgésico? —Su padre estudió la pequeña cápsula con no poca desconfianza.

—Sí, funciona inmediatamente como tal. Pero también debería evitar cualquier episodio futuro.

—¿Una cura para la migraña? —preguntó su madre, y en sus ojos había una mirada apremiante de esperanza.

—Exacto —confirmó Korum, y los ojos de Ella se iluminaron.

Su padre frunció el ceño.

—¿Tiene efectos secundarios? ¿Cómo sé que es segura?

—Papá, su medicina es maravillosa —le dijo Mia con franqueza—. De verdad, no tienes nada que temer.

—Mia tiene razón. Nuestros medicamentos no tienen efectos secundarios. Y Dan, lo último que yo desearía es hacerles daño a las personas que Mia más quiere. Sé que todavía tienes muy pocos motivos para confiar en mí, y espero que eso cambie en el futuro. Si no quieres tomarte la medicina, eres totalmente libre de no hacerlo. Sólo quería dártela por si sentías dolor.

—Tómatela y ya está, Dan. Hazlo ahora mismo —le ordenó Ella, echándole a su marido una férrea mirada —. No creo que el novio de Mia te diera nada que fuera malo para ti. Si existe la más mínima esperanza de que esto pueda curarte de verdad, entonces te debes a ti mismo y a tu familia probarlo, especialmente si Korum te dice que no hay efectos secundarios.

Su padre titubeó, estudiando la cara de Korum durante unos segundos. Fuera lo que fuese lo que vio allí, pareció tranquilizarle.

—¿Me la trago y ya está?

—Exprímela en un vaso de agua y bébetela —dijo Korum—. Así hace efecto más deprisa.

La madre de Mia ya estaba de pie y sirviéndole un vaso de agua a su padre de una jarra que había en la mesa.

—Toma —dijo, acercándole el vaso.

Dan Stalis cogió el vaso lentamente y pellizcó la cápsula con los dedos, exprimiendo dos gotas de líquido en el agua.

—¿Eso es todo? —preguntó, mirando Korum.

Su amante le dirigió una sonrisa alentadora:

—Sí.

Olisqueándolo con cautela, el padre de Mia tomó un sorbo.

—De hecho, tiene buen sabor. —sonaba asombrado.

—La mayoría de nuestros medicamentos lo tienen.

Su padre se acercó el vaso a los labios y se bebió el resto del agua. Casi instantáneamente, Mia vio como los tensos músculos de su mandíbula se relajaban. Le sonrió y le dijo:

—Está funcionando, ¿verdad? Lo puedes notar enseguida.

Su padre parecía gratamente sorprendido, y la cara de su madre estaba radiante de felicidad.

—Sí. Parece ser instantáneo. —Volviéndose hacia Korum, dijo—: gracias. Ha sido muy considerado por tu parte.

—Siempre que lo necesites —dijo Korum con suavidad—. Haría cualquier cosa por Mia y por la gente a la que ella quiere.

CAPÍTULO DIECISÉIS

—También tengo que hablar con mi hermana —dijo Mia mientras entraba en el coche y les decía adiós a sus padres con la mano. Su madre sostenía a Moka, que casi se marcha con ellos después de haber desarrollado un inexplicable enamoramiento canino por Korum—. Sé que mamá ya la estará llamando pero me gustaría contárselo yo misma. Le dije algunas cosas antes, y realmente querría tener la ocasión de explicárselas, para que no tuviera una idea equivocada de nuestra relación.

—¿Qué le contaste? —preguntó Korum, sacando elegantemente el coche de la entrada. Conducía igual que hacía todo lo demás: con habilidad y eficiencia.

—Le dije que tenía un amante que era de Dubái —admitió Mia, ruborizándose un poco—. Y le dije que las cosas no iban a funcionar entre nosotros porque él tendría que irse pronto.

—Ya veo —dijo Korum, con evidente frialdad en la voz—. ¿Y cuándo le contaste eso?

Mierda. No tendría que haber sacado este asunto, pero ahora ya era demasiado tarde.

—Cuando pensé que seguramente te marcharías a Krina —confesó—. Antes, ya sabes...

—¿Antes de tu traición?

Mia cogió aire.

—¿Todavía estás enfadado conmigo? Dijiste que lo dejarías correr...

—Lo dejo correr en cuanto a que no voy a castigarte por ello. Pero no puedo olvidarlo del todo, corazón mío. Todavía no.

Mia se mordió el labio, sintiéndose mal.

—A veces no te entiendo —le dijo con voz queda—. Un minuto estás encantador conmigo y con mi familia, y al siguiente estás hablando de castigarme por una situación que no fue exactamente culpa mía: una situación que tú manipulaste a tu conveniencia. ¿Qué esperabas que hiciera yo? ¿Aceptar tranquilamente el hecho de que podría acabar siendo una esclava sexual?

—Podrías haber hablado conmigo en cualquier momento y haberme preguntado si era verdad. —Él mantenía los ojos en la carretera, pero Mia pudo ver un minúsculo tic en el músculo de su mandíbula, que tenía firmemente apretada.

—¿Y si lo hubiera sido? ¿Qué podría haber hecho yo entonces? Habría puesto en peligro a John y a todos los de la Resistencia y habría desperdiciado mi única oportunidad de ayudarles a ellos y a mí misma.

—¿En qué momento te he tratado yo como a una esclava sexual? —preguntó Korum, y su tono neutro hizo que ella temblara un poco. Seguía sin mirarla—. Te lo di todo, Mia, y seguías actuando como si yo fuera un villano.

Mia tragó saliva.

—Sabías que al principio tenía miedo, y no me diste ninguna opción —dijo ella, sintiendo aflorar el antiguo resentimiento—. Y además, ¿qué es una charl en realidad? ¿Qué derechos tengo yo en vuestra sociedad? Sé que no me tratas mal, pero podrías hacerlo, ¿verdad? Si quisieras mantenerme encerrada en tu casa, ¿quién te lo impediría?

Él no respondió, y ella vio cómo su mandíbula se tensaba todavía más.

Giraron por Granada Boulevard y se incorporaron a la A1A, y él condujo unos minutos más antes de salir hacia el acceso sinuoso de una enorme mansión en la playa. Cuando se acercaron, las verjas de hierro forjado se abrieron solas, dejándoles entrar.

—¿Dónde estamos? —preguntó Mia, rompiendo el tenso silencio. Tenía el estómago revuelto. Odiaba pelearse con Korum, y los días anteriores habían sido tan agradables, tan tranquilos... ¿Por qué le había recordado estúpidamente lo de antes?

El coche se detuvo por fin, y él puso el embrague en la posición "aparcado" antes de volverse para mirarla.

—Ven aquí —le dijo rudamente, hundiendo la mano en su pelo e inclinándose para darle un profundo, penetrante beso. Para cuando la dejó coger aire, Mia ya estaba derretida y fundiéndose contra él, casi temblando de deseo.

Él la soltó, salió del coche y lo rodeó para abrir la puerta del pasajero. Mia bajó con unas piernas algo inestables mientras él la observaba con ojos hambrientos, teñidos de oro.

Ella levantó la vista.

—Estamos en una casa que he alquilado para esta semana —le dijo—. Entremos. —Y cogiéndola de la mano, la guio escaleras arriba hasta dentro del majestuoso edificio blanco.

El interior de la "casa de alquiler" podría fácilmente haber aparecido en la revista *Architectural Digest*, con sus muebles blancos de ingenioso diseño y una planta abierta con relucientes suelos de madera maciza. Una de las paredes, la que daba al océano, estaba hecha enteramente de cristal y proporcionaba unas vistas impresionantes.

Dándole a Mia la vuelta hacia él, Korum se inclinó y la besó otra vez, suavemente.

—¿Por qué no vas a llamar a tu hermana ahora? —sugirió, y su voz sonaba algo ronca—. Cuando vuelvas, tengo algunos planes para ti.

INTENTANDO RALENTIZAR su elevado ritmo cardíaco, Mia subió por unas escaleras hasta una habitación en la que vio un teléfono fijo de los antiguos. Cuando estuvo segura de poder controlarse suficientemente y pudo pensar en algo que no fueran los planes de Korum, llamó a su hermana, marcando de memoria su número de móvil.

Marisa lo cogió al quinto timbrazo.

—¿Hola?

—Eh, Marisa, soy yo...

—¿Mia? ¡Ahora mismo estaba hablando por teléfono con mamá! ¡La madre que te trajo! ¿Estás saliendo con un K?

Mia suspiró.

—Pues sí. Escucha, ¿te acuerdas de aquello que te conté?

—¿Lo de tu supuesto amante, el ejecutivo ricachón? —El tono de su hermana sonaba a sarcasmo—. Sí, lo recuerdo perfectamente.

Mia parpadeó.

—Bueno, no fui totalmente sincera contigo...

—¡No jodas!

—Lo siento —dijo Mia con franqueza—. En ese momento pensaba de verdad que él se iría de vuelta a Krina y que yo nunca volvería a verle. Necesitaba hablar con alguien, pero no sentía que pudiera contar la historia completa...

Por un segundo, se hizo el silencio.

—Mia —Marisa dijo, sonando molesta—, siempre puedes contarme toda la historia, incluso aunque sea digna de aparecer en la portada de *National Geographic*. Soy tu hermana, y si alguien puede entenderte, esa soy yo.

Mia cerró los ojos con fuerza, sintiéndose avergonzada.

—Lo sé. Lo siento. Estaban pasando muchas cosas por entonces y yo no pensaba con claridad...

—¿Qué cosas *estaban* pasando? ¿Y qué cambió? ¿Cómo pasó la cosa de "nunca podrá funcionar" a conocer a tus padres y pasar el verano en Costa Rica?

—Resolvimos nuestras diferencias —dijo Mia, sin querer entrar en detalles—. Y él va a quedarse aquí, en la Tierra.

De nuevo, hubo un segundo de silencio. Entonces su hermana dijo:

—¿En serio, Mia? ¿Un K? ¿No podías elegir a alguien de tu misma especie?

Mia sonrió, aliviada. Lo peor parecía haber pasado.

—Lo sé, es una locura...

—Llamarlo locura sería ponerlo suavemente —dijo Marisa con tono serio—. Un puto alucine, es como lo llamaría yo.

Mia se echó a reír, sorprendida

—¿Qué?

—¿Que mi hermanita esté saliendo con un genio alienígena millonario y súper-sexy que acaba de curar las migrañas de papá? Si, coño, ¡es jodidamente increíble!

Mia no podía creerse lo que estaba oyendo.

—¿No vas a darme una charla para explicarme lo insensato que es liarme con alguien tan peligroso y no humano y bla, bla, bla...

—Oh, por favor... estoy segura de que nuestros

padres ya han hecho eso. ¿Qué puedo decir yo que aporte nada nuevo? No, hermanita, me alegro por ti. Has ido por el buen camino durante demasiado tiempo. Un poco de peligro y ponerle algo de picante a tu vida es exactamente lo que tú necesitas. Y además, por lo que cuenta mamá, es indescriptiblemente guapo, y lleva rondando por ahí desde los albores del tiempo. Es imposible ser más ideal... ¡No puedo esperar a conocerle!

Mia esbozó una enorme sonrisa. Su hermana siempre lograba sorprenderla.

—Eres la mejor hermana del mundo —le dijo a Marisa—. Entonces, ¿cuándo os veré a ti y a Connor?

—Esta noche a las seis. Aparentemente, tu amante extraterrestre ha invitado a toda la familia a cenar.

—¿Eso ha hecho? ¿Cuándo? —Mia no podía acordarse de verle hacer nada por el estilo.

—No lo sé. Yo no estaba allí. ¿No deberías ser *tú* quien lo supieras? Pensé que lo hacía porque tú se lo pediste...

—Eh... él toma bastante la iniciativa en lo que se refiere a estas cosas. —Demasiado, teniendo en cuenta que Mia ni siquiera sabía nada sobre la invitación. Debía de haber hablado con sus padres mientras ella estaba en el baño—. ¿Así que nos reunimos en un restaurante en alguna parte?

—Es un poco de locos que sea yo quien te esté contando esto, Mia —Marisa sonaba como si se estuviera riendo—. Vamos a ir a vuestra casa de alquiler. Él cocinará. ¿Todavía no te suena a nada?

—Eso suena como algo que haría Korum. —Mia sonrió a pesar de que Marisa no pudiera verla. Preparaos para un placer para los sentidos: es un excelente cocinero.

—Y también hace la colada, ¿verdad? A menos que te inventaras eso también.

—No, mujer —dijo Mia, sonriente—. En serio que él era quien hacía la colada cuando estábamos en Nueva York. Tiene esa afición extraña por los aparatos humanos. Creo que principalmente eso tiene que ver con su hobby de cocinar, lo cual ya es extraño en sí mismo. Ellos tienen esas casas inteligentes que *cocinan* por ellos, Marisa. No necesita mover un dedo para conseguir comidas gourmet, pero ahí lo tienes...

—Oh Dios mío, ¿de dónde puedo sacar a mi propio K? ¡Ya estoy enamorada de ese tío y ni le he conocido aún!

Mia soltó una carcajada:

—¡Eh, este está pillado! Y además, ¿no tendría Connor algo que decir sobre que su esposa embarazada se lo montara con un alienígena?

—Connor le regalaría alegremente su esposa embarazada a un alienígena ahora mismo —dijo Marisa, y Mia pudo percibir un atisbo de seriedad en su voz—. Estos días estoy de tan mal humor que él anda escabulléndose por la casa como si le fuera a morder. Lo cual sí sería capaz de hacer, en cualquier momento. Mis emociones están mucho más que desatadas. No te quedes embarazada, hermanita... no es algo tan divertido...

Mia se puso seria de inmediato.

—Oh, Marisa, soy tan egoísta. ¡Ni siquiera te he preguntado cómo te encuentras!

—Bueno, tampoco es que yo te haya dejado, ¿verdad? Pero sí, todavía me siento hecha una mierda. Las náuseas no se quieren ir. He perdido casi medio kilo más durante la semana pasada. El médico no parece saber qué hacer. He estado descansando mucho, he probado con el yoga y con la meditación, y nada parece funcionar.

—Oh Marisa...

—¿Crees que tu novio podrá ayudarme con eso? —bromeó su hermana.

—No lo sé —dijo Mia en serio—. Tal vez. Se lo preguntaré. Él no es médico, pero puede que tenga acceso a una de sus drogas maravilla.

—Oh, no, no tienes que hacer eso... Solo estaba bromeando...

—Bueno, pues yo no. Se lo preguntaré ahora mismo.

—Mia, por favor, ¡qué vergüenza! Estoy segura de que se me pasará en unas semanas...

—Ajá —dijo Mia—. Pero para entonces serás solo piel y huesos, si no lo eres ya. No es que tengas exactamente un montón de grasa de sobras.

Pudo escuchar como Marisa suspiraba con lo que sonaba como exasperación.

—Vale, puedes preguntarle, supongo. Solo es que no quiero que sienta que nos aprovechamos de él...

—Oh, vamos, Korum *le ofreció* la cura para la

migraña a papá. Yo ni siquiera sabía que hubiera algo así, ni mucho menos que él se la hubiera traído. Deja de preocuparte, por favor... no es bueno para ti ahora mismo.

—Vale, vale... —De repente, su hermana sonaba distraída—. ¡Espera, cari, estoy hablando con Mia!

—¿Tienes que colgar? —adivinó Mia.

—Oh, es solo Connor... Se suponía que íbamos a salir para el súper cuando llamó mamá, y después tú...

—Oh, bueno, vete entonces. Nos veremos esta noche. ¡Estoy impaciente!

—Yo también. ¡Te quiero, hermanita! ¡Hasta luego!

—¡Yo también te quiero! —.Y después de colgar, Mia se fue a buscar a Korum.

Ella lo encontró fuera, nadando en la piscina de tamaño olímpico infinity que al parecer venía con la propiedad. Estaba deslizándose por el agua como un tiburón, moviéndose a una velocidad increíble.

—¡Hola! —le gritó Mia, y entonces recordó los misteriosos planes que él tenía para ella. ¿Sería algo sexual? Su respiración se aceleró al pensarlo. Diciéndose a sí misma que debía centrarse en Marisa, decidió preguntarle a Korum acerca de los medicamentos en seguida, antes de que él tuviera ocasión de llevar a cabo esos planes, cualesquiera que fueran.

Korum nadó hasta el borde de la piscina y salió sin esfuerzo alguno impulsándose solo con los brazos. Su pelo negro estaba mojado y se le pegaba hacia atrás en el cráneo, y las gotas de agua resplandecían como diminutos diamantes sobre su piel dorada. Estaba tan sexy que se a Mia le hacía la boca agua, y tragó saliva, apreciando una vez más lo buenísimo que estaba su amante. Caminó hacia el borde de la piscina y se sentó en una de las tumbonas colocadas convenientemente allí.

—Hola, tú —dijo él, sonriéndole cálidamente y sentándose en la tumbona de al lado. Parecía haberse olvidado de su desencuentro anterior, y Mia le devolvió la sonrisa, aliviada.

Parecía un momento tan apropiado como cualquier otro para preguntarle por lo de Marisa.

—¿Sabes algo de mujeres embarazadas? —espetó, y entonces se sonrojó sin saber por qué.

Las cejas de Korum se arquearon, y él pareció divertido.

—¿He de suponer que estás hablando de tu hermana?

Mia asintió.

—Está teniendo un embarazo difícil. Unas náuseas terribles y todo eso. Me preguntaba si no tendrías alguna medicina contra las náuseas o algo así que pueda calmar su estómago...

Korum lo sopesó con aspecto pensativo durante un segundo.

—No la tengo aquí conmigo, pero probablemente podré hacer que alguien me la traiga. Sin embargo, sólo sería un parche temporal... Si hay algo que va mal y le causa a tu hermana sentirse así, el medicamento no hará nada más que enmascarar los síntomas.

—Oh, ya veo...

—Lo mejor para tu hermana probablemente sería Ellet. Le pediré que se dé una vuelta por aquí esta semana y que examine a Marisa...

—¿Ellet? —El nombre le resultaba extrañamente familiar, pero no podía recordar dónde lo había oído.

Korum sonrió

—Es nuestra experta en biología humana en Lenkarda. Su laboratorio diseña muchas de las medicinas que te he dado en el pasado, así como la que le acabo de dar a tu padre. Es fantástica en lo que hace y sabe más sobre la salud humana que todos vuestros médicos juntos.

Algo inquietaba a Mia, algún recuerdo elusivo que no podía situar. Después de intentar acordarse por un segundo, se rindió y volvió al asunto que les ocupaba.

—Oh, ya veo... Sí, si pudiera echarle un vistazo a Marisa, sería fenomenal. ¿En serio que ella haría eso? ¿Hacer el viaje hasta aquí y todo?

Él se encogió de hombros.

—Me debe algunos favores.

—¿Hay alguien en Lenkarda que no te deba unos cuantos favores? —le preguntó sarcástica Mia, mirándole fijamente. Su amante siempre parecía tener algo escondido en la manga.

—No muchos —admitió Korum, sonriéndole—. Creo en aprovechar las influencias: resulta útil en situaciones como esta. Pero está claro que Ellet seguramente vendría hasta aquí sin tener eso en cuenta. Las humanas embarazadas son su punto débil.

Mia sonrió, queriendo abrazarlo y besarlo en agradecimiento. No quería pelearse con él; lo amaba demasiado. Dejándose llevar por su impulso, se levantó y se sentó en su tumbona, haciendo caso omiso de los húmedos shorts que mojaban su vestido. Tomando su cabeza entre las manos, le acercó la cara y le dio un tierno beso en los labios.

—Gracias, Korum —dijo dulcemente, mirándole a los ojos—. Realmente aprecio todo lo que has hecho por mí y por mi familia.

Él sonrió y sus ojos albergaban un cálido resplandor ambarino.

—Claro, mi vida...

—Te quiero —le dijo Mia con sinceridad—. Te amo tantísimo, y siento todo lo que pasó antes. Tienes razón: debería de haber confiado más en ti. ¿Crees que serás capaz de perdonarme algún día?

Era la primera vez que se había disculpado por espiarle, y vio que le había sorprendido gratamente. Él levantó la mano y le acarició delicadamente la mejilla:

—Por supuesto —dijo con suavidad—. Racionalmente, sé por qué lo hiciste, pero encuentro difícil ser racional en lo que a ti respecta. Cuando aceptaste trabajar con la Resistencia al principio, dejé que la ira por tu traición nublara mi pensamiento en vez de darte más tiempo para adaptarte a nuestra relación. Lo siento por eso, y por el estrés y la angustia que te causé por ello. Pero me alegra que estés aquí ahora, conmigo.

—Yo también me alegro — dijo Mia, sabiendo que él podía leer la profundidad de sus sentimientos en su cara—. De verdad que sí...

Con los ojos llameantes, Korum se inclinó hacia ella y la besó con avidez, como si quisiera devorarla. Le puso las manos en los hombros y la acercó más hacia él, arrastrándola hasta su regazo, con su erección presionando contra ella a través del húmedo tejido del bañador.

Sacudida por su pasión, Mia sólo podía aferrarse a él, mientras él le comía la boca con fruición y sus manos le recorrían el cuerpo, arrancándole la ropa que le impedía tocar su piel desnuda. Su cálida boca se deslizó hacia su cuello, pellizcó ligeramente su piel y ella gritó y su cabeza cayó hacia atrás como si fuera demasiado pesada para su cuello. Se sentía increíblemente caliente, como si unas llamas líquidas la abrasaran por dentro, y cada milímetro de su cuerpo estuviera sensible y ansioso por su contacto. Él parecía sentir lo mismo, su erección palpitaba contra su pierna, y sus manos se movían sobre su cuerpo casi con rudeza.

Sus dedos se convirtieron en garras que se clavaban en los hombros de él.

—Por favor, Korum... —Lo quería dentro de ella con una desesperación que no parecía tener del todo sentido—. Por favor...

Él se levantó, sosteniéndola aún entre sus brazos, y

la colocó boca abajo, a cuatro patas sobre una de las tumbonas. Y entonces se inclinó encima de ella, y entró en su cuerpo con un poderoso empentón, metiéndole su dura polla sin contención alguna.

A Mia se le cortó la respiración, sorprendida por la repentina penetración, y sus músculos internos se tensaron por el esfuerzo de ajustarse a su amplitud, pero él no le dio tiempo. Agarrándola por las caderas, se puso a follársela sin pausa, martilleándola con las caderas con tal fuerza que ella no podía recuperar el aliento, completamente abrumada por sus sensaciones. Podía escuchar los jadeos de él y sus propios gritos, y entonces el mundo se redujo a nada más que las sensaciones físicas, en las que se mezclaban el placer y el dolor hasta que no había forma de distinguirlos y el uno no podía existir sin el otro... hasta que ella no fue más que un animal, invadida por el más básico de los instintos.

Pareció durar una eternidad, y entonces él se corrió con un gemido gutural, apretándose contra su cuerpo como si intentara que ambos se fundieran en uno solo. Las palpitaciones de su polla dentro de ella la hicieron correrse y el orgasmo la atravesó como una cuchillada, dejándola débil y temblorosa. Lo único que evitó que se desplomara sobre la silla eran las manos de él sobre sus caderas; le temblaban demasiado los brazos y las piernas para soportar su propio peso.

Después de un minuto más o menos, él había vuelto a respirar con normalidad y salió de ella, separando sus cuerpos. Mia se sentía demasiado agotada para moverse, así que se alegró cuando él la cogió y la llevó en brazos hasta la casa.

Agarrándose de su cuello, ella murmuró contra su hombro:

—¿Era esto lo que tenías en mente cuando dijiste que tenías planes?

—Más o menos —admitió Korum, subiendo al segundo piso—. Me había imaginado algo más civilizado, pero no parece que tenga ningún control sobre mí mismo cuando se trata de ti. No te he hecho daño, ¿verdad?

Se lo había hecho, un poco, pero eso sólo había aumentado el placer. Y además, se sentía perfectamente bien, y cualquier rastro de dolor parecía haber desaparecido.

—No —le aseguró Mia—. Me ha encantado.

Él entró en un cuarto de baño grande y lujosamente dispuesto y la dejó de pie al lado de una gran bañera con patas.

—Eso es bueno —dijo él, abriendo el grifo del agua y sonriéndole—. Aun así, creo que un agradable baño te sentaría bien, igual que a mí.

Y ante la mirada de Mia, su polla empezó a ponerse dura otra vez.

CAPÍTULO DIECISIETE

Marisa y Connor llegaron los primeros y aparcaron su Toyota del 2012 en la entrada cinco minutos antes de las seis en punto. Korum estaba terminando de poner la mesa, así que Mia salió a recibirlos ella sola.

—¡Oh Dios mío, Mia! ¡Hermanita, es genial verte! ¡Tienes un aspecto fenomenal! ¿Qué te ha estado dando de comer? —soltó Marisa en cuanto salió del coche—. Y, ¡santo cielo, mira este sitio! ¡Debe de ser estar forradísimo!

Mia se echó a reír y dio un fuerte abrazo a su hermana, poniéndose un poco más seria cuando notó la anormal fragilidad de su cuerpo.

—¡Marisa! ¡Oh, también es genial verte a ti! ¡Y a Connor!

Su cuñado se inclinó sonriente para abrazarla a su vez.

—Esa es mi cuñada favorita. ¿Cómo estás?

—¡Oh, estoy de maravilla! Venga, ¡vamos dentro! Korum está dándole los últimos toques a la cena, que debería de ser alucinante, por cierto.

—¿Algo de carne? —preguntó Connor con una mirada esperanzada mientras seguían a Mia hacia la casa. Al marido de Marisa, antiguo quarterback de la liga universitaria, todavía le costaba acostumbrarse a la dieta posterior al Día-K.

—No, lo siento, principalmente comen verde. Pero son cosas realmente deliciosas, igualmente.

—Todavía me cuesta creer que los vampiros sean vegetarianos... —murmuró Connor, y Mia volvió a reírse.

—No son vampiros de verdad, ya dejaron eso atrás —explicó Mia—. Y algunas de las plantas de Krina tienen sabores muy intensos y son ricas en calorías. Creo que si las hubiéramos tenido aquí, podríamos no haber comido carne tampoco.

—Ohhh, ¿has probado las plantas de Krina? —Marisa sonaba envidiosa. A su hermana le solía gustar probar nueva comida, y las dos iban juntas a restaurantes poco habituales cuando Marisa visitaba a Mia en Nueva York.

—Pues sí —confirmó Mia, sonriendo—. Y son realmente deliciosas. Pero solo las tienen en Lenkarda. Esta noche vamos a comer cosas de por aquí.

—Uf, espero poder comer algo. He vuelto a vomitar de camino para aquí —le confió Marisa. Se veía pálida y bastante enferma—. Tuvimos que parar en un área de servicio. Me sorprende haber llegado aquí antes que nuestros padres...

—Oh, estaba a punto de contártelo —dijo Mia, haciendo una breve pausa antes de entrar en la casa—. Hablé con Korum y uno de sus médicos va a venir a echarte un vistazo para averiguar qué está causando el problema.

—¿Un doctor K? —Connor parecía sorprendido.

—De hecho, es casi una médica humana: una krinar especializada en biología humana. Korum dice que es realmente buena.

—Guau, Mia, no sé ni qué decir... —Los ojos de Marisa se inundaron de repente de lágrimas.

—¡Oh, no, no te preocupes por eso! Si no es nada...

—Las hormonas —le explicó Connor cogiendo a su esposa para darle un abrazo.

—Ah, ya veo. —Mia le dio a Marisa unos segundos para recuperar el control de sus emociones. Entonces, sonriendo, preguntó—: ¿listos para entrar?

Marisa asintió, con un aspecto mucho más alegre, y Mia les guio hasta dentro de la casa.

Korum debía de haber terminado lo que estaba haciendo, porque entró en el comedor al mismo tiempo. Como siempre, tenía un aspecto impresionante con su tono dorado de piel haciendo contraste con el color blanco de la sencilla camisa que llevaba puesta. Y aunque se habían pasado la mayor parte de la tarde en la cama, Mia no pudo reprimir la punzada de excitación que sintió al verle.

Al identificar a su hermana, le brindó una enorme sonrisa y se acercó hasta ellos.

—Tú debes de ser Marisa —dijo con calidez—. Puedo ver el parecido, definitivamente...

Marisa asintió, con aspecto de sentirse inusitadamente tímida y confusa.

—Sí, hola. —Parecía incapaz de decir nada más profundo.

Recordando su primer encuentro con Korum, Mia sabia justamente como su hermana se sentía. Al parecer ni siquiera el matrimonio y el embarazo podían proteger del todo a una mujer del impacto del atractivo magnetismo de su amante.

Volviéndose hacia Connor, Korum dijo:

—Y tú eres el marido de Marisa, ¿verdad? ¿Connor?

Su cuñado le tendió cortésmente la mano como saludo.

—Sí, encantado de conocerte. Korum, ¿verdad? —parecía estar bastante menos deslumbrado que su esposa.

Su amante aceptó la mano y se la estrechó brevemente.

—En efecto. El placer es todo mío. ¿Puedo ofreceros algo de beber mientras esperamos a los padres de Mia?

—Una cerveza estaría genial —dijo Connor con normalidad. Mia tuvo que concederle puntos extra por su compostura. Exteriormente, no parecía intimidado en absoluto.

Korum sonrió y desapareció en la cocina. En ese momento, Marisa atrajo la mirada de Mia.

—Guau —gesticuló su hermana sin hablar—. Solo guau.

Mia sonrió. Siempre había estado celosa de su popular hermana mayor, quien había conseguido tenerlo todo: buenas notas, grandes amigos, un montón de chicos guapos yéndole detrás... ¿Y ahora Marisa estaba envidiosa de ella?

Korum reapareció, llevando una bandeja con una cerveza, una copa de champán y una taza llena de un líquido lechoso. Repartió el champán a Mia, la cerveza para Connor y le tendió la taza a su hermana.

—Esto es algo que debería hacerte sentirte mejor del estómago —le dijo amable—. Al menos durante el resto de la velada.

Marisa acepto agradecida la taza y se bebió su contenido, sin preocuparse siquiera por preguntar por lo seguro del líquido. Claramente, la experiencia de su padre le había infundido la confianza necesaria para confiar en los medicamentos K.

—Gracias —dijo, y entonces abrió los ojos como platos—. Oh, vaya, ya me encuentro mucho mejor...

Ese momento, sonó el timbre. Los padres de Mia habían llegado.

Después de saludarles, Mia y Korum los llevaron al comedor, donde Korum había preparado una comida que era más bien un festín. Mia se sentía un poco mal porque no le había ayudado en absoluto, pero Korum la había ahuyentado de la cocina cuando ella se ofreció, explicándole que solo serviría de estorbo. Sin ofenderse en absoluto, Mia había ido a sentarse junto a la piscina y a ponerse al día de las últimas novedades del laboratorio de Saret, chateando con Adam a través de un dispositivo del estilo de Skype que proyectaba su imagen en forma de holograma tridimensional.

Entretanto, Korum había preparado un banquete gourmet consistente en cinco variedades de ensaladas, exóticas elaboraciones vegetarianas al estilo del sushi, varios tipos de platos de pasta con salsas de deliciosos aromas y fruta fresca para el postre. En un cubo de hielo se estaba enfriando una botella de champán Cristal, y la mesa estaba decorada con un enorme centro de bellísimas flores. Realmente le había puesto todo su empeño, y a Mia se le puso el corazón en un puño al darse cuenta de que él estaba intentando de verdad impresionar a su familia.

E impresionados estaban.

Su madre no dejó de pedirle a Korum las recetas de todo lo que estaban comiendo, y hasta su padre parecía estar de mucho mejor humor, ahora que su anterior dolor de cabeza se había esfumado sin dejar rastro. El ambiente en la mesa era sorprendentemente relajado, con su familia haciéndole a Korum preguntas sobre la vida en Krina y su amante contándoles divertidas historias sobre sus padres y las bromas que Saret solía gastarle cuando eran niños. Observándole, Mia se dio cuenta de que había dirigido la conversación deliberadamente hacia aquellos temas que podían ser los que hicieran sentirse más cómoda a su familia... que lo hicieran más humano a sus ojos. Y aunque Mia sabía que él estaba actuando, no podía evitar derretirse un poquito por dentro al imaginarse a Korum de niño, jugando por los bosques de Krina y haciendo travesuras con sus amigos.

La cena duró hasta las diez. Al final, llenos y felices, todos se fueron. Al salir, la madre de Mia besó a Korum en la mejilla y su padre le estrecho la mano. Marisa se sonrojó y tartamudeó un poco, agradeciéndole de nuevo a Korum la medicina anti-nauseas, mientras que su marido le mostró una enorme sonrisa y le dijo que volvería a cenar cada día, dada la increíble comida que habían tomado.

En cuanto su familia se marchó, Mia rodeó a Korum por la cintura y le abrazó con fuerza. Todavía abrazándole, miró hacia arriba y se lo encontró observándola con una expresión de ternura en su hermoso rostro.

—Gracias —le dijo con sinceridad—. De verdad que esto significaba mucho para mí.

Él le acarició la mejilla con dulzura:

—Haría cualquier cosa para hacerte feliz, cariño —le dijo suavemente—. Lo sabes, ¿verdad?

Mia asintió y apoyó la cabeza en su pecho, sintiendo que no podía contener todas las emociones que invadían ahora mismo su corazón. Le quería tanto que dolía. Y en ese momento, estaba casi segura de que él también la amaba.

A LA MAÑANA SIGUIENTE, a Mia le despertaron unas

voces que hablaban en krinar. Se escuchaba una voz femenina, extrañamente conocida, entremezclada con los tonos más profundos de Korum. La doctora, cayó en la cuenta Mia. Debe de haber llegado ya para examinar a Marisa.

Mia se levantó de la cama, se vistió deprisa y se lavó, mirando la hora. Efectivamente, su hermana estaba a punto de llegar en pocos minutos.

Al entrar en la sala de estar, vio a una hermosa krinar allí sentada, charlando con Korum sobre las playas locales. Alta y delgada, le recordó a Mia a una supermodelo brasileña, con su piel bronceada, su cabello castaño oscuro veteado de reflejos dorados y sus chispeantes ojos color avellana. De nuevo, alguna cosa molesta pareció querer venirle a la mente, un recuerdo esquivo que no era capaz de ubicar.

Se acercó a ellos y la K se levantó y le ofreció su mano.

—Hola —dijo ella con amabilidad—. Soy Ellet.

Mia sonrió y se la estrechó, sorprendida ante el saludo humano. Aparte de Leeta, la prima de Korum, Mia no había hablado con demasiadas mujeres K. Los otros cuatro asistentes del laboratorio de Saret eran hombres, y Mia aún no había socializado de verdad con nadie más.

—Gracias por venir todo el camino hasta aquí —le dijo Mia—. No sé ni por dónde empezar a decirte lo mucho que aprecio tu ayuda con esto.

—Oh, es un placer para mí —dijo Ellet, lanzándose una sonrisa de un megavatio y haciendo que a Mia le cayera bien inmediatamente—. Esta es mi primera visita a Florida, y de momento me está encantando. ¡Tan parecido a Costa Rica y sin embargo mucho más desarrollado y con tantos humanos!

Mia enarcó las cejas por la sorpresa. Desarrollado y plagado de seres humanos eran normalmente factores negativos para la mayoría de los krinar, pero Ellet parecía estar diciendo justo lo contrario.

—A Ellet le encantan los humanos —dijo Korum secamente—. Vosotros sois su especialidad. No sé por qué se molesta siquiera en quedarse en Lenkarda: Nueva York sería un sitio mucho mejor para ella.

—Es un poco demasiado frío y sucio para mi gusto —dijo Ellet, sonriente—. Pero Florida parece mucho más prometedora...

—¿En serio? —Preguntó Mia, mirándola fijamente—. ¿Te mudarías aquí, y qué harías? ¿Abrir una clínica?

Ellet sonrió.

—Me encantaría, pero probablemente no podría obtener el permiso. Va contra el mandato.

—¿El mandato?

—El mandato de no interferencia: una de las condiciones bajo las cuales los Antiguos aceptaron permitirnos vivir aquí, en la Tierra —explicó Ellet, echándole una mirada rápida e indescifrable a Korum.

—Oh, ya veo —dijo Mia, aunque en realidad no lo veía. Sabía que los K no habían compartido nada de su tecnología ni de su ciencia, y había asumido que eso era porque querían ver lo cómo resultaría su gran experimento evolutivo. Ahora bien, no había sido consciente de que había un mandato concreto en vigor.

Antes de que pudiera hacer más preguntas, sonó el timbre. Marisa había llegado.

Mia fue a abrir la puerta.

Una vez más, su hermana parecía pálida y macilenta y el color oscuro de su cabello sólo conseguía enfatizar la enfermiza palidez de su rostro. Obviamente, el medicamento que Korum le había dado ayer ya no funcionaba.

—Ellet ya está aquí —le dijo Mia—. Es muy agradable, te gustará.

Marisa asintió, con la cara algo verdosa.

—Mia —susurró—, ¿qué pasa si descubren que nos ocurre algo a mí o al bebé? ¿Algo que nuestros médicos no han podido diagnosticar? ¿Y si es algo malo... o sea, malo de verdad?

—¿Qué? ¡No! Estoy segura de que estás perfectamente bien. Probablemente solo sea algún extraño desequilibrio hormonal... ¡No puedes empezar a estresarte sobre locos "y si" incluso antes de que la doctora te vea! Vamos, ven aquí... —Mia la cogió para abrazarla y sintió como su delgado cuerpo temblaba entre sus brazos.

En ese momento, Ellet y Korum entraron en el recibidor, al parecer después de haber escuchado algo con su agudo oído Krinar.

—Tú debes de ser Marisa —dijo Ellet amablemente, acercándose a su hermana y estudiándola con una mirada inquisitiva en su rostro perfecto.

Marisa se apartó de Mia, con aspecto de estar algo aturdida al verse frente a una criatura tan hermosa.

La krinar le brindó una enorme sonrisa.

—Soy Ellet —dijo suavemente—, y soy una experta en biología humana. Por favor, no te preocupes, no tienes nada que temer. Ven, vamos al cuarto de estar y te echaré un vistazo a ver si hay algo que no esté bien. Y si lo hubiera, estoy segura de que podremos solucionarlo. El cuerpo humano conserva pocos misterios para nosotros en este momento.

Marisa asintió, al parecer un poco más tranquila, y todos entraron a la sala de estar.

—Por favor, ¿puedes quedarte quieta solo un minuto? —le pidió Ellet, alcanzando un pequeño dispositivo blanco que había en la mesita de café junto al sofá. Lo cogió y lo apuntó hacia la hermana de Mia, pasándolo lentamente por su cuerpo de la cabeza a los pies, haciendo especial hincapié en la zona del estómago.

Entonces, dejando el dispositivo, dijo:

—¿Te ha dicho tu médico que tienes un caso límite de hiperémesis gravídica?

Marisa parpadeó.

—Eh, el mencionó algo así, pero pensé que ese era solo un nombre para náuseas y vómitos intensos...

—Así es. Es una dolencia que sobreviene cuando tienes niveles excesivos de hormonas Beta-HCG. Podría ser peligroso si te deshidrataras mucho, y no creo que los médicos humanos sepan cómo tratarlo aparte de administrando líquidos intravenosos en los casos más extremos y asegurándose de que descanses. Sin embargo, yo debería ser capaz de solucionarlo para que el resto de tu embarazo se desarrolle con normalidad.

Marisa le dirigió una mirada desesperadamente esperanzada.

—¿En serio? ¿Puedes hacerlo desaparecer?

—Puedo estabilizar tus niveles de hormonas. Como solo estás en el primer trimestre, todavía podrías experimentar leves náuseas de vez en cuando, así que te daré una cosita que podrás tomarte para eso. Pero podrás comer y funcionar normalmente de nuevo... y empezar a ganar peso como se supone que deberías.

—¿Y el bebé? ¿Todo va bien con el bebé? —Marisa preguntó con voz trémula.

Ellet sonrió.

—Sí. Va a ser una niña preciosa.

—¡Oh Dios mío, una niña! —lágrimas de felicidad inundaron los ojos de Marisa. Hasta donde Mia podía recordar, Marisa había hablado siempre de querer una hija, y ahora parecía que su sueño iba a hacerse realidad. Mia le sonrió y le apretó la mano.

—Bueno, ¿preparada? Necesitamos privacidad para el siguiente paso —dijo Ellet.

—Podéis ir a uno de los dormitorios de arriba —le dijo Korum—. Estaremos esperando aquí abajo.

Marisa parecía algo nerviosa.

—¿Qué vas a hacer? —le preguntó a Ellet—. ¿Es como una operación?

—No tendré que abrirte ni nada —le aseguró la K—.

Solo es un pequeño dispositivo que tiene que ir dentro de ti. Nos llevará unos cinco minutos, y después podrás irte a casa.

—Vamos —la animó Mia—. Todo irá bien...

Marisa y Ellet se fueron escaleras arriba, y Mia se sentó al lado de Korum.

—Gracias otra vez por hacer que Ellet viniera hasta aquí —le dijo—. Es maravillosa.

—Sí, es uno de los individuos más agradables que conozco —admitió Korum—. Todavía es relativamente joven, solo tiene unos cuatrocientos años, pero muestra una gran pasión por lo que hace y ha hecho un montón de contribuciones en su campo. —Su voz parecía cargada de admiración.

Un pensamiento desagradable se le ocurrió a Mia de repente.

—¿Alguna vez tú y ella...? —Ellet era una de las mujeres más bellas que Mia había visto nunca, incluso en Lenkarda.

Korum se encogió de hombros.

—No fue nada serio: solo una aventura pasajera hace unos años. No es nada que deba preocuparte.

Mia tragó saliva, y sintió la boca de su estómago ardiendo de repente por los celos.

—¿Fuisteis amantes? —Una ola de náuseas la atravesó al imaginárselos juntos en la cama, los labios sensuales de la K en el cuerpo de Korum, sus esbeltas manos tocándolo en lugares íntimos.

—Sólo brevemente. Tienes que entender algo, mi vida: el sexo es una actividad recreativa y divertida para nosotros. A menos que tenga lugar en el contexto de una relación seria, no le damos ningún significado.

Mia se lo quedó mirando, tratando de digerir eso durante un instante, y de desterrar las imágenes desagradables y pornográficas que se le pasaban por la cabeza.

—Entonces: ¿qué es lo que determina si estás o no en una relación seria?

—Si nos importa la otra persona y hasta qué punto.

—¿Y a ti no te importaba Ellet?

Él negó con la cabeza.

—No. Éramos demasiado parecidos en algunos aspectos. Enseguida se hizo evidente que no había mucho más aparte de la atracción inicial, que se desvaneció en unas semanas.

—Pero ella es tan increíblemente hermosa... ¿Cómo es posible que ya no te sientas atraído por ella? ¿Ni ella por ti? —preguntó Mia con voz queda, sintiéndose irracionalmente enfadada. ¿Qué podría Korum querer con una humana normal que no tenía punto de comparación con una de sus ex amantes? Si su atracción por Ellet se había esfumado tan deprisa, ¿qué posibilidades tenía Mia de mantener su atención más tiempo? Llevaban juntos unas seis semanas en ese punto. ¿Se aburriría de ella dentro de otro mes?

Korum alargó la mano y le sostuvo la mejilla con la cálida y amplia palma de su mano.

—Mia —dijo suavemente—, ¿de qué te preocupas? He conocido a miles de hermosas mujeres, pero jamás he deseado a ninguna de ellas de la forma en que te deseo a ti...

Mia le miró, y el nudo de su estómago empezó a deshacerse.

—Y tú eres mucho más atractiva para mí físicamente de lo que ella lo fue jamás —continuó él, con los ojos volviéndose de un color más brillante de oro—. ¿Cómo puedes tener dudas sobre eso todavía? ¿No te basta con que casi te tenga encadenada a mi cama? Si fueras más atractiva para mí, me quedaría enterrado dentro de tu dulce cuerpecito día y noche... ¿y qué sería entonces de nosotros?

Un ardiente rubor invadió la cara de Mia, y pudo sentir que ella misma reaccionaba físicamente a sus palabras. Al mismo tiempo, se percató de que su hermana y Ellet iban a bajar en cualquier momento.

—Korum, por favor —susurró—, ¿y si ellas te oyen?

Él le lanzó una sonrisa malévola.

—Pues se enterarán de algo impactante: del hecho de que practicamos el sexo...

Como si esa frase diera pie a su entrada, Mia oyó pasos en las escaleras y Marisa entró en la estancia, seguida de cerca por Ellet.

Apartándose rápidamente de Korum, Mia se levantó de un salto y corrió hacia su hermana.

—¡Marisa! ¿Cómo ha ido?

Marisa meneó la cabeza, con pinta de estar en un leve estado de shock.

—Apenas noté nada cuando Ellet me tocó, pero ya estoy empezando a sentirme menos enferma...

—Te sentirás mejor incluso en un par de horas, cuando los nanos normalicen gradualmente tu producción de hormonas —dijo Ellen, con expresión complacida—. Además, si sufres de algún episodio residual de náuseas, tómate esos polvos que te he dado y deberías estar bien durante el resto de tu embarazo. Y como te he dicho, yo estaría más que encantada de venir hasta aquí cuando llegue el momento de tu parto...

Marisa se sorbió la nariz, con los ojos llorosos, y entonces le dio un abrazo a Ellet, obviamente cogiendo a la K por sorpresa.

—¡Gracias, Ellet, muchas, muchísimas gracias! Ojalá todos supieran lo agradables que podéis ser los tuyos.

Ellen le devolvió el abrazo algo torpemente.

—Gracias, Marisa, pero acuérdate de lo que te he dicho. No puedes ir por ahí contándole esto a nadie, o me meteré en un lío. Se supone que no hemos de interferir demasiado en las cosas de los humanos...

—¿Por qué no? —preguntó Mia—. ¿Dónde está el problema en ayudar a una embarazada?

Korum se acercó a ella y la rodeó con sus brazos, acercándola para sí.

—Te lo explicaré más tarde, mi vida —le dijo, con una nota de advertencia en su voz—. Por ahora, ¿por qué no pasas un rato con Marisa? Tengo que ponerme al día con Ellet sobre algunas cosas de Lenkarda.

¿Quería que lo dejaran a solas con su ex amante? La sensación enfermiza de celos que creía tener bajo control volvió con toda su fuerza. A pesar de eso, ella asintió fríamente y preguntó:

—Marisa, ¿te gustaría ir a dar un paseo por la playa?

Su hermana sonrió.

—Claro. Eso suena estupendo —le dijo, y Mia supo que el ojo de lince de Marisa no había pasado por alto las señales de tensión.

Korum se inclinó para besarla en la frente, y luego la liberó de su abrazo.

—Adelante —dijo—. Tu batido matinal está en la cocina. He hecho otro para Marisa. Os lo podéis llevar con vosotras si queréis.

Mia le dio las gracias y las dos hermanas cogieron sus batidos y se fueron.

CAPÍTULO DIECIOCHO

—*B*ueno, hermanita, escúpelo. ¿De qué iba esa reacción tuya allá dentro?

Marisa tomó un sorbo de su batido y miró expectante a Mia mientras paseaban a orillas del agua, con las olas del océano rompiendo contra la arena solo a unos pocos metros de distancia.

Mia le dio una patada a una pequeña concha, haciendo que su chancla se llenara de arena.

—Me acabo de enterar qué él tuvo algo con Ellet en el pasado —le dijo a Marisa, sombría—. Y ahora quiere quedarse a solas con ella en la casa. ¿Cómo se supone que debo reaccionar a eso?

—Uf.

—Sí.

Marisa se quedó callada unos segundos, al parecer ponderándolo.

—No creo que tenga nada con ella... —dijo pensativa—. De hecho, estoy bastante segura. Él solo tiene ojos para ti... En realidad, casi da miedo la intensidad con la que te mira todo el tiempo. Aun así, no ha sido un gesto bonito. Pero ¿es posible que tenga algunos asuntos que discutir con ella?

—Probablemente —convino Mia, encogiéndose de hombros—. Él me ha dicho que todo acabó entre ellos hace años, y que ni siquiera fue nada serio. Sin embargo, no puedo evitar imaginármelos juntos, ¿sabes?

Durante un minuto, caminaron en amigable silencio, bebiéndose lentamente sus batidos y mirando hacia el agua.

Entonces Marisa volvió a hablar:

—Le quieres de verdad, ¿no? —le preguntó, sonando preocupada por primera vez.

Mia suspiró y bajó la vista hacia la arena.

—Más de lo que puedo expresar —admitió—. Más de lo que jamás me habría imaginado.

—Oh, Mia...

—Lo sé, lo sé. No necesito una charla sobre eso. Es imposible que funcione, créeme, lo sé.

Su hermana la cogió de la mano y le dio un apretón.

—Bueno, si sirve de algo, él parece estar loco por ti. Completamente loco. Nunca había visto nada igual. Te mira como si quisiera devorarte, y al mismo tiempo, como si fuera capaz de hacer cualquier cosa por ti. Parece obsesionado contigo, hermanita...

Mia se echó a reír, las palabras de Marisa la habían sorprendido y sacado de su sombrío estado de ánimo.

—Oh, por favor, estoy segura de que estás

exagerando. Sólo tenemos una buena química, eso es todo...

—No, Mia —Marisa negó con la cabeza, con expresión seria—. Lo que vosotros tenéis, chicos, es más que eso. No sé ni cómo describirlo. Él está pendiente de todos tus movimientos. De hecho, hasta da un poco de repelús. Y no parece poder pasar más de un par de minutos sin tocarte...

Mia se sonrojó un poco, preguntándose si su hermana habría escuchado la conversación anterior. Si era así, entonces seguro que Ellet también; los krinar tendían a tener un sentido del oído más fino que la mayoría de los humanos.

—¿Cómo acabaste liándote con él, de todos modos? —preguntó Marisa sin ocultar su curiosidad—. Nunca me has contado la historia completa, sólo esa gilipollez sobre tu amante de Dubái... Siempre has sido tan prudente y formal, que no puedo imaginarte lanzándote de cabeza a una aventura con un K.

Mia dudó. No quería mentirle más a su hermana, pero tampoco estaba preparada para contarle a su familia la historia completa.

—No fue fácil para mí —admitió—. Al principio estaba bastante asustada, y Korum puede ser... intimidante a veces. Pero obviamente, yo me sentía muy atraída por él, y él fue muy insistente... y, bueno, ya conoces el resto de la historia.

Marisa se la quedó mirando fijamente.

—Ya veo. Estoy segura de que hay algo más, pero ya me lo contarás cuando estés preparada.

—Gracias, Marisa. Eres la mejor hermana que una chica pueda desear —le dijo Mia sinceramente.

—Lo sé... y muy modesta, también. —Su hermana sonrió al decir eso, y Mia le devolvió la sonrisa.

Caminaron un poco más, cada una inmersa en sus propios pensamientos, hasta que Marisa volvió a hablar:

—¿No hay ningún modo de que las cosas puedan funcionar entre vosotros? —le preguntó, con el rostro serio de nuevo—. ¿Ninguno en absoluto?

Mia negó con la cabeza.

—No, no veo cómo. Somos literalmente diferentes especies, con esperanzas de vida muy diferentes. En última instancia él me dejará... y yo no sé cómo podré sobrevivir entonces.

—Ay, Mia... Cariño, no sé ni qué decir... —Había un gesto de intensa pena en la bonita cara de Marisa.

—Tú no tienes que decirme nada —le dijo Mia, con calma—. Es culpa mía por haberme enamorado de él. Podría haber encontrado algún chico majo y normal, alguien como Connor, pero no, tenía que liarme con un alienígena. Estoy segura de que al final me recuperaré... y puede que incluso conozca a algún hombre humano al que pueda acabar queriendo.

—¿Has hablado con él acerca de todo esto?

—No, no lo he hecho —le dijo Mia con franqueza—. Soy demasiado feliz ahora mismo como para sacar ese tema aún. Por una vez, estoy intentando aprovechar el momento, disfrutar de algo sin preocuparme por las consecuencias...

Marisa sonrió, pero todavía había una sombra de preocupación en su rostro.

—Bravo, pequeña. Carpe diem y todo eso.

~

EL KRINAR observó como las dos muchachas caminaban lentamente por la playa. Las dos eran bonitas, pero solo una captaba su interés.

No tenía sentido observarla justo ahora, y lo sabía racionalmente. Tendría que estar concentrándose en su enemigo, no en una pequeña humana que no podía suponer ninguna amenaza para sus planes.

Pero no era capaz de apartar la mirada.

Ella se echó a reír, alzando su rostro hacia el sol, y él se acercó con el zoom, deteniendo la grabación por un segundo. Sus labios estaban abiertos, mostrando unos dientes blancos y regulares, y su pálida piel tena un aspecto luminoso, casi resplandeciente.

Parecía feliz, y él casi lamentaba lo que tenía que hacer. Si mañana todo salía bien, ella se quedaría disgustada durante algún tiempo.

Al menos hasta qué él tuviera ocasión de hacer desaparecer su dolor.

~

ESA NOCHE, Korum invitó a toda la familia a cenar fuera, llevándolos a un restaurante que había abierto recientemente en Hammock Beach, un exclusivo vecindario privado no muy lejos de Ormond.

Para sorpresa y alegría de Connor, había marisco de verdad en el menú, así como bistec y caviar. Los precios por los productos de origen animal eran astronómicos, por supuesto, y algunos de los platos costaban casi lo mismo que cobraba un maestro por una semana de trabajo. Sus padres se quedaron anonadados ante el menú, asombrados, hasta que Korum les dijo con firmeza que a la cena les invitaba él, y que se negaba a escuchar protesta alguna al respecto. Vacilando al principio, su familia al final se rindió, y Connor pidió un entrecot y sus padres compartieron un cóctel de gambas como entrante y una langosta como plato principal. Mia tomó tallarines hechos con huevo de verdad, mientras que Marisa pidió unos blinis con caviar al estilo ruso. Korum, como siempre, se limitó a consumir productos vegetales, aunque se permitió un poco de mantequilla en sus verduras hibachi.

—Uno de los más sabrosos inventos humanos —explicó con ironía.

La primera parte de la cena transcurrió sin nada destacable, Korum preguntó educadamente a sus padres acerca de sus trabajos y sobre cómo emigraron a este país siendo niños. Parecía particularmente interesado en la experiencia del emigrante y en el proceso de aclimatación en los humanos. Sus padres estaban más que contentos de hablar de esas cosas, y la conversación fluyó sin problemas y con facilidad.

Unas cuantas copas de vino después, sin embargo, su cuñado empezó a aventurarse en un territorio menos seguro.

—Así que, bueno, ¿por qué vinisteis vosotros a la Tierra, chicos? —preguntó Connor, mirando a Korum, con evidente curiosidad.

Mia se quedó helada, recordando la mala opinión de su amante sobre la raza humana y su forma de cuidar la Tierra, el planeta que los K consideraban su hogar futuro.

Pero no tenía que haberse preocupado. La "máscara de agradar padres" de Korum estaba firmemente en su sitio:

—Nuestro sistema solar es mucho más antiguo que el vuestro —explicó en tono informal—. Y nuestra estrella comenzará a apagarse mucho antes que vuestro sol. Así que tenía sentido para nosotros empezar a prepararnos para esa eventualidad. También, es bueno diversificarse con respecto a la ubicación: si ocurriera cualquier clase de catástrofe cósmica en Krina o en nuestra galaxia, al menos unos cuantos krinar sobrevivirían.

—Oh, guau, vosotros realmente miráis hacia el futuro, ¿eh?

Connor sonaba impresionado y Korum le mostró una sonrisita antes de redirigir la conversación hacia la infancia de Mia y sobre cómo había sido ella en la guardería.

El resto de la cena pasó volando, con toda su familia compitiendo por la oportunidad de contar la historia más divertida y embarazosa de cuando Mia era pequeña: desde su extraña preferencia por la ropa morada cuando tenía tres años hasta que Marisa la sobornaba con dulces para conseguir que hiciera sus deberes de matemáticas en primero.

—Me resulta difícil creer que hubiera que obligar a Mia a hacer sus deberes —dijo Korum, sonriéndole a ella con afecto—. Ahora yo no puedo hacer que deje de hacerlos. Su ética laboral es increíble: incluso Saret está impresionado, y eso que él ha tenido un montón de ayudantes entregados y con talento a lo largo de los años.

Sus padres sonrieron, orgullosos y encantados, y Mia volvió a darse cuenta de lo buen manipulador que era Korum. Tenía a toda su familia comiendo de la palma de su mano, a pesar de que tendrían que haber estado locamente preocupados porque su hija menor mantuviera una relación con un depredador extraterrestre. No es que a ella le importara, por supuesto. Su amante estaba haciendo exactamente lo que Mia quería: tranquilizar a sus padres; y ella estaba agradecida por eso.

Por fin, pusieron punto final a la cena en torno a las diez. Mia dijo adiós a su familia, se subió al Ferrari de Korum y volvieron a casa, con Mia feliz y satisfecha por la deliciosa cena.

～

AL LEVANTARSE A LA MAÑANA SIGUIENTE, Mia saltó de la

cama, llena de energía. Se cepilló los dientes rápidamente, se puso un traje de baño de dos piezas que Korum había tenido la gentileza de dejarle preparado, y salió a buscarlo.

Lo encontró descansando junto a la piscina, tomando el sol como un enorme felino dorado. A diferencia de los humanos, Korum nunca se quemaba, y su piel siempre tenía el mismo tono ligeramente bronceado. Ahora que lo pensaba, de algún modo Mia se había librado de quemarse con el sol por el momento, a pesar de no usar ningún protector solar. Durante un segundo, se preguntó si Korum le habría dado algo para proteger su piel sin decírselo, y luego se olvidó de ello, demasiado emocionada por empezar el nuevo día.

Korum la vio entrar en la zona de la piscina y esbozó una lenta y sensual sonrisa que le recordó a Mia las cosas perversas que le había hecho la noche anterior. Su bajo vientre se tensó por el recuerdo del placer. Él parecía no tener nunca suficiente de ella, ni ella de él, hasta el punto en que Mia empezaba a preguntarse si no serían adictos el uno al otro después de todo. Por supuesto, Korum la había advertido de la adicción a la sangre, que no era sexual, pero ella no podía imaginarse desearle más de lo que ya lo hacía.

La zona de la piscina estaba rodeada por unos altos arbustos y una sólida valla blanca que bloqueaba la visión de cualquiera que paseara por la playa, y proporcionaba privacidad a los residentes de la mansión. Animada por eso, Mia se acercó a él y le acarició el pecho con las manos, deleitándose con el tacto de su piel suave bañada por el calor del sol.

Él sonrió y cogió su mano, llevándosela a la boca para besarla.

—Ah, mi señora ha despertado —bromeó, besuqueando con sus suaves labios el dorso de su mano.

Su contacto hizo que un estremecimiento de placer la recorriera, y sintió repentinamente mucho más calor. Luchando contra el rubor, preguntó:

—¿Quieres ir a la playa esta mañana?

Se suponía que tenían que comer con sus padres ese día, y entonces conducir a San Agustín para visitar la Granja de Caimanes, una de las atracciones favoritas de Mia en esa zona. Sin embargo, eran solo las 9 de la mañana, así que tenían cantidad de tiempo que matar.

—¿Y el desayuno? —le preguntó él—. ¿No tienes hambre?

—Me puedo comer un plátano por el camino —le dijo Mia, muriéndose de ganas de ir a nadar en el océano—. Todavía estoy llena por la cena de ayer.

—Entonces vamos.

LA PLAYA FRENTE a su casa era hermosa y estaba casi totalmente desierta. Aunque no era una playa privada, no había hoteles cerca y ni aparcamiento fácil para los potenciales amantes de playa. De este modo, solo era posible encontrar por allí a los ricos residentes de las casa a pie de playa y a unos cuantos valientes dando paseos de larga distancia.

Al salir de la zona vallada de la piscina, caminaron por una estrecha pasarela de madera que conducía desde la casa hasta la arena, por encima de las dunas.

En cuanto abandonaron la pasarela, Mia se quitó las chanclas de un par de patadas y corrió hacia el agua, deseosa de comprobar la temperatura. En esta época del año, el Atlántico no estaba tan cálido como lo estaría más avanzado el verano, pero a ella le daba igual. A pesar de la hora relativamente temprana, ya hacía calor fuera, y estaba deseando sentir el frescor del océano.

Nadaron durante una hora sin parar, hasta que Mia se sintió agradablemente cansada, con los músculos doloridos por el inusual esfuerzo. Estaba sorprendida de su propia resistencia: aparte de nadar un poco en Costa Rica por las tardes, no había hecho mucho cardio en los últimos meses. Quizás seguía en forma por lo de hacía un año, cuando Jessie las había apuntado a las dos a una carrera benéfica de 5 kilómetros, y Mia se había lanzado a un loco régimen de ejercicio para entrenarse. O quizás toda esa comida tan nutritiva que le estaba dando Korum era en realidad así de buena para su cuerpo.

Cuando salieron del agua por fin, Mia se estiró sobre una gran toalla que habían traído de casa, y Korum se tumbó a su lado. Ella cerró los ojos y se relajó, notando los rayos calientes del sol posándose en su piel. Se preguntó vagamente si debería ponerse protector solar, pero se sentía demasiado perezosa para moverse. Solo unos minutos, se dijo a sí misma, lo justo para sintetizar algo de vitamina D...

Un agradable cosquilleo la despertó de su siesta un rato después.

Abrió los ojos y giró la cabeza a un lado, entrecerrando un poco los párpados por la brillante luz. Korum yacía allí junto a ella, apoyado en un codo. Mirándola con una sonrisa, estaba acariciando suavemente sus costillas con un largo dedo. Su cabello oscuro refulgía a la luz del sol, y había un cálido brillo en sus ojos ambarinos enmarcados por espesas pestañas.

—¿Qué? —murmuró Mia, sintiéndose algo cohibida. El bikini que llevaba dejaba muy poco a la imaginación, y la manera en que él la estaba mirando ahora mismo la hacía sentirse absurdamente tímida.

—Nada —dijo él suavemente—. Tu piel se ve tan deliciosa con esta luz... Nunca antes me había dado cuenta de lo hermosa que podía llegar a ser una piel tan pálida.

—Eh, gracias...

—Y también se sonroja de una forma muy linda —bromeó él, acariciando con los dedos sus mejillas repentinamente demasiado calientes.

Mia le dio una sonrisa ligeramente avergonzada. Todavía era algo tan nuevo para ella, estar en una relación, tener a alguien tocando y admirando su cuerpo así. Y que ese alguien fuera la hermosa criatura que yacía a su lado... eso iba más allá de lo que Mia jamás podría haberse imaginado.

—¿Cuánto llevo durmiendo? —preguntó ella, recordando su siesta improvisada—. No pretendía quedarme traspuesta...

—No tanto. Unos veinte minutos o así.

Mia bostezó delicadamente, tapándose la boca con el dorso de la mano.

—Lo siento... Debes de haberte aburrido tanto...

—Yo nunca me aburro contigo —dijo él, todavía estudiándola—. Me gusta verte dormir. Siempre pareces tan dulce y pacífica... como un ángel de cabello oscuro. Encuentro muy relajante mirarte así.

Mia le sonrió. Korum podía ser muy raro a veces.

—Eso es perfecto, supongo, considerando lo mucho que duermo.

Como respuesta a eso, él simplemente sonrió y le colocó uno de sus rizos detrás de la oreja.

—¿Te está entrando hambre ya? ¿O sigues llena por la cena de ayer?

Mia se lo planteó.

—Podría comer algo. Pero, ¿no vamos a almorzar con mis padres pronto?

—En un par de horas. Para entonces, probablemente estarás famélica.

—Pues, vale. Pero primero quiero darme otro baño.

—Claro. ¿Ahora mismo?

—Bueno, antes tengo que ir corriendo al servicio —admitió Mia—. ¿Me esperarás? Volveré en unos minutos.

—Vete —le dijo Korum, sonriendo—. Te esperaré.

Mia se levantó de un salto y echó a correr hacia la casa. Entró por la zona vallada de la piscina y usó uno de los baños del primer piso. Entonces se dirigió de vuelta hacia la playa, ilusionada y ansiosa por sentir la agradable frescura del agua en su piel caliente.

Mia se acercó a la alta valla, empujó la puerta para abrirla... y se quedó helada.

Justo al otro lado de la valla, con los arbustos ocultándola a la vista de cualquiera que estuviese en la playa, estaba Leslie, una de las combatientes de la Resistencia con las que había colaborado.

Y en sus brazos delgados y atléticos había un arma que apuntaba directamente al pecho de Mia.

CAPÍTULO DIECINUEVE

urante unos segundos, un gélido terror mantuvo a Mia completamente paralizada, incapaz de pensar o reaccionar en modo alguno. Igual que un ciervo frente a los faros de un coche, le indicó con morbosa diversión alguna parte de su cerebro. Sentía las piernas débiles y pesadas, como si estuvieran atrapadas en arenas movedizas, y su campo visual se había reducido de tal forma que lo único que era capaz de distinguir ahora era el arma mortal que apuntaba hacia ella.

Y entonces notó una descarga de adrenalina que le aclaró la mente y e hizo que su ritmo cardíaco se le pusiera por las nubes. Mia se dio cuenta con total claridad de que si no hacía nada, moriría. Korum estaba demasiado lejos para ayudarla si gritaba; la bala la alcanzaría mucho antes de que él se acercara a la casa siquiera.

—Levanta las manos, zorra —le ordenó Leslie con

dureza, sus delicadas facciones tan retorcidas por el odio que apenas eran reconocibles—. Puta traidora, vas a tener exactamente lo que te mereces...

—¿Qué estás haciendo aquí, Leslie? —le interrumpió Mia, intentando evitar que le temblara la voz, mientras iba levantando despacio las manos. *No demuestres miedo ante un perro rabioso. Nunca le muestres tu miedo. Hazla hablar. Gana tiempo.*

—¿Creías en serio que te ibas a ir de rositas? —le espetó Leslie, con manos temblorosas y un dedo dando pequeños golpecitos nerviosos sobre el gatillo—. ¿De verdad creíste que ibas a poder traicionar a toda tu raza y vivir tirándote a ese monstruo, los dos felices para siempre?

Mia advirtió con alguna parte medio operativa su cerebro que llevaba la ropa rota y sucia. La joven debía de haber estado huyendo durante bastante tiempo.

—Leslie, escúchame —dijo Mia desesperada, sabiendo que probablemente solo le quedaban unos segundos—. Si me disparas, Korum te matará. No podrás escapar lo bastante deprisa. Oirá el disparo y ya lo tendrás encima...

Una histérica sonrisa triunfal iluminó el rostro de Leslie. Durante un instante, pareció verdaderamente alegre.

—Oh, ¿piensas que estoy arriesgando mi vida para matarte? —dijo con desdén—. ¿Me crees tan estúpida? No, zorra, por mucho que me encantara poner fin a tu despreciable existencia, mis órdenes son mantenerte con vida... con vida y alejada de allí mientras él se encarga de tu amante...

Horrorizada, Mia la miró sintiendo como un miedo escalofriante se extendía por sus venas.

—¿Qué quieres decir? —susurró, apenas capaz de procesar mentalmente lo que eso implicaba—. ¿Mientras quién se ocupa de él?

Leslie se rio, claramente disfrutando con la reacción de Mia.

—Lo sabía. Sabía que te habías enamorado de ese monstruo. Le dije a John que no confiara en ti, pero él estaba estúpidamente convencido de que estabas de nuestra parte. Pero yo tenía razón. Sabía que tú eras exactamente el tipo de chica que se colgaría de esa bonita fachada. ¿También te ha convertido en adicta? ¿Ahora vas por ahí mendigando a los K que te muerdan a todas horas, igual que hacía mi hermano antes de que le mataran?

Los pensamientos de Mia daban vueltas en un torbellino de terror, y le latía tan fuerte el corazón que pensó que iba a salírsele de su caja torácica. Al mismo tiempo, una lenta furia empezó a forjarse dentro de su estómago.

—¿Mientras quién se ocupa de él? —repitió con voz grave y dura a través de unos dientes apretados.

Los labios de Leslie se curvaron parodiando a una sonrisa.

—¿Crees que los kets estaban solos? —dijo en tono de burla—. ¿Crees que los pillaron y que todo se acabó?

Aturdida, Mia sólo podía mirarla en estado de shock.

—Oh, sí, hay más K involucrados —le confesó Leslie, con un cruel rictus de placer en su cara—. Tu amante está siendo convertido en partículas mientras nosotras hablamos...

A Mia se le cortó la respiración y sus pulmones le parecían incapaces de conseguir aire suficiente. Se le nubló la vista por un segundo, y entonces una oleada de rabia mucho mayor que nada que hubiera experimentado antes la invadió, sin dejar lugar alguno para el miedo.

Y de repente, supo exactamente lo que tenía que hacer.

Durante un breve instante, su mirada se desvió hacia un punto justo detrás del hombro de Leslie, y entonces dejó que una expresión de salvaje alegría iluminara su cara.

Dando un respingo, Leslie se volvió a mirar tras ella un segundo, y Mia le saltó encima, cerrando las manos en torno al arma justo en el momento en que la chica se daba cuenta de que la había engañado.

La fuerza del salto de Mia las hizo caerse a las dos al suelo, con Mia encima, y su desesperación le proporcionó unas fuerzas que ni sabía que tenía. Sin embargo, Leslie consiguió no soltar el arma, ya que su entrenamiento y su tamaño le daban una ventaja inmensa, y las dos rodaron, intentando conseguir el arma.

La chica más grande terminó estando encima,

sujetando a Mia con su peso contra el suelo. Le dio un rodillazo en el estómago, y ella se quedó sin aire, dando bocanadas. Al mismo tiempo agarró el arma con ambas manos, casi arrancándole a Mia el brazo del hombro. Ella apenas notó el dolor, amortiguado por la adrenalina que le corría por las venas y la furia asesina que llenaba su mente.

Por primera vez en su vida, Mia supo lo que era querer matar de verdad a una persona, hacerla pedazos y ver correr su sangre. Una bruma rojiza se apoderó de su visión, y luchó sin tener en cuenta su propia seguridad ni nada parecido al juego limpio. Su cara quedó cerca del hombro de Leslie, y ella lo mordió, clavando salvajemente los dientes en la parte carnosa del brazo. La luchadora gritó y Mia se deleitó en su dolor, en el sabor metálico de la sangre que llenaba su boca. Levantó con fuerza la rodilla, golpeando con toda la energía que pudo reunir el hueso púbico de Leslie, y la chica jadeó, perdiendo ligeramente el control del arma.

Esa era la oportunidad que Mia necesitaba.

En lugar de tirar de la pistola, la empujó a la vez que la giraba. El dedo índice de Leslie se quedó enganchado en el seguro del gatillo y se retorció, y la chica gritó cuando el dedo se rompió y doblándose de forma extraña hacia atrás.

Mia aprovechó su distracción y se lanzó a por el arma, arrancándola de la mano de Leslie.

Y entonces, apenas consciente de sus propios actos,

la dejó caer con fuerza despiadada en la parte superior del cráneo de Leslie.

El cuerpo de la chica se quedó fláccido y sangrando donde el duro objeto metálico había hecho contacto con su cabeza. Mia la apartó, jadeando y estremeciéndose, con un único pensamiento en su mente: llegar hasta Korum antes de que fuera demasiado tarde.

Se puso de pie de un salto, cogió el arma y corrió, ignorando a la chica inconsciente que dejaba en el suelo.

MIA CORRIÓ MÁS deprisa de lo que había corrido en su vida, con las piernas ardiéndole y la áspera madera de la pasarela arañando sus pies descalzos. El arma era extrañamente pesada en su mano.

Al final de la pasarela, vio a un krinar que le daba la espalda, con el brazo derecho estirado y apuntando a Korum, quien permanecía totalmente inmóvil y con la vista pegada al objeto en la mano del otro K.

Leslie no le había mentido. Un minuto más, y sería demasiado tarde. Reduciendo un poco su velocidad, Mia levantó la mano, apuntó a las anchas espaldas del K delante de ella y apretó el gatillo.

No ocurrió nada salvo por un suave click. *No estaba cargado, el maldito trasto no estaba cargado.*

Arrojando el arma a un lado, volvió a correr más deprisa. Frente a sus ojos danzaban unas motitas negras que interferían con su visión, mientras su cerebro luchaba para conseguir suficiente oxígeno. Todo se puso borroso y gris a su alrededor, y ella corrió a toda velocidad con las últimas fuerzas que le quedaba en el cuerpo. Lo único que veía, lo único que en lo que podía centrarse era la escena mortal que tenía delante.

Y entonces ya estaba allí, con el K alzándose imponente frente a ella, su cuerpo enorme temblando y su nuca brillante por el sudor. Más allá del rugido de su corazón en los oídos, Mia oyó vagamente el tono tranquilizador de la voz de Korum intentando convencer al K de que bajara el arma, de que simplemente escuchara; pudo vislumbrar el horror en la cara de su amante cuando la vio correr y se dio cuenta de sus intenciones.

Sin pararse a pensarlo, Mia saltó sobre el K, sin pensar en lo fútil de su ataque, agarrándole el pelo con los dedos y tirando de él con saña. Sorprendido y gritando de repentino dolor, el K se la quitó de encima con un solo movimiento poderoso, enviándola volando sobre las dunas, a más de tres metros de distancia.

Su costado izquierdo golpeó con fuerza contra el suelo, y Mia se quedó allí tirada, aturdida y sin aire a causa del golpe. Y entonces sus pulmones se expandieron y cogió aire, jadeante, aspirando el tan necesario oxígeno. Mareada y desorientada, trató de ponerse de pie, volviéndose sobre su estómago y luego intentando ponerse a cuatro patas.

Al moverse, un agónico dolor le atravesó el brazo izquierdo.

Sollozando, miró y la cabeza le dio vueltas al ver el

hueso blanco que sobresalía por un sangriento corte de su piel. Una náusea caliente y repentina subió por su garganta y ella vomitó sin poder controlarse, vaciando todo el contenido de su estómago sobre la seca hierba de la duna.

Se dejó caer hacia el costado derecho y estaba tratando de moverse a rastras, con los miembros débiles y temblorosos, cuando unos fuertes brazos la levantaron del suelo y la acunaron contra un pecho bien conocido.

Con todo el cuerpo temblando, Korum se arrodilló en la arena, la sostuvo en sus brazos y la meció hacia adelante y hacia atrás. Su respiración era áspera e irregular, y Mia podía escuchar los latidos de su corazón como un solo de tambor.

—Mia... Oh, mi vida, creí que te había perdido —El terror en su voz era un reflejo exacto del miedo que ella había sentido al verlo a él en peligro. Parecía incapaz de decir nada más, solo la sostenía fuertemente contra su pecho mientras intentaba recuperar el control de sí mismo. Incluso en estado de pánico, parecía ser consciente de su brazo herido, intentando no causarle más dolor.

—E-el K... —consiguió decir con voz ronca—. ¿É-él ha...?

—No te preocupes por eso —dijo Korum con crudeza—. El ya no supone ninguna amenaza. Tú estás viva y eso es lo único que importa.

Todavía sosteniéndola, se puso en pie.

—No mires —le dijo con voz seca, llevándola hacia la pasarela.

Mia cerró los ojos un segundo, pero eso la hizo sentir más náuseas y mareos, así que volvió a abrirlos.

Y vio inmediatamente por qué Korum le había advertido que no mirara.

En la arena, a poca distancia de ellos, estaba lo que quedaba de su atacante. El cuerpo era apenas reconocible como tal, con el brazo derecho arrancado de cuajo y un sangriento agujero donde solían estar la cabeza y el cuello. Había sangre por todas partes, por encima del cadáver desmembrado y empapando el suelo arenoso.

Por un breve segundo, imaginó que no era real, pero el olor metálico era innegable, lo mismo que otro hedor subyacente mucho más desagradable, como a alcantarilla. Era el aroma de la muerte, registró ella con alguna parte todavía racional de su cerebro. Nunca antes lo había olido, pero algo primitivo dentro de ella lo reconoció y se echó para atrás.

Un gemido horrorizado se escapó de su garganta antes de poder reprimirlo.

Korum soltó una maldición y su paso se aceleró hasta que casi estaba corriendo hacia la casa, todavía intentando no apretar su brazo herido.

Mia cerró los ojos e intentó tomar aire con inspiraciones profundas, intentando convencerse de que acababa de ver una escena de una película, que en realidad no había lo que solía ser un ser inteligente allí tirado muerto y hecho pedazos sobre la arena de Ormond Beach. Pero las imágenes frente a sus ojos era demasiado vívidas e irrefutables, y le dio un vuelco el estómago. Si no lo hubiese vaciado un minuto antes, habría vuelto a vomitar de nuevo.

El K que la sostenía en sus brazos acababa de hacer literalmente pedazos a su adversario.

on el estómago revuelto, dio un empujón instintivo contra el pecho de Korum con su mano derecha, pero él ignoró su débil intento de soltarse.

—Shhh, mi vida, todo va a salir bien —le susurró con fiereza mientras entraba en la zona de la piscina y seguía llevándola hacia la casa.

Cuando atravesaron la puerta, Mia volvió a abrir los ojos y vio que el cuerpo de Leslie todavía estaba allí tirado, justo al lado de la puerta de la piscina. Con un extraño desapego, se preguntó si la luchadora de la Resistencia estaría muerta también. Sabía que tendría que estar horrorizada ante esa idea, pero ahora mismo simplemente se sentía insensible: insensible y fría por dentro.

Korum la llevó por las escaleras hasta el baño del segundo piso. La dejó con suavidad sobre sus pies y abrió la ducha, ajustando los mandos que controlaban el agua mientras Mia se quedaba allí quieta, tambaleándose ligeramente y observando lo que hacía con desinterés. Una especie de neblina misericordiosa había descendido sobre su mente, protegiéndola parcialmente de la realidad brutal de la situación. Ella sabía lo que estaba viendo, pero no parecía afectarle en modo alguno, como si le estuviera sucediendo a otra persona.

Korum tenía todo el cuerpo cubierto de sangre y arena, que también habían formado una costra en su pelo. Parecía haber estado en un campo de batalla, lo cual en realidad, así había sido. Si ella había interpretado bien la espantosa escena, él había matado al otro K con sus propias manos.

Por su garganta volvió a ascender la bilis caliente, y ella la contuvo con esfuerzo. Aunque sabía que era en defensa propia, seguía horrorizada ante el nivel de violencia del que era capaz su amante.

Pero lo que la asustaba aún más era el hecho de que ella también lo fuera.

Porque, en el fondo, estaba salvajemente contenta de que el otro K estuviera muerto, de que fuera su cuerpo y no el de Korum el que yaciera allí hecho pedazos. Si su ataque hubiera tenido éxito... Si hubiera logrado acabar con Korum, Mia lo habría matado gustosamente ella misma: o eso, o había caído intentándolo.

Sus ojos se desviaron hacia la izquierda y vio su propio reflejo en el gran espejo de la pared. Tenía churretones de sangre seca por toda la cara, especialmente alrededor de la boca, y cayó en la cuenta de que eso era de cuando había mordido a Leslie. Suciedad, arena y briznas de hierba seca cubrían su cuerpo semidesnudo, y tenía el pelo lleno de ramitas secas, que completaban la impresión general de loca asesina.

—Ven, vamos a meterte aquí —le dijo Korum con dulzura, cogiéndola de nuevo y llevándola hasta la cabina de la ducha, después de haber conseguido que el agua tuviera la temperatura perfecta.

Las gotas de agua caliente le causaron una increíble sensación en la piel, y Mia se dio cuenta de que estaba helada de frío por dentro a pesar del caluroso clima. Además, estaba temblando. Su cuerpo debía de haber entrado en shock, pensó con objetividad casi clínica. No se atrevía a mirarse el brazo por miedo a volver a hacer el ridículo; por ahora, el dolor era de alguna manera tolerable, como si hubiera recibido algún tipo de anestesia. A diferencia de la mayoría de la gente, Mia nunca se había roto ningún hueso, y se preguntaba si esto sería lo que se sentía normalmente. Si era así, entonces no era tan terrible, y definitivamente, podría sobrevivir a ello.

—Quédate aquí —le dijo Korum—. Ahora mismo vuelvo con algo para tu brazo.

Mia asintió obediente, y él desapareció un minuto, y volvió con una pequeña píldora en la mano. Entró en la ducha, se la dio y le pidió que se la tragara.

Ella lo hizo, y el dolor sordo y palpitante que sentía se alivió casi de inmediato.

—Cierra los ojos y no mires —dijo él—. Es en serio, Mia. Mantenlos cerrados.

Ella tomó aire, y apretó los párpados con fuerza. Podía notar sus manos en el brazo herido, manipulándolo con cuidado y de algún modo, consiguiendo que no le doliera en absoluto cuando él se lo enderezó y colocó el hueso en su sitio.

—Ya está —le dijo con voz ronca—. Ya puedes abrir los ojos.

Mia le miró y la coraza de hielo que la había rodeado se resquebrajó de repente.

De su garganta brotaron unos fuertes sollozos y se dejó caer al suelo, temblando sin control. Todo el terror y la violencia que acababa de vivir se agolparon en su mente, abrumándola por completo. Podría haberle perdido, los dos podrían haber muerto, él había aniquilado brutalmente a otro krinar, ella puede que hubiera matado a Leslie... Era demasiado, todo junto, y Mia se sujetó las rodillas contra el pecho, con el cuerpo entero estremeciéndose por la fuerza de su jadeante llanto.

—Mia, shhh, mi vida, todo ha terminado. Se acabó, te lo prometo... —murmuró él, arrodillándose y atrayéndola hacia él. Estiró la mano y dirigió la alcachofa de la ducha para que el agua cayera en cascada sobre ambos, dejándola que llorara, sabiendo que eso era exactamente lo que ahora mismo necesitaba.

En unos minutos, sus sollozos empezaron a amainar, y él la levantó, poniéndola en pie con cuidado y quitándole el bañador. Entonces se echó jabón en la palma de la mano y le lavó cada centímetro de su piel y el pelo usando también champú, haciendo así desaparecer cualquier rastro de sangre o suciedad de su cuerpo. Luego se aplicó el mismo tratamiento a sí mismo, hasta que los dos quedaron completamente limpios.

Cerró el agua, salió de la ducha y volvió con una gran toalla mullida con la que la envolvió. Demasiado traumatizada para hacer nada más, Mia se quedó ahí plantada recibiendo sus cuidados.

—¿Está muerta? —preguntó con un hilo de voz, pensando en la chica que había dejado sangrando e inconsciente junto a la valla de la piscina.

Korum negó con la cabeza, secándose a su vez.

—No lo creo... La vi respirar cuando pasamos a su lado. He llamado a los guardianes que había por la zona vigilando a tu familia. Están a punto de llegar. Se la llevarán detenida y limpiarán lo demás...

—¿Quién era él? ¿Le conocías?

Por un segundo, los ojos de Korum echaron chispas de furia y luego se contuvo con visible esfuerzo.

—Sí —dijo, y ella pudo notar la ira apenas reprimida en su voz—. No tenía ni idea de que él estuviera involucrado con los kets, ninguna en absoluto... No me puedo creer que nos engañara a todos de ese modo.

Mia siguió mirándole, y él respiró profundamente, intentando calmarse.

—Su nombre era Saur —Korum explicó con voz

neutra—. Trabajaba en vuestro laboratorio, en el laboratorio de Saret, desde que llegamos a la Tierra. Fue quién se despidió hace unas semanas y dejó la vacante que ocupaste tú. Saret siempre había hablado muy bien de él. Saur era su ayudante más joven y brillante, al menos hasta que Adam llegó. No sé qué lo motivó a colaborar con los kets: él tenía tanto que ofrecer a nuestra sociedad... Y de por qué vino hasta aquí a matarnos, no tengo ni idea...

—A matarte *a ti* —lo corrigió Mia sintiendo frío de nuevo al pensarlo—. Leslie me dijo que sus órdenes eran mantenerme viva y alejada mientras él se encargaba de ti...

Él arqueó las cejas.

—Ya veo —dijo pensativo, sacándola del baño y conduciéndola al dormitorio.

Le había preparado la ropa que ella iba llevar para ir a almorzar con sus padres: un bonito vestido veraniego color melocotón y un tanga blanco de seda, y la vistió con cuidado, como si fuera un niño pequeño, sus manos particularmente gentiles alrededor de su brazo roto.

Que no le dolía en absoluto, notó Mia.

Vagamente curiosa, bajó la vista hacia su lado izquierdo y parpadeó, apenas capaz de creer lo que veían sus propios ojos. Donde hacía solo unos minutos tenía una herida sangrienta por la que sobresalía el hueso, ahora sólo había piel perfectamente tersa, sin rastro alguno de lesión.

Sorprendida, Mia movió el brazo, y este respondió

bastante bien. Lo levantó, flexionó el bíceps, y todo parecía estar funcionando con normalidad. ¿Cómo había podido una pastillita hacer todo eso?

En general, se sentía mucho mejor. La ducha y la medicina que le había dado habían hecho maravillas en su estado físico, aunque su mente todavía estuviera tratando de aceptar todo lo que ambos acababan de pasar.

—Ya tendría que estar recuperado —le dijo Korum, al verla haciendo pruebas con el brazo.

Él ya se había vestido también, con una camiseta blanca y unos vaqueros. Estaba tan maravillosamente guapo, y tan *vivo*, que Mia casi vuelve a echarse llorar pensando en lo que casi acababa de ocurrir.

—Ahora —dijo él suavemente, acercándose a ella y levantándole la barbilla con los dedos—, cuéntame... ¿En qué cojones estabas pensando al arriesgar tu vida de ese modo?

Mia pestañeó, sorprendida por la furia contenida de su voz.

—Leslie dijo que él iba a matarte. E-ella dijo que te estaban co-convirtiendo en pa-partículas... —la voz le temblaba al revivir su terror, y apenas podía retener las lágrimas que de nuevo inundaban sus ojos.

—Entonces tú, ¿qué? ¿Saltaste sobre una luchadora experimentada que te apuntaba con un arma? ¿Te enfrentase a un krinar que podía haberte matado de un solo golpe? —Korum estaba casi temblando de rabia, y sus ojos totalmente repletos de esas peligrosas chispas amarillas—. ¿No te das cuenta de lo frágil, lo delicada que eres? ¿De lo fácilmente que algo puede hacerte daño, apagar tu vida por completo?

Mia tragó saliva.

—No habría podido soportarlo si algo te hubiera pasado a ti...

—¿A mí? ¿Cómo crees que me hubiera sentido yo si algo te hubiese pasado a *ti*? —Él estaba casi fuera de sí, apretando fuertemente los dientes y con un tic en la mandíbula. Nunca le había visto en ese estado, y Mia se preguntó vagamente si debería estar asustada. Después de todo, acababa de matar de forma brutal a un ser inteligente. Pero por alguna razón, no podía reunir ni un gramo de miedo. De algún modo, en las últimas dos semanas, había pasado de creer que él iba a matarla por espiarle a sentirse completamente segura a su lado. Él no le haría daño ni estando enfadado; eso ella lo notaba en sus huesos.

—No lo sé —le dijo, y vio como sus ojos se hacían aún más brillantes. Sin darle tiempo a pestañear, la cogió y se sentó en la cama, acunándola en su regazo. La abrazaba con tal fuerza que ella apenas podía respirar. Hundió la cara en su pelo y Mia pudo notar los suaves temblores que agitaban su cuerpo grande y musculoso.

—¿No lo sabes? —susurró ásperamente—. ¿De verdad no sabes que lo eres todo para mí?

Apenas atreviéndose a creer lo que estaba oyendo, Mia empujó su pecho para poner un poco de distancia entre ellos y poder mirarle a la cara.

—¿Lo soy?

—Claro que lo eres. —Su mirada de fuego la atravesó con una intensidad que ella nunca había visto antes—. ¿Cómo puedes dudarlo?

—¿Estás... ¿estás diciendo que me amas? —le preguntó trémula, temerosa hasta de decir eso en voz alta. ¿Y si él le decía que no? ¿Y si ella le había entendido mal y él se reía ahora de su estupidez? Se le encogió el pecho por la ansiosa expectación.

—Mia, te quiero más que a la vida misma —le dijo, con la voz ronca por la emoción—. Si te pasara algo... Si tú desaparecieras, yo no querría seguir viviendo. ¿Me entiendes?

Mia asintió, demasiado abrumada por sus propios sentimientos como para decir algo. ¿Él la quería? ¿Este hombre guapo y asombroso la quería?

Él entornó los ojos.

—Y como jamás, jamás vuelvas a poner tu vida en peligro de esta manera...

Mia no le dejó terminar. En vez de eso, levantó las manos, las hundió en su pelo y acercó su cabeza hacia ella. Y entonces le besó, expresando la intensa profundidad de sus emociones de la forma en la que mejor se habían comunicado siempre.

Al principio, él se quedó paralizado, como temeroso de hacerle daño, pero entonces emitió un gruñido grave, y le devolvió el beso, de nuevo agarrándola con fuerza, poniendo su boca hambrienta y desesperada contra la suya.

Mia se aferró a él con igual desesperación, su miedo y el subidón de adrenalina de antes tornándose en un frenesí de excitación sexual. Él estaba vivo, ambos estaban vivos, y su cuerpo deseaba, necesitaba reafirmar ese hecho de la forma más primitiva e instintiva posible.

Ella acabó tumbada sobre su espalda en la cama, bajo el peso del firme y musculoso cuerpo de él, arrancándole con las manos la camiseta frenéticamente. Sentía como si estuviera muriéndose de hambre, como si fuera a perecer sin su contacto, y su cuerpo pedía a gritos ser colmado por él. Su beso la consumía, su lengua se clavaba profundamente en su boca, y Mia la chupó ávida de su sabor, deseándolo todo de él. Se sentía insoportablemente caliente, su piel estaba demasiado tensa, demasiado sensible para contener el deseo que ardía dentro de ella, y se arqueó hacia él, intentando desesperadamente estar todavía más cerca.

Él gimió de nuevo ante la enloquecida respuesta de ella que causó una reacción igualmente apasionada en él. Su mano izquierda se enredó en su pelo, sujetando la cabeza en una posición fija para asaltar su boca mientras que su mano derecha le arremangaba la falda del su vestido, exponiendo la parte inferior de su cuerpo. Ahora sólo el diminuto tanga y sus vaqueros se interponían entre sus cuerpos, y él se encargó rápidamente de eso, destrozando la ropa interior de ella y desabrochándose los pantalones. Y entonces la penetró con un empujón poderoso, y su polla se deslizó dentro de ella con esa única embestida directa.

Mia jadeó por la sorpresa de su entrada repentina y

le clavó las uñas en los hombros tan aturdida como inmensamente aliviada por sentirlo en su interior. La tenía increíblemente gruesa y caliente, y la fuerza bruta y directa de él era exactamente lo que ella necesitaba en ese momento. Le temblaron los músculos ajustándose en torno a su gran verga, al mismo tiempo que se fundía por dentro, se volvía líquida al sentirle completándola tan perfectamente, rellenando del todo su vacío interior.

Él empezó a moverse, empujándola más y más contra el colchón con cada embestida, y ella se puso a gritar, y toda la tensión contenida dentro de ella fue alcanzando su cota máxima hasta que todo su cuerpo pareció estallar con la fuerza de su orgasmo, y su vagina le apretó y palpitó alrededor de su polla.

Jadeante, él se levantó sobre los codos, mirándola con ojos que eran casi de oro puro. Eran visibles las gotitas de sudor de su frente, y se le notaba la cara enrojecida por debajo del tono broncíneo de su piel. Tenía un aspecto magnífico y salvaje, y Mia no podía apartar la mirada de la ardiente intensidad de sus ojos. Él no se había corrido aún, y su pene seguía duro y ensartado en ella.

—Eres mía —le dijo roncamente, y Mia no pudo discutirle la verdad que eso suponía, no teniéndolo clavado tan profundamente dentro de su cuerpo, dentro de su corazón. Se sentía increíblemente vulnerable, pero ahora sabía que él era vulnerable también, que también ella tenía poder sobre él.

—Y tú eres mío —le susurró, apretando las manos

sobre sus hombros y sintió que su polla saltaba enterrada en su vientre, que su cuerpo reaccionaba físicamente a sus palabras.

Él empezó a moverse dentro de ella otra vez, martilleándole con las caderas y retrocediendo, haciéndose parte de su carne con una ferocidad que ella casi igualaba. Sentía cada embestida profundamente dentro de su vientre, la punta de su polla empujando contra su cérvix, con un placer tan profundo que era rayano con el dolor... y entonces lo notó crecer aún más, y su cuerpo se tensó cuando otro violento orgasmo la desgarró por completo. Al mismo tiempo, él se rindió entre sus brazos, llegando a su propio clímax con un grito ronco, liberando su semen dentro de ella con unos cuantos estallidos breves y cálidos.

Durante más o menos un minuto se quedaron como estaban, con los cuerpos entrelazados mientras su respiración volvía a la normalidad y los latidos de sus corazones se ralentizaban. Mia jamás se había sentido tan conectada a otra persona en su vida. Era como si hubiesen dejado de ser entidades separadas, como si se hubieran unido a través del acto sexual de alguna forma que iba más allá de lo físico. Ella podía sentir su corazón latiendo en armonía con el de ella, y su olor rodeándola, encerrándola en un capullo con su abrazo, con el peso de su cuerpo agradablemente encima del suyo.

Después de un rato, él salió de ella y se la acercó, recostándola sobre su pecho. Ella sabía que debía levantarse y lavarse, que tenían que salir pronto para el almuerzo con sus padres, que todavía había muchas cosas que necesitaban discutir, pero en ese preciso momento, lo único que deseaba era quedarse allí tumbada con él, olvidándose del resto del mundo que había ahí fuera.

Ella lo amaba, y él la amaba a ella, y eso era todo lo que ahora mismo importaba.

LOS GUARDIANES LLEGARON unos minutos más tarde, y su nave aterrizó silenciosa en la playa cerca de la casa. Korum se abrochó sus todavía intactos vaqueros y dándole un beso en la frente, se fue a recibirles, dejando que Mia se refrescara antes del almuerzo.

Mia se levantó y notó con humor que le temblaban un poco las piernas y que el sexo le seguía palpitando sutilmente a consecuencia de su apasionado encuentro. No tenía ni idea de cómo sería el sexo con otro hombre, con un hombre humano, pero sospechaba firmemente que lo que experimentaba cada noche, y con frecuencia durante el día, estaba lejos de ser lo típico. Quizás en el futuro, cuando hubieran estado juntos durante más tiempo, su deseo insaciable del uno por el otro se calmaría un poco, pero por ahora, ninguna cantidad de sexo parecía suficiente. ¿Era esto lo que Korum había querido decir cuando habló de su química inusual? ¿Había sabido él que iba a ser así desde el principio?

Fue hacia el baño, se echó un poco de agua en la cara e intentó poner sus rizos en un estado más presentable. Por debajo del tono pálido de su piel, su cara resplandecía con un sutil rubor, y sus labios estaban más gruesos, un poco hinchados por sus besos. Parecía feliz y satisfecha, a años luz del guiñapo traumatizado que había sido un rato antes. También tenía la pinta y el olor de acabar de practicar el sexo. Estaba claro que le hacía falta otra ducha rápida.

Diez minutos después, estaba duchada y vestida con ropa diferente. Casi era hora de que salieran hacia San Agustín, así que salió a buscar a Korum.

Lo encontró en la zona de la piscina, hablando con tres hombres krinar vestidos con lo que parecían unos uniformes gris claro. Recordaba haber visto uniformes similares en los K que habían aprehendido a los kets dos semanas atrás.

Esos tenían que ser los guardianes que Korum había mencionado.

Uno de los guardianes sujetaba a Leslie, que estaba ahora consciente y parecía tener un fuerte dolor de cabeza, o tal vez una conmoción cerebral. Mia se sintió enormemente aliviada. No la había matado después de todo, ni parecía haberle causado ningún daño permanente. Sin embargo, Leslie parecía aterrorizada por haber sido capturada por unas criaturas a las que consideraba unos auténticos monstruos, y Mia casi se sintió mal por ella, recordando lo asustada que había estado ella de Korum al principio. Casi... porque no podía olvidarse del hecho de que la joven la había retenido a punta de pistola y había conspirado para asesinar a Korum.

Ahora que podía volver a pensar con claridad, Mia se preguntó por qué querría Saur que Leslie la mantuviera a ella, a Mia, con vida y fuera de su camino. ¿Creía que iba a ser de alguna utilidad para la Resistencia? ¿O querría alguna otra cosa de ella? ¿Y por qué era Korum su objetivo? Nada tenía sentido.

De repente, se le ocurrió algo. ¡La pérdida de memoria de los kets! Si Saur tenía acceso a parte de la tecnología del laboratorio y conocimientos suficientes, él podría haber sido quien les borró los recuerdos. De hecho, Adam mencionó una vez que Saur había trabajado en la manipulación de la mente.

Emocionada, Mia se acercó a Korum y a los guardianes. Le dedicó una enorme sonrisa y dijo:

—Acabo de caer en una cosa... Si Saur trabajaba en el laboratorio de Saret...

Korum asintió con aprobación. Obviamente, él ya lo había supuesto.

—Exacto. Esto explicaría bastantes cosas... aunque todavía no entiendo su motivación.

Leslie observó su conversación con una expresión amarga en su rostro retorcido por el dolor.

—Puta xeno —murmuró lanzándole a Mia una mirada cargada de odio.

—Cierra la boca —le dijo Korum con frialdad, mirando a la chica con rostro despectivo—. Deberías agradecerle a la patética deidad a la que rezas que Mia no ha resultado herida hoy... y que tu arma no estuviera cargada. Si le hubiera sucedido algo, tú y tus coleguitas de la Resistencia habríais conocido el verdadero significado de la palabra sufrimiento. ¿Me entiendes?

La combatiente tragó saliva visiblemente, pero se negó a apartar la mirada. Mia admitió a regañadientes que admiraba su valentía; si Korum le hubiera dicho eso a *ella* se habría vuelto loca de terror. Quizá también Leslie, pero ella tenía una cara de póquer bastante buena.

Mia se preguntaba qué le iba a pasar a la chica. ¿Pretendían los K dejarla ir después de colocar dispositivos de vigilancia dentro de su cuerpo, como habían hecho con los otros miembros de la Resistencia que les habían atacado? Se propuso preguntarle a Korum sobre eso después, cuando se quedaran solos. A pesar de todo, todavía confiaba en que Leslie no fuera castigada muy severamente por sus acciones; la luchadora no parecía ser mala persona, solo estaba muy desacertada en su odio contra los K.

Otros dos guardianes entraron por la puerta.

—Está hecho —dijo uno de ellos en krinar—. Todas las pruebas han sido grabadas y recogidas.

—Bien —les dijo Korum—. Gracias por venir hasta aquí tan deprisa.

El guardián que acababa ose intervenir asintió.

—Por supuesto. Si recuerdas algo más relacionado con este ataque, llámanos.

Korum prometió hacerlo y los guardianes se marcharon, llevándose a Leslie con ellos.

—¿Qué van a hacer con ella? —preguntó Mia,

observando la mirada de pánico en la cara de la chica cuando un guardián se la llevó en dirección a la playa.

—Tendrá que pasar por cierta rehabilitación —dijo Korum—. Ha causado demasiados problemas en este punto, y le daremos el mismo trato que les dimos a los otros líderes de la Resistencia que hemos capturado hasta ahora.

—¿Una rehabilitación?

Ahora que Mia había pasado algún tiempo en el laboratorio de Saret, sabía que influir en la mente de una persona hasta ese nivel era un proceso muy complejo y delicado. Era fácil causar daños irreparables, y cada cerebro era único: lo que funcionaba para una persona podía no funcionar para otra. La manipulación de la mente era la rama más avanzada de la neurociencia krinar, e incluso Saret admitía que todavía era muy imperfecta.

—No el mismo tipo de rehabilitación que el de los kets—dijo Korum—. Una versión mucho más suave. No requiere de tanto esfuerzo con los humanos; ella podría salir de esto solo con una pequeña pérdida de memoria.

Mia había pensado en otra cosa mientras tanto.

—Korum —preguntó lentamente—, tú no irás a tener problemas, ¿verdad? ¿Debido a lo que sucedió en la playa? —Se refería al krinar que él había hecho pedazos, pero no podía decidirse a decir eso.

Él le brindó una sonrisa tranquilizadora.

—No. Es un caso muy claro de defensa propia, y tengo grabaciones para demostrarlo.

—¿Grabaciones?

Él levantó la mano, mostrándole la palma.

—Tener tecnología incorporada es muy práctico. Además, si necesitamos ir aún más allá, podemos conseguir algunas imágenes de los satélites que tenemos orbitando alrededor de la Tierra. Lo que sucede en una playa pública como esta nunca es un secreto. Puede haber una investigación, para cumplir el protocolo, pero no habrá ningún juicio.

Mia exhaló un suspiro de alivio.

—Me alegro mucho. —Caminó hacia él, le envolvió la cintura con los brazos y lo abrazó fuertemente, inhalando su aroma cálido y familiar. Él correspondió a su abrazo apretándola contra él con una mano y acariciándole el pelo con la otra. Se quedaron así un minuto, simplemente disfrutando el uno de la cercanía del otro, dejando que el horror del día se disipara con el calor de su abrazo.

CAPÍTULO VEINTIUNO

Los padres de Mia se encontraron con ellos para almorzar en San Agustín, en un pequeño y pintoresco restaurante llamado El Café del Momento Presente. Antes del Día-K, era uno de los pocos restaurantes veganos de la zona, y ofertaba varios ingredientes exóticos y originales platos crudiveganos. Actualmente, esos sitios eran mucho más habituales, y los restaurantes y asadores se habían vuelto a su vez la rareza, pero este café seguía disfrutando de la reputación de ser uno de los mejores en cuanto a la comida gourmet vegetariana.

Korum insistió otra vez en pagar la cuenta, y sus padres lo aceptaron después de protestar un poco sin demasiado entusiasmo. Durante el almuerzo, él los entretuvo con algunas anécdotas sobre su primera visita a la Tierra hacía setecientos años y lo diferente que era Europa en aquella época. Mia vio que sus padres estaban absolutamente fascinados; igual que ella, para ser sinceros, y el tiempo pasó muy rápido.

Al verlo interactuar con su familia con tanta facilidad, Mia se maravilló ante el increíble autocontrol de Korum... o tal vez solo fuera bueno como actor. Él se reía y bromeaba con sus padres como si nada hubiera pasado, como si no acabara de matar a otro K con sus propias manos. Ella intentó no pensar en eso, pasar página sobre los acontecimientos de esa mañana, pero no podía reprimir las inquietantes imágenes que seguían asaltando su mente sin previo aviso.

Aunque Mia sabía que esa violencia había formado una parte sustancial de la historia y la cultura Krinar, ya no parecía que así fuera en la actualidad. Al menos, Mia no se había topado con nada parecido durante su estancia de dos semanas en Lenkarda. Sabía que el deporte favorito de Korum era la lucha, y era consciente de la existencia de los Retos del Arena. Pero eso quedaba a años luz de matar a alguien en la playa. ¿Le torturaban a Korum sus actos, o le tenían sin cuidado? ¿Era el hombre a quién amaba, y que aparentemente la amaba también a ella, un asesino sin escrúpulos? Y si era así, ¿le importaba *a ella*?

Tras un par de horas, se despidieron de sus padres y condujeron hasta la Granja de Caimanes, una de las atracciones más populares de San Agustín. Korum parecía muy interesado en ver a las criaturas de sangre fría, explicando que eran absolutamente diferentes de todo lo que tenían en Krina.

Mientras paseaban por los senderos del parque, y

estudiaban las diversas especies de caimanes y cocodrilos, Mia decidió sacar a colación un asunto que había estado en su mente desde esa mañana.

—¿Habías matado antes? —preguntó, intentando parecer despreocupada sobre todo ese asunto.

Korum se detuvo y la miró:

—Me preguntaba cuando me sacarías el tema —le dijo suavemente, y su rostro mostraba una expresión impenetrable—. ¿Qué querrías que te dijera, mi vida? ¿Que jamás había estado en ninguna otra situación en la que tuviera que defenderme a mí mismo y a los demás? ¿Qué he conseguido sobrevivir dos mil años sin haber tenido que arrebatar jamás una vida?

Mia tragó saliva, mirándole.

—Entiendo.

—¿Lo haces? —su boca se torció ligeramente—. ¿De verdad? Sé que has vivido una vida muy protegida, cariño mío, y me alegro por ti. Si hubiera podido ahorrarte lo que viste esta mañana, créeme que lo habría hecho.

—¿A cuántos? —Mia Mía sabía que debería detenerse, pero no podía evitarlo—. ¿A cuántos, krinar o humanos, has matado en tu vida?

Él suspiró.

—No a tantos como probablemente estés pensando ahora mismo. Cuando era joven, tenía un temperamento muy impetuoso, y me metí en algunas peleas sobre asuntos que ahora me parecen bastante triviales. Varios de mis oponentes me retaron al Arena y yo acepté sus desafíos. Y una vez que estábamos en el

Arena... Bueno, tú seguramente no lo entenderías, pero para nosotros es muy difícil parar una vez se ha derramado la primera sangre. En el fragor de la batalla, funcionamos exclusivamente por instinto, y nuestro instinto es destruir al enemigo a toda costa. Es por eso que los Retos del Arena son tan peligrosos y tan poco frecuentes estos días, porque el resultado suele ser bastante letal...

—¿Por qué no los ha prohibido vuestro gobierno, entonces? —interrumpió Mia, intentando entender esta peculiar singularidad de la cultura krinar—. ¿Por qué no deshacerse de una costumbre tan bárbara? Vuestra sociedad es tan avanzada en todo lo demás...

—Porque la violencia se halla más contenida, mejor controlada, por así decirlo, de esta forma —le explicó él con calma, mirándola con esos ojos ambarinos—. Si alguien tiene algún problema conmigo, pueden desafiarme en el Arena en lugar de perseguir a toda mi familia. Las venganzas todavía ocurren ocasionalmente, pero son mucho más excepcionales de lo que eran en el pasado, y nuestra sociedad, como resultado, es mucho más pacífica. Técnicamente, es ilegal matar a alguien en el Arena, pero nadie ha sido procesado jamás por dejarse llevar durante una pelea justa.

—¿Es eso lo que ha sucedido hoy? ¿Te has dejado llevar durante la pelea?

Él asintió, apretando los labios.

—Lo he hecho... pero mi único remordimiento es el de no haber tenido ocasión de interrogarle, de descubrir por qué hizo lo que hizo. Pero él te ha hecho daño, podría incluso haberte matado, y se merecía exactamente lo que ha conseguido.

Mia apartó la mirada, sin saber realmente qué decir. Él había matado para protegerla, y ella probablemente habría hecho lo mismo por él, pero aun así encontraba aterrador saber que él era capaz de acabar con la vida de alguien con tan pocos reparos.

—¿Y qué hay de los humanos? —le preguntó mientras seguían andando, pensando en todos los rumores que había escuchado sobre la brutalidad de los K durante los meses del Gran Pánico—. ¿Has matado a muchos humanos?

Él se quedó en silencio durante unos instantes.

—¿Por qué estás haciendo esto, Mia? —le dijo con voz queda mientras se detenían delante del recinto de un gran caimán—. ¿Por qué me haces preguntas de las cuales no quieres saber la respuesta?

—No lo sé —le dijo con franqueza Mia—. En algunos sentidos, todavía eres un misterio para mí. Te amo, pero siento que apenas te conozco...

Él contempló el agua con aparente fascinación, mirando a los caimanes deslizarse suavemente. Los turistas dejaban un amplio espacio libre alrededor de donde ellos estaban; como la mayoría de los humanos, habían deducido correctamente que el K que había entre ellos era de lejos la criatura más peligrosa de los alrededores. Mia ya estaba tan acostumbrada a eso que apenas le daba importancia. Cada vez que iban a algún lugar público la presencia de Korum inevitablemente provocaba miradas asustadas y susurros entre la población humana.

Después de un rato, se volvió para mirarla:

—Sí, Mia —le dijo sin entusiasmo alguno—. He matado humanos. Algunos en defensa propia, algunos por otras razones. He tenido muchas interacciones con los tuyos a lo largo de los siglos, y no todas han sido buenas. ¿Hay alguna cosa más que quisieras saber?

Mia se humedeció los labios, mirándole fijamente.

—¿Habrías matado a Peter aquella noche? ¿En el club? ¿Si yo no te hubiera detenido?

—Tú no me detuviste, Mia —dijo Korum con frialdad—. Ya había decidido dejarlo ir con una advertencia. Su ofensa no era lo bastante grave como para que se mereciera nada peor.

La respiración que no se había dado cuenta de que estaba conteniendo se escapó de sus labios con alivio.

—Ya veo.

—Por supuesto —añadió, con los ojos brillantes—, si te hubiera tocado más, si se hubiera acostado contigo... el resultado habría sido diferente.

A Mia le dio un vuelco el corazón.

—¿Lo habrías matado por eso? —susurró, mientras un escalofrío le recorría la espalda.

Korum no respondió, sólo la miró con expresión neutra... y ella supo que lo que siempre había presentido sobre él era cierto.

Él *era* peligroso: no para ella, sino para todos los demás. Por civilizado que pareciera exteriormente, por avanzados que fueran los K en cuanto a su ciencia y a su tecnología, en el fondo, él era un depredador. Un depredador con una naturaleza violenta y un instinto territorial profundamente arraigado.

Un depredador que al parecer la amaba tanto como ella lo amaba a él.

AQUELLA NOCHE, Marisa y Connor vinieron otra vez a cenar, y Korum preparó una versión más reducida del banquete que había hecho el día anterior. Su hermana estaba auténticamente radiante, lucía un saludable color rosado y le brillaban los ojos. Su apetito había vuelto a la normalidad y volvía a comer todos sus alimentos favoritos. Fuera el que fuese el procedimiento que le había practicado Ellet, parecía tener el efecto que les habían prometido.

Connor estaba mucho más que agradecido.

—Por fin tengo a mi mujer de vuelta —les confió cuando Marisa se fue al lavabo—. Las últimas semanas han sido infernales... Tenía mucho miedo de que tuviera que estar ingresada en el hospital durante el resto del embarazo. Habíamos oído tantas historias de terror sobre mujeres con dolencias del tipo de la suya...

Korum le sonrió.

—Me alegro de que todo haya salido bien. Ellet es muy hábil...

Mia sintió una punzada de celos por su elogio de la mujer que había sido su amante, pero hizo lo que pudo por ignorarla.

—...y ha estado más que encantada de poder ayudaros con esto.

Después de la cena, los cuatro decidieron ir a ver una película, el último thriller de James Bond en el que salía un villano K. A Korum le divirtió enormemente esta premisa, en concreto las partes en las que el agente humano conseguía burlar al malvado K y usar la tecnología de los propios krinar para frustrar su plan de exterminar a todos los humanos. El villano estaba interpretado por un actor humano que de hecho hacía un trabajo bastante decente imitando a un K con ayuda de gráficos informatizados, pero para Mia su actuación fue aun así inadecuada. Sin embargo, Marisa y Connor se lo pasaron realmente bien, y taladraron a Korum con toneladas de preguntas en el camino de vuelta a casa.

Al observar sus interacciones, Mia se dio cuenta de que su familia estaba completamente cautivada por su amante. Nunca habían visto su lado verdaderamente amenazador, y nunca habían tenido motivos para temerle, como Mia lo había hecho al principio. Para ellos, él era un fascinante forastero que podía entretenerles con interminables anécdotas e historias interesantes, un generoso benefactor que ya les había otorgado el inestimable regalo de mejorar su salud, un amable novio que trataba a Mia como a una princesa.

Y a Mia eso le encantaba. Jamás, ni en sus mejores sueños, habría esperado que su familia se llevara tan bien con su amante alienígena. Había pensado que estarían asustados y tremendamente preocupados por ella, y probablemente así habría sido, si Korum no hubiera hecho todos los esfuerzos por conquistarles. Eso, más que cualquier otra cosa, le demostraba lo mucho que a él le importaba. Él sabía que su familia era importante para ella, y se había asegurado de que se sintieran cómodos con su relación, o al menos todo lo cómodos que podían estar, sabiendo que el novio de su hija no era humano.

Sus pensamientos se volvieron hacia el futuro otra vez, y sintió un dolor reconocible en el pecho, la misma sensación que siempre sentía cuando pensaba en el inevitable final de su relación. Él la amaba, pero seguro que eso no podría durar para siempre. ¿Cuánto tiempo seguiría ella siendo joven y bonita? ¿Diez años?, ¿veinte si tenía suerte? Por descontado, algunas de las actrices estaban increíbles aunque tuvieran cuarenta y muchos o cincuenta y tantos. Tal vez Mia también lo consiguiera, sobre todo si la destreza médica krinar se extendía también a los procedimientos cosméticos. Se imaginó a Ellet haciéndole un lifting facial y casi le dio un escalofrió de pensar en esa hermosa K viéndola cuando ella estuviera vieja y arrugada.

Por fin estuvieron de vuelta, y se despidieron de Marisa y Connor, que recogieron su coche y se marcharon.

Sonriendo, Mia les dijo adiós con la mano y entró en la casa, donde Korum estaba ya sentado en el sofá, estudiando algo en la palma de su mano.

A escuchar entrar a Mia, levantó la vista y le dedicó una sonrisa.

—Estabas muy callada en el camino de vuelta —le dijo, con mirada inquisitiva—. ¿No te ha gustado la película?

Ella se acercó y se sentó junto a él.

—Ha sido entretenida —le contestó ella, encogiéndose de hombros.

—Entonces, ¿cuál es el problema? ¿Todavía estás disgustada por lo que ha pasado hoy? —Él se acercó y la cogió de la mano, masajeando ligeramente su palma de una manera que la hizo derretirse un poquito por dentro.

—No —Mia se quedó mirando la enorme mano que acunaba tan tiernamente la suya. Sus dedos parecían pequeños y delicados cuando él los sujetaba, el color pálido de su piel contrastando eróticamente con su tono más oscuro—. Bueno, tal vez. No lo sé. Intento no pensar demasiado en ello. La película fue una buena distracción, en realidad...

—¿Entonces qué? —Claramente, él no tenía ninguna intención de dejarlo correr.

Mia levantó la vista para sostenerle la mirada.

—Me estaba preguntando por el futuro, eso es todo. Sé que debería centrarme en el presente y disfrutar de lo que tenemos ahora, pero a veces simplemente no puedo evitar...

Él se inclinó hacia ella y la besó suavemente, deteniendo con los labios su discurso.

—Hablaremos de esto cuando estemos de vuelta en Lenkarda —murmuró él, apartándose para mirarla con una expresión bastante enigmática en el rostro—.

Ahora mismo no te preocupes por nada. Todo irá bien, lo prometo.

Mia parpadeó sorprendida, y entonces recordó que él había mencionado algo al respecto unas semanas atrás, cuando aún estaban en Nueva York. Sin poder aguantar su curiosidad, abrió la boca para hacerle otra pregunta, pero Korum volvió a besarla y cualquier pensamiento racional desapareció de su mente.

La cogió en sus brazos, la llevó escaleras arriba hasta la cama, y Mia no tuvo ocasión alguna de pensar durante el resto de la noche.

CAPÍTULO VEINTIDÓS

A la mañana siguiente, Mia se despertó en los brazos de Korum. Era algo tan fuera de lo común que sus ojos se abrieron como platos tan pronto notó lo que estaba ocurriendo.

Ella estaba acostada de lado, enroscada de espaldas contra su cuerpo. Ambos estaban desnudos, y ella podía sentir un principio de erección contra la curva de sus nalgas. Sorprendida, Mia se volvió para mirarle a la cara y vio que él estaba totalmente despierto.

Ante sus repentinos movimientos, él sonrió y le acarició la frente con los labios.

—Veo que estás despierta.

Ella asintió, pestañeando, somnolienta.

—¿Qué estás haciendo aquí? Normalmente te levantas mucho más temprano...

—No quería dejarte sola —le explicó con dulzura Korum, acariciándole la mejilla—. Parecías estar durmiendo mal, gritando cada dos horas, y quería asegurarme de que estabas bien.

Conmovida, Mia se apretujó contra él, abrazándolo con fuerza.

—Gracias —murmuró contra su hombro—. Creo que debo de haber tenido pesadillas por lo de ayer. —Ella recordaba vagamente haber soñado con pistolas y sangre, y se sorprendió de que realmente hubiera sido capaz de dormir toda la noche. No cabía duda de que la presencia de Korum a su lado había contribuido a ello.

Él le acarició lentamente el cabello.

—No hay de qué, mi vida. Es totalmente comprensible.

—¿Tienes tú pesadillas alguna vez? —preguntó ella, apartándose, al aflorar repentinamente la curiosidad de la estudiante de psicología que había en ella.

—Por lo general, no —admitió Korum, jugueteando con sus largos rizos—. Suelo dormir muy profundamente durante un par de horas y luego me despierto. No puedo recordar la última vez que tuve ningún tipo de sueño. A nosotros nos puede pasar, pero es más excepcional que en los humanos. Nuestro ciclo de sueño es algo distinto.

—Oh, ya veo...

—¿Qué quieres hacer hoy? —preguntó—. Ahora mismo no tenemos ningún plan.

—Estaba pensando que podríamos cenar otra vez con mis padres esta noche, pero sobre el día no sé... Nada de playa, creo... Me parece que no estoy lista para volver allí todavía.

—Por supuesto. —Su cuerpo se tensó por un momento—. ¿Por qué no hacemos algo totalmente diferente? ¿Qué tal un viaje a Orlando? Podríamos visitar uno de esos parques temáticos con montañas rusas y todo eso...

—¿Qué, cómo Disneylandia? —Mia le lanzó una mirada de incredulidad.

—Claro —le dijo él con aspecto serio—. O tal vez el de la Universal. Ese es el que es más para adultos, ¿verdad?

Incapaz de contenerse, Mia se echó a reír:

—¿En serio? ¿Quieres ir al parque de los Estudios Universal? —Se los imaginó a los dos haciendo cola para ver la Atracción del Increíble Hulk y a todos los turistas espantados al ver a un K tan cerca de sus hijos.

—Sí, ¿por qué no?

Ciertamente, ¿por qué no? Todavía riéndose, Mia dijo:

—Vale, me apunto. Podemos ir al parque de las Islas de la Aventura... es la parte de Universal que tiene más montañas rusas. ¿Cómo llegamos a Orlando? ¿En coche?

—Puede que sí. No me importa conducir: me da ocasión de ver más cosas de la zona. —Él le sonrió, tan encantador y despreocupado que ella no pudo evitar besar el hoyuelo de su mejilla izquierda.

Cuando sus labios le tocaron el rostro, sin embargo, pudo notar como su humor cambiaba. Ahora mismo estaba tan en sintonía con él que se dio cuenta de inmediato de lo que él quería. Efectivamente, cuando ella se apartó, él se la quedó mirando con unos ojos de oro entornados con espesas pestañas.

—Por esto normalmente no me quedo en la cama contigo —murmuró antes de que sus labios descendieran sobre ella y su mano se aventurara más abajo entre sus muslos.

Y durante la siguiente hora, se olvidaron del todo de ir a Orlando, atrapados en su propia atracción animal.

Dos horas más tarde, viajaban zumbando por la autopista a más de ciento cincuenta kilómetros por hora. Si hubiera habido cualquier otro al volante, Mia habría estado aterrorizada, pero los reflejos de Korum eran mejores que los de cualquier piloto de carreras, y ella se sentía completamente segura con él. Durante los primeros veinte minutos del viaje, condujo con la capota bajada, pero el cabello de Mia no dejaba de metérsele en el rostro, y tuvieron que detenerse a subirla.

—Realmente debería cortarme este nido de pájaros —gruñó Mia cuando volvieron a la autopista, mientras trataba de alisar la explosión de rizos de su cabeza. Fue en vano. El viento no combinaba bien con su pelo.

—Ni se te ocurra —le dijo Korum con aspecto serio—. Me encanta que lleves el pelo largo.

Mia suspiró.

—Bien. Quizá solo me lo alise...

—¿Por qué? Tus rizos son preciosos. Déjalos como están.

—Eres raro —le dijo Mia—. A la mayoría de los hombres les gusta el pelo liso y sedoso, no este nido de ratas que tengo aquí...

—Me da igual lo que les guste a la mayoría de los hombres. Déjate el pelo como lo llevas. —Su tono era totalmente intransigente.

Mia sonrió para sus adentros, sacudiendo mentalmente la cabeza. Incluso en esta pequeña cuestión, tenía que estar al mando. Era extraño que a ella no le importara ya tanto, aunque nada hubiera cambiado en realidad. Ella seguía siendo su charl, y él todavía tenía demasiado control sobre su vida. La diferencia era que ahora ella sabía que él la amaba, que no era solo un juguete humano para él.

Una minucia de su encuentro con Leslie seguía rondándole la cabeza.

—Korum —dijo con cautela—, ¿en qué consiste exactamente esa adicción a la sangre de la que ya me habías advertido antes? Leslie mencionó algo sobre eso ayer...

Manteniendo la vista en la carretera, Korum preguntó:

—¿Qué te dijo?

Mia se afanó por recordar las palabras exactas de la chica.

—Fue algo como que su hermano era adicto y andaba por ahí suplicándoles a los K que le mordieran a todas horas hasta que ellos lo mataron...

Korum se quedó en silencio durante unos segundos.

—Eso me suena como un caso particularmente desafortunado —dijo después de un rato—. Debió de suceder no mucho después de que llegáramos aquí.

—¿Qué quieres decir?

—¿Recuerdas cuando te conté que ya no necesitamos sangre para sobrevivir? ¿Que básicamente ahora es una droga recreativa para nosotros?

—Sí, Por supuesto.

—Bueno, pues resulta que hay un efecto secundario si se toma demasiado de esa droga. El placer es tan intenso que se vuelve adictivo para nosotros y para los humanos de los que estamos bebiendo. Sin embargo, para que un krinar se vuelva físicamente adicto, él o ella tienen que beber del mismo humano más de un par de veces por semana. Esencialmente, el krinar se hace adicto a la firma de ADN específica de la sangre de ese humano. Es un peculiar efecto secundario de la modificación genética que nos permite sobrevivir sin sangre. Actualmente algunos de nuestros mejores científicos están estudiando este fenómeno y tratando de averiguar por qué está sucediendo y cómo se puede evitar.

Mia se quedó mirándolo fascinada.

—Entonces, ¿qué sucede cuando te haces adicto? ¿Es físicamente doloroso?

—Cuando el krinar se separa de su humano por el motivo que sea, sí. No pueden estar más de unas horas sin conseguir su dosis... y ese es un problema tanto para el humano como para el krinar.

—¿Así que eso es lo que le pasó al hermano de Leslie? No estoy segura de entenderlo del todo...

—No, es distinto para los humanos. Tu especie se hace adicta a la sustancia de nuestra saliva, pero le sirve la saliva de cualquier krinar. No sé exactamente lo que le ocurrió al hermano de Leslie, pero puedo aventurarme a adivinarlo. Parece que podría haber estado metido en el ambiente de algunos de los primeros clubs-X

—¿Clubs-X?

—Clubs-X, clubs xeno... este es vuestro término en argot para los clubs nocturnos a los que van los humanos para relacionarse con los nuestros.

—Mia parpadeó.

—Nunca antes había oído hablar de esto. ¿Es como las páginas web en las que los humanos se anuncian para practicar el sexo con los K?

Parecía vagamente divertido.

—Algo así. Las webs normalmente son para los que tienen solo curiosidad. Muy pocos de los que publican posts allí se plantearían llevar a cabo realmente su fantasía. Los que se lo toman en serio van a clubs-X.

—¿En serio? —Mia estaba asombrada de no haberse topado antes con esto—. ¿Dónde están esos clubs? ¿Hay alguno en Nueva York?

—No, de hecho están cerca de nuestros Centros... en general no nos gusta ir a vuestras grandes ciudades. Probablemente sea por eso que no los conoces. Hay unos pocos en Costa Rica, algunos en Nuevo México y Arizona, otros en Tailandia y Filipinas...

—¿Y van de verdad los K a esos sitios?

Korum asintió.

—Algunos sí, especialmente los que son reacios a aventurarse por ningún otro motivo fuera de los Centros. Yo nunca he ido, porque no tengo problemas en pasar tiempo en ciudades y pueblos humanas. Pero muchos krinar sí; no pueden soportar las multitudes ni la polución, así que los clubs son una manera cómoda para ellos de tener relaciones sexuales con humanos.

—¿Así que piensas que el hermano de Leslie podría haber ido a un club-X?

—Es una posibilidad plausible. En los últimos dos años, se ha regulado más estrictamente esos lugares. Ahora un humano concreto solo tiene permitido el acceso dos veces por semana y los a krinar que van allí se les advierte en contra de compartir su humano durante la noche. Sin embargo, en los primeros días, todo estaba mucho más desorganizado, y algunos humanos se dejaron llevar demasiado. Se liaban con uno o más krinar cada noche, y hacían que se bebieran su sangre con excesiva frecuencia.

Mia arrugó la nariz, perturbada ante la idea. Cuando Korum bebía su sangre era una experiencia tan trascendental que no podía imaginarse compartiéndola con nadie más. Por supuesto, ella tampoco podía imaginarse practicando el sexo con otra persona, así que probablemente no era una comparación adecuada.

—Entiendo.

—Mi suposición sería que el hermano de Leslie se hizo seriamente adicto. De por qué murió, no tengo ni idea. Quizás se puso violento e intentó forzar a alguna de las mujeres krinar... eso ha ocurrido alguna vez y podría ser una razón por la cual acabó muerto...

—¿Un humano forzando a un krinar?

—No he dicho que lo hubiera conseguido. Nuestras mujeres son mucho más débiles que los hombres krinar, pero aun así más fuertes que los humanos. Sin embargo, una tentativa habría sido suficiente para garantizarle una sentencia de muerte. Por supuesto, ningún ser humano sensato intentaría algo así, pero algunos de esos adictos no son racionales, particularmente cuando están con el mono durante un tiempo.

Mia se estremeció. Todo el asunto sonaba horrible.

—¿Existe una cura? —preguntó, intentando imaginarse cómo estaría de desesperada esa pobre gente.

—Todavía no. Por lo que sé, aún está en la fase experimental.

—¿Cuándo te enteraste de esto? ¿De la adicción, quiero decir? ¿Fue antes o después de haber venido aquí?

—Hemos sabido de ella hace unos cuantos milenios, pero no se había considerado que fuera un verdadero problema hasta que vinimos aquí. Sobre todo se daba entre un charl y su cheren, y se consideraba como parte del vínculo que unía a la pareja. Y puesto que esas relaciones eran extremadamente poco frecuentes, nadie se preocupó de verdad por ello. Por supuesto, ahora que vivimos entre los humanos, es algo muy distinto.

—Ya veo. —Mia miraba por la ventanilla, intentando entender las implicaciones. Algo no le cuadraba del todo, pero en ese momento, no podía señalar qué era.

Y entonces cayó en la cuenta de golpe.

Se volvió para mirarlo y frunció el ceño, perpleja.

—¿Korum, qué le pasaría cuando falleciera el charl? ¿Al krinar, quiero decir? Si eran adictos a ese humano en particular, ¿cómo lo superarían?

Durante un segundo, Korum no respondió. Entonces dijo suavemente:

—El charl no fallecería, Mia.

Anonadada, Mia le miró.

—¿Qué quieres decir? —susurró, no muy segura de si lo había oído correctamente.

Él se volvió a quedar en silencio, y ella vio como los músculos de su mandíbula se tensaban. De repente, giró de golpe hacia el carril derecho y se dirigió hacia una salida, sin inmutarse por el sonido del chirriar de los frenos y los indignados bocinazos de los conductores a quienes se cruzó por delante. Asustada, Mia se agarró de la manilla con la mano derecha, intentando sujetarse. Un minuto después, él se metió en el parking de un hotel Comfort Inn y puso el coche en modo aparcamiento.

Se volvió hacia ella y le dijo con voz tranquila:

—Nosotros no dejamos que los humanos a los que amamos se mueran, mi vida. Tú, María, Delia... estáis tan cerca de ser inmortales como un ser biológico es capaz de serlo. No envejeceréis, no os pondréis enfermas, y cualquier lesión que sufráis, mientras no sea imposible de reparar, se curará rápidamente, igual que me pasa a mí.

CAPÍTULO VEINTITRÉS

Durante unos segundos, Mia sólo podría mirarle boquiabierta por la sorpresa. ¿Era broma?

—¿P-pero có-cómo? —tartamudeó ella—. Yo no soy krinar...

—No, definitivamente no eres krinar —asintió Korum—. Eres humana, tal como siempre has sido.

—Entonces, ¿cómo? —Mia apenas podía procesar lo que él le estaba contando—. ¿Cómo es esto posible?

—¿Te has dado cuenta de que has estado sanando más rápido? ¿Tal vez sintiéndote mejor, con más energía?

Mia asintió, con el corazón galopando en su pecho.

—¿Y nunca te has preguntado cómo era eso posible? ¿Cómo se te curó el brazo tan rápido ayer?

—Pensé que me habías dado algo —susurró Mia—. Esa píldora de ayer...

—La píldora era un analgésico; no tenía la

capacidad de curarte así. Para hacerte eso, hubiera necesitado equipos especializados similares a los dispositivos que he usado anteriormente contigo. No, mi vida, tu brazo se arregló tan bien porque ahora hay millones de complejos y altamente avanzados nanocitos en tu cuerpo, cuya única función es mantenerte sana reparando cualquier daño, ya sea a nivel celular o a nivel del ADN.

—¿Qué? —Delante de sus ojos aparecieron bailando unos puntos negros, y ella tomo aire bruscamente, al darse cuenta de que había dejado de respirar por un segundo—. ¿Qué quieres decir? ¿Cómo han llegado hasta dentro de mi cuerpo?

—Ellet te los implantó la primera noche que llegaste a Lenkarda, cuando yo se lo pedí —le explicó, observándola con una atenta mirada ambarina—. Te llevé a su laboratorio y ella realizó el procedimiento.

A Mia le daba vueltas la cabeza, y no parecía poder hacer que su cerebro asimilara lo que él acababa de contarle.

—¿T-tú me llevaste al laboratorio de Ellet? ¿Mientras yo dormía? ¿Me hiciste eso hace más de d-dos semanas?

—Sí —dijo él, mientras sus ojos se iban volviendo lentamente más dorados—. No quería arriesgarme a que algo te pasara retrasándolo un minuto más.

Ella lo miró fijamente, del todo descolocada.

—¿Por qué no me lo dijiste? ¿Por qué no me preguntaste antes de hacerlo?

—No podría arriesgarme a que te negaras —dijo

con sencillez—. Seguías demasiado enfadada, demasiado llena de resentimiento, cuando te llevé allí. Y francamente, mi vida, yo también estaba demasiado enfadado contigo, demasiado enfadado y dolido para ofrecértelo en ese momento y tener una discusión extensa sobre el asunto. Tu traición me hizo daño, Mia. De una forma lógica, entendí por qué lo hiciste, pero aun así me dolió más que ninguna otra cosa que nadie me hubiera hecho jamás...

Mia tragó saliva con los ojos empañándose por las lágrimas.

—Lo siento... De verdad que lo siento mucho...

—Y más adelante —continuó Korum, su mirada fija en la de ella—, después de que el procedimiento terminara, tardé en decírtelo porque quería ver cómo se desarrollaba nuestra relación, si llegabas a sentir tanto por mí como yo por ti...

—¿Me estabas poniendo a prueba?

Él asintió:

—En cierto modo. Sé lo mucho que significaría la inmortalidad para la mayoría de los humanos. Yo quería que tú me amaras a *mí*, y no solo a la longevidad que yo podía proporcionarte. Iba a decírtelo cuando volviéramos a Lenkarda, pero el tema ha seguido surgiendo y no quería mentirte.

Con su cerebro a mil por hora, Mia echó la mano hacia la puerta, intentando con dificultad encontrar la manilla en un vehículo con el que no estaba familiarizada.

—¿Qué estás haciendo? —le preguntó él secamente, entornando los ojos.

—Yo... necesito un minuto —dijo ella con voz trémula y con el brazo tembloroso mientras abría la puerta. Se sentía violada e invadida, y enterarse de que el hombre a quien amaba le había hecho eso la estaba poniendo enferma—. Solo necesito un minuto...

Antes de que ella pudiera salir del automóvil, él ya estaba allí, inclinándose sobre el lado del pasajero.

—Detente, Mia. No vas a ir a ninguna parte.

Sintiendo como si estuviera hiperventilando, Mia salió rápida y desordenadamente del coche, ignorando su orden. Necesitaba que hubiera algo de distancia entre ellos justo ahora, necesitaba encontrar una manera de aceptar todo lo que acababa de saber.

Él la agarró del brazo cuando ella intentó pasar por su lado y escapar.

—Deja de actuar de esta manera. ¿Dijiste que me amabas... incluso arriesgaste ayer tu vida para salvarme... y estás molesta por el hecho de que podremos estar juntos a largo plazo?

Mia sacudió desesperadamente el brazo, intentando soltarse: por supuesto, en vano.

—¡No, claro que no! —Ella podía escuchar el tono de histeria de su propia voz—. ¡Pero ni siquiera me lo preguntaste! ¿Cómo has podido hacer algo tan gordo sin preguntarme?

—¿Hacer qué? —Su tono era frío como el hielo, y su expresión dura—. ¿Darte una salud perfecta? ¿Una vida larga?

Mia sentía que su cabeza iba a explotar.

—¡Implantar algo en mi cuerpo! ¡Realizar un procedimiento médico en mi cuerpo sin mi conocimiento ni consentimiento!

—Te di un regalo, Mia. —Sus ojos eran casi puramente amarillos en ese punto—. No es como si te hubiese robado un riñón...

—¡Me robaste mi libre albedrío! —Mia era vagamente consciente de que estaba gritando, pero en ese momento no le importaba. Tenía la vista nublada por la ira, y podía sentir como temblaba por la fuerza de sus emociones. Toda la frustración de las últimas semanas afloró a la superficie—. ¡Me has robado mi capacidad de tomar ninguna decisión sobre mi vida! Sí, te amo, pero eso no te da el derecho a tratarme como a una posesión. ¿No lo entiendes, Korum? ¿No te das cuenta de cómo me hace sentir eso, saber que eres capaz de hacerme algo así?

Él la miró, y ella pudo ver el músculo que latía en su mandíbula fuertemente apretada.

—Hice lo que era mejor para ti. Te di la inmortalidad, Mia. ¿No era eso lo que te tenía preocupada? ¿Nuestro futuro juntos?

—¿Un futuro en el que seré tratada como esclava durante los siglos que me esperan? ¿Un futuro en el que no tendré nada que decir sobre mi propio cuerpo, mi propia vida? ¿Ese tipo de futuro? —preguntó Mia amargamente, demasiado furiosa para pensar en lo que estaba diciendo.

Le escuchó coger aire bruscamente.

—Sube al coche, Mia —le ordenó, con voz grave y fría—. Estas siendo irracional.

—¿O qué? —le dijo ella desafiante—. ¿Me vas a obligar a subirme? ¿Vas a hacer eso?

—Sí, si tengo que hacerlo. Ahora sube.

Temblando de ira e impotencia, Mia subió al coche y lo siguió con la vista mientras cerraba la puerta del pasajero y caminaba hasta el lado del conductor.

—Vamos de vuelta a casa —le dijo, saliendo del aparcamiento con el chirrido de las ruedas derrapando —. No creo que un parque temático sea la mejor idea en este momento.

EL VIAJE A CASA transcurrió en un silencio tenso, con Mia mirando por la ventanilla y Korum concentrándose en la conducción. Les costó menos de treinta minutos hacer el camino de vuelta, con el velocímetro marcando más de doscientos por hora. Afortunadamente, la policía no les paró. Mia tenía la firme sospecha de que cualquier patrullero estatal tan poco afortunado como para enfrentarse a Korum con su actual estado de humor no habría salido bien parado.

Por mucho que ella hubiese preferido disponer de algo de tiempo para sí misma, el viaje silencioso consiguió casi lo mismo, dándole margen para pensar. Con su genio enfriándose lentamente, cayó en la cuenta del abanico completo de las implicaciones de lo que él acababa de contarle. Él la había hecho inmortal, o al menos lo más cerca de ser inmortal que un ser biológico podía estar, se corrigió mentalmente. Ella todavía podía morir si su cuerpo sufría un daño irreparable, igual que Korum, pero no como el resto de la humanidad, a causa del envejecimiento o la enfermedad.

¿Significaba eso que ella viviría ahora durante miles de años? Ni siquiera podía empezar a concebir esa cantidad de tiempo. Solo tenía veintiuno, e incluso los treinta parecían quedar muy lejos. ¿Mil años? Era como algo sacado de un cuento de hadas. No envejecer nunca, no ponerse nunca enferma... Él tenía razón; era el sueño de todos los seres humanos hecho realidad. Era *su* sueño hecho realidad.

Pero la forma en que lo había hecho... Mia se quedó mirando las palmas de sus manos, donde todavía tenía dispositivos de rastreo implantados de cuando él la iluminó. ¿Por qué había estado tan sorprendida de que le hiciera algo más? Obviamente, la consideraba como "suya": su charl, suya para hacer con ella lo que quisiera. Sí, le había dado un regalo imposible, de valor incalculable, pero él también le había arrebatado cualquier semblanza de una ilusión sobre la verdadera naturaleza de su relación. No era su novio ni su amante; era su amo. Ella no tenía voz cuando se trataba de su propio cuerpo, de su propia vida, y estaba claro que él no veía ningún problema en hacer lo que quisiera con ella.

Durante el último par de semanas, ella había vivido

en un mundo de ensueño, deleitándose en estar con él, en la fenomenal oportunidad que él le había dado, en la manera en que había interactuado tan bien con su familia... Y todo este tiempo, ella no había sabido que él la había cambiado de un modo fundamental, que ya no era la misma Mia de siempre.

Inmortalidad. Parecía una locura tal, algo tan imposible... Durante milenios, la gente había buscado esa elusiva fuente de la eterna juventud, y al final resulta que los K la habían tenido desde el principio. Un escalofrío la atravesó al darse cuenta de lo que eso significaba: los krinar tenían el poder de ampliar indefinidamente la esperanza de vida humana, pero eligieron no hacerlo.

El mandato de no interferencia.

Esa tenía que ser la única explicación. Los krinar habían creado su especie, y continuaron jugando a ser Dios con ellos. Los humanos no eran más que un experimento para ellos, y Mia se dio cuenta de lo tonta que había sido al esperar que Korum la viera como a una igual. Él podría amarla a su manera, pero él no la veía como a una persona, como alguien que tenía los mismos derechos fundamentales que él. ¿Cómo podría hacerlo cuando su especie consideraba a los seres humanos poco más que meras creaciones suyas, el resultado de su gran diseño evolutivo?

El coche se metió en la entrada, y Mia salió de él en cuanto pudo, entrando atropelladamente en la casa. Ahora mismo no podía mirar a Korum, no podía hablar racionalmente de esto. No todavía, no hasta que ella hubiera tenido la oportunidad de digerirlo un poco más.

Para su alivio, él no la siguió, dándole un muy necesario espacio.

Ella corrió escaleras arriba y se encerró en una de las habitaciones de invitados. La cerradura era tremendamente endeble, por supuesto; probablemente no detendría a un hombre humano, y mucho menos a un krinar. Pero aun así le hacía sentirse mejor tener esa barrera entre ellos.

Mia se sentó en la cama y se quedó mirando las manos que tenía apretadas con fuerza en el regazo. En su pulgar derecho, siempre había tenido una pequeña cicatriz; se cortó con un cuchillo de cocina cuando tenía siete años, tratando de pelar una manzana. La cicatriz ya no estaba. ¿Por qué no lo había notado antes?

Se levantó y caminó hasta el gran espejo colgado en la pared junto a la puerta. La imagen que este le devolvió reflejada parecía notablemente normal. La misma cara pálida, los mismos rizos oscuros y alborotados. Pero al mirar más de cerca, podía ver las sutiles diferencias. Su piel, por lo general ligeramente pecosa, estaba completamente lisa y blanca, sin una pizca de ningún defecto. El daño mínimo del sol que ella había acumulado en sus veintiún años parecía haber desaparecido. Su pelo parecía más sano también, sin puntas abiertas... pero ella no había pisado una peluquería desde hacía más de seis meses.

Levantó el brazo, lo flexionó ligeramente, y vio

cómo su pequeño músculo se movía bajo la piel. Incluso su cuerpo había cambiado un poco; ella siempre había sido delgada, pero ahora parecía un poco más tonificada, como si hubiera estado haciendo ejercicio con regularidad. Recordó cómo había podido nadar durante una hora, cómo luchó contra Leslie y ganó... Parecía que una mejora en la forma física era uno de los beneficios de ese procedimiento.

No era de extrañar que Ellet le hubiese resultado tan familiar. Mia recordó el sueño que tuvo en su primera noche en Lenkarda, un sueño en el que una hermosa mujer la tocaba con sus elegantes dedos. Ellet. Había sido Ellet. Korum había llevado a Mia a su laboratorio para el procedimiento, y Mia debía de haber estado medio despierta, al menos durante parte del mismo.

Mia se acercó a la cama, se tumbó y encogió las rodillas contra el pecho, acurrucándose en una pequeña bola. Sentía náuseas, y sabía que solo estaban en su cabeza. No podía vomitar ahora mismo: era una imposibilidad física. Pero la desagradable sensación de su estómago persistió, y se le retorcieron las tripas al imaginarse a Korum drogándola y llevándosela a su ex amante. Se imaginó a Ellet realizando el procedimiento en su cuerpo inconsciente y se estremeció.

¿Cómo había podido hacerle esto a ella? ¿Cómo podría él haberle dado algo tan precioso, algo por lo que ella ni se había permitido tener esperanza siquiera, y al mismo tiempo arrebatarle su confianza? ¿Y cómo podía estar ella con alguien que era capaz de hacer algo así, capaz de ignorar su voluntad por completo?

Sin embargo, ¿cómo podría no estar?

Mia intentó imaginarse un futuro sin Korum, y los años se extendieron frente a ella, grises y vacíos. Si ella nunca lo hubiera conocido, si nunca hubiera experimentado su pasión, su cariño, se habría conformado, pero ahora... Ahora él era tan necesario para ella como el aire. Aunque solo llevaban unos minutos separados, sentía su ausencia tan intensamente como si le faltara una parte de sí misma. Si él alguna vez la abandonaba, ella se quedaría simplemente destrozada: dejaría de existir, de funcionar como persona. No sería más que una cáscara vacía y rota, una mera sombra de lo que había sido.

¿También era así como él se sentía con respecto a ella?

Las lágrimas le ardieron en los ojos al pensarlo. ¿Por eso había hecho él todo esto, porque no podía esperar, no podía soportar la posibilidad de que algo malo le ocurriera a ella si retrasaba el procedimiento aunque fuese un par de semanas? ¿Le había arrebatado su libertad de elección por la intensidad de sus sentimientos hacia ella?

Intentó imaginarse como se habría sentido si alguien a quién amara fuese débil y frágil, propenso a enfermar y lesionarse. Korum había sido siempre tan fuerte, tan invulnerable, aparte de aquella vez en la playa... y antes, cuando ella había estado colaborando con la Resistencia, nunca había tenido que preocuparse por la salud y bienestar de él.

Pero él se preocupaba constantemente por ella. Eso lo sabía.

Se desvivía por cuidarla, por asegurarse de que estaba calentita y bien alimentada, por curar todas sus heridas, sin importar lo leves que fueran. Al saber lo importante que sus estudios y su carrera eran para ella, no había intentado limitarla en ese sentido. En cambio, le había brindado una oportunidad increíble, dándole una ocasión para sentirse feliz y realizada en ese aspecto de su vida. Incluso se había asegurado de que su familia estuviera cómoda con su relación. Se lo había dado todo... excepto la capacidad de tomar sus propias decisiones.

No, ella no podía imaginarse una vida sin él, y ahora no necesitaba hacerlo. Para bien o para mal, podrían estar juntos para siempre, y su tonto corazón se llenó de alegría al pensarlo. No sabía si podría perdonarle por haberle hecho el procedimiento sin su consentimiento, al menos, todavía no, pero podía intentarlo. Tendría que probar. Le amaba demasiado para no hacerlo.

Después de todo, ahora tenían siglos para solucionarlo todo.

CAPÍTULO VEINTICUATRO

*D*iez minutos después, Mia se dirigió escaleras abajo, lista para hablar. Tenía un millón de preguntas para Korum, y no podía esperar a obtener las respuestas.

Para su sorpresa, lo encontró de pie en la sala de estar, mirando por la ventana hacia el océano. Al oír sus pasos, se volvió hacia ella, y Mia se quedó helada en las escaleras, conmocionada por la expresión distante de su rostro.

Sus ojos parecían vacíos, miraban directamente a través de ella, y la expresión de su cara era dura e indescifrable, sin expresar emoción alguna.

—¿Korum? —Mia era consciente de que su voz temblaba un poco, pero no podía evitarlo. Lo había visto frío y burlón, lo había visto enfadado y apasionado, pero nunca antes lo había visto así. Era como si un extraño estuviera mirándola ahora, un extraño con los rasgos físicos del hombre al que amaba.

—Las llaves del coche están por ahí —dijo, señalando a la mesita de café. Su voz era monótona y neutra—. Me aseguraré de que Roger envíe todas tus cosas a casa de tus padres. Por ahora, he transferido dinero a tu cuenta bancaria, para que puedas comprarte lo básico hasta que llegue tu equipaje.

—¿Qué? —susurró Mia de forma inaudible, sintiendo que todo el aire había abandonado la sala. Sintió como si su pecho estuviera siendo aplastado en un torno y no pudiera conseguir que le funcionaran los pulmones.

—Los guardianes seguirán velando por ti y por tu familia por el momento, hasta que estamos seguros de que Saur actuó solo. Deberíais estar suficientemente seguros ahora que él y Leslie han sido capturados.

Su cerebro no podía procesar lo que él le estaba diciendo.

—¿K-Korum? ¿De qué estás hablando?

Entonces él se volvió a mirar por la ventana de nuevo.

—Eso es todo, Mia. Puedes irte.

Apenas consciente de sus actos, Mia bajó lentamente las escaleras, con una sensación de frío extendiéndose por todo su cuerpo.

—¿Irme adónde? —preguntó ella, sin querer comprender. Se detuvo a poca distancia de él, y se quedó allí de pie, temblando, desesperadamente, ansiando que él se girara y la mirara con esa cálida sonrisa suya.

Pero él no lo hizo. Estaba como una estatua, totalmente rígido e inmóvil.

—Supongo que a casa de tus padres —dijo por fin—. ¿No es allí donde normalmente pasas los veranos?

—¿Quieres q-que me vaya? —Mia apenas podía hacer salir las palabras a través del nudo de su garganta. A sus pies pareció abrirse un negro pozo de desesperación, listo para engullirla en cualquier momento. Seguro que no podía querer decir eso, seguro él no quería que se fuera...

—Llévate el coche —dijo, todavía mirando por la ventana—. Sabes conducir, ¿verdad?

—No tengo aquí mi carnet de conducir —dijo ella torpemente, mirando a su espalda.

—Si algún policía te para, me encargaré de tu multa. Te entregarán tu permiso de conducir y el resto de tus cosas esta semana.

Con la garganta cerrándose, Mia se rodeó a sí misma con los brazos, intentando contener la angustia de su interior.

—¿Por qué? —susurró con voz ronca—. ¿Por qué quieres que me vaya?

—¿No era eso lo que querías? —le preguntó fríamente, volviéndose para mirarla. Su rostro era completamente inexpresivo; sólo las tenues manchas amarillas de sus iris indicaban un leve atisbo de emoción—. ¿No es eso por lo que has estado luchando durante todas estas semanas? ¿Tu libertad? Bueno, pues aquí la tienes. —Se volvió de nuevo, echándola a efectos prácticos.

Sintiendo como si se estuviera asfixiando, Mia cogió aire desesperada.

—Korum, por favor, no lo entiendo...

—¿No es mi inglés lo bastante claro para ti? —sus palabras la azotaron como un látigo—. Eres libre de marcharte. Vete, sal de aquí.

Casi ahogándose por los sollozos que trepaban por su garganta, Mia se echó para atrás por el dolor casi insoportable de su rechazo. La parte de atrás de sus rodillas tocó la mesita de café, y su mano se cerró automáticamente alrededor de las llaves del coche que estaban allí. Mia las agarró, se giró y salió corriendo de la casa, con su visión borrosa por las lágrimas que corrían por su rostro.

ALCANZÓ A LLEGAR hasta el coche antes de dejarse caer al suelo. Su cuerpo entero temblaba y apenas podía tomar aire suficiente a través por la opresión que había en su pecho. Por alguna razón, Korum ya no la quería. Quería que se fuera. Después de todo, iba a dejarla marchar.

No tenía sentido, nada de todo esto tenía sentido. Mia se apoyaba contra el coche, sentada en el duro suelo, agarrándose las rodillas y balanceándose atrás y adelante. Después de un par de minutos, cuando el shock inicial por la angustia se hubo reducido, intentó ordenar sus pensamientos para intentar comprender lo que acababa de pasar. Sin duda, tenía que haber una explicación lógica para esto. ¿Por qué iba él a molestarse en hacerla inmortal si siempre había planeado alejarse de ella? ¿Por qué habría llegado tan lejos como para conseguir gustarle a su familia si ella no le importaba? ¿Por qué le habría dicho que la amaba? ¿Había sido todo una mentira? ¿Había estado jugando con ella todo el tiempo? La idea era tan insoportable que Mia tuvo que apartarla de su mente para mantener la cordura.

¿O era todo culpa suya? ¿Su reacción ante lo que le había revelado le había hecho cambiar de idea acerca de su relación? Tal vez él ya estaba empezando a cansarse de ella, y esto había para él sido la gota que colmaba el vaso. Mia se puso el puño en la boca, mordiéndolo con fuerza para sofocar un gemido de dolor. Ella no podía imaginarse su vida sin él, y él ya no la quería. Le había perdido; por la razón que fuera, le había perdido...

Debería subir al coche y marcharse, intentar salvar algo de su amor propio en vez de llorar a la puerta de su casa, pero no pudo obligarse a moverse. Si se iba ahora, puede que no lo volviera a ver jamás. Él no tenía ninguna razón para estar ya en Nueva York, y no había ninguna garantía de que a ella se le permitiera entrar en Lenkarda nunca más. Si cogía el coche y se iba, la persona a quien amaba más que a nada en el mundo, habría desaparecido de su vida.

No podía permitir que sucediera eso.

Con la cara mojada por las lágrimas, Mia se levantó resuelta, sacudiéndose el polvo y la grava del vestido. Si Korum de verdad no la quería, necesitaba oírselo decir.

Tendría que darle una explicación, porque ella no iba a marcharse sin luchar. Él se había metido a la fuerza en su vida, en su corazón, ¿y ahora creía que podía largarse sin una explicación? Al principio puede que ella tuviera demasiado miedo para hacerle preguntas, pero eso ya no era así. Si él quería librarse de ella, tendría que sacarla físicamente de allí. No pensaba marcharse hasta que todo estuviera hablado.

Mia se secó las mejillas con el dorso de la muñeca, y volvió hacia la casa, para encararse con el único hombre al que había amado jamás.

Korum seguía de pie en el mismo sitio, todavía mirando por la ventana. Al oírla acercarse, se volvió. Durante un segundo, en su cara apareció un destello de algo antes de que se volviera a recomponer de nuevo en una máscara inexpresiva.

—No te has ido —le dijo con voz queda, observándola desapasionadamente. Ella sabía que su aguda mirada no dejaría pasar los restos de lágrimas en su rostro o el rastro de tierra de sus piernas.

—No —dijo ella, con voz más áspera que de costumbre—. No me he ido.

—¿Por qué no? —preguntó, pareciendo ligeramente curioso, como si no estuvieran hablando de algo de mayor importancia que alguna película que a ella no le gustara.

Mia entornó los ojos.

—¿Por qué quieres que me vaya? —le respondió, levantando la barbilla—. Ayer, dijiste que me amabas, ¿y ahora no quieres estar conmigo?

Su expresión se oscureció, y sus ojos adoptaron de nuevo ese peligroso tono dorado.

—Mia, si no te vas ahora mismo, ya no podrás hacerlo. Nunca. ¿Me entiendes?

Con el corazón martilleando en el pecho, Mia lo miró desafiante.

—No, no lo entiendo. No te entiendo en absoluto. —Y en vez de marcharse, dio un paso hacia él.

Sin darle tiempo ni a pestañear, él ya estaba a su lado, moviéndose tan deprisa que ella dio un respingo. Su mano se lanzó a por ella y se cerró sobre la parte delantera de su vestido, sujetándola mientras él se cernía sobre ella.

—¿Qué es lo que no entiendes? —dijo él suavemente, y ella percibió la rabia apenas controlada en la aterciopelada suavidad de su voz—. ¿Quieres que te suplique que te quedes? ¿Que te diga de nuevo cuanto te quiero?

Con el pecho subiendo y bajando deprisa, Mia tragó saliva para librarse de la obstrucción en su garganta. Nunca le había visto en ese estado de ánimo, y casi estaba asustada. Casi... porque ahora sabía que él jamás le haría daño. Físicamente, al menos.

—¿Por qué no te has ido cuando te he dado la oportunidad, Mia? —susurró él ásperamente, tirando con rudeza de ella hasta que estuvo apretada contra su cuerpo, sintiendo el calor que irradiaba de él y el duro bulto que crecía en sus pantalones vaqueros—. ¿No sabes cuánto me ha costado dejarte ir?

Él no estaba intentando deshacerse de ella. Le estaba dando la libertad porque él pensaba que eso era lo que ella quería.

La verdad se hizo evidente para ella y Mia casi vuelve a romper a llorar. Korum la amaba; la amaba lo suficiente como para dejarla marchar, como para superar su propia necesidad de tenerla cerca.

Por primera vez, le estaba ofreciendo elegir.

Con el corazón henchido de incandescente alegría, Mia miró hacia arriba, viendo las señales de tensión en su hermoso rostro. Él la amaba, y la dejaba marchar. No se le escapó la magnitud de su gesto. A este hombre magnífico y poderoso nunca se le había negado nada que realmente quisiera... y ahora sabía más allá de toda duda que la quería a ella. Su intelecto y su ambición habían conducido a Korum hasta lo más alto de la sociedad krinar, y estaba acostumbrado a tener una cantidad extraordinaria de influencia y control. Aquí en la Tierra, su poder era incluso mayor; como miembro de la raza que conquistó su planeta, él podría hacer casi cualquier cosa sin consecuencias. Entre los seres humanos, era como un dios.

¿Cómo sería manejar ese tipo de poder? ¿Hubiera sido capaz ella de contenerse si supiera que podría conseguir todo lo que quisiera? ¿A cualquiera que quisiera? Mia nunca antes se había hecho esa pregunta y se preguntó si a ella le gustaría su propia respuesta.

El hecho de que le estuviera dando elección ahora...

Sabía lo difícil que era para él, hasta qué punto iba en contra de su naturaleza. Él la consideraba suya, y según las leyes krinar, ella le pertenecía. Que Korum renunciara a ese poder, que la dejara marchar... eso, más que ninguna otra cosa, le mostraba cuánto significaba para él.

Así que en vez de echarse para atrás asustada por su fiereza, subió con una caricia por su pecho hasta cogerle cara entre las manos. Sosteniéndole la mirada, susurró:

—No quiero marcharme. No quiero marcharme nunca...

Sus ojos dieron un resplandor más brillante, y vio cómo se dilataban sus pupilas cuando su boca descendió sobre ella, sus labios duros y casi amoratados. Su lengua le invadió la boca con un beso devorador, y ella le correspondió con ganas, disfrutando del hambre frenética cuyo sabor notaba en su beso. Sus manos migraron a su espalda, apretándola con fuerza hasta que ella apenas pudo respirar, y sintió como el enorme cuerpo de él temblaba por la intensidad de sus emociones.

Apartándose por un segundo, él gruñó:

—Vas a quedarte —y Mia asintió aunque eso no fuera una pregunta. Poniéndose de puntillas, ella lo besó otra vez y sintió como la habitación se inclinaba cuando él la levantó en sus brazos, llevándola hasta el sofá.

El control que antes ejercía sobre sí mismo había desaparecido del todo, y ella podía sentir el impulso primitivo que ahora le guiaba. Él no era delicado, y ella no quería que lo fuera, no ahora, no cuando ella ansiaba desesperadamente su pasión. Sus manos le arrancaron el vestido, la ropa interior, y él se hundió en su cuerpo, salvajemente imbuido del deseo urgente de entrar en ella, de reclamarla del modo más básico posible.

Ante la fuerza de su penetración, Mia gritó y se arqueó hacia él, clavándole unos dedos como garras en la nuca. Lo notaba increíblemente duro y grande, haciéndola estirarse por dentro, colmándola, hasta que ella se olvidó del todo de la angustia de casi perderle, abandonándose al poder de convicción de sus embestidas.

Su mano derecha se cerró sobre el pelo de ella y le volvió la cabeza a un lado, dejando expuesto su cuello. Y entonces la mordió, atravesándole la piel con los afilados bordes de sus dientes. Mia soltó un jadeo al sentir el repentino dolor, y entonces él cerró la boca sobre la herida y el mundo que la rodeaba se disolvió al tiempo que el éxtasis corría por sus venas.

Durante las siguientes horas, lo único que existió para ella fue el oscuro éxtasis de su abrazo.

CAPÍTULO VEINTICINCO

*E*ntonces cuéntame más cosas sobre eso de la inmortalidad —dijo Mia perezosa, contemplándole mientras él levantaba un largo rizo y dibujaba con él un círculo en su propio hombro.

Estaban en la cama, tumbados el uno al lado del otro, después de haberse satisfecho mutuamente de nuevo esa mañana.

Mia apenas podía recordar el resto del día anterior. Después de que la mordiera, no recuperó la consciencia hasta altas horas de la noche, cuando él la despertó de su sueño fruto del agotamiento para darle de cenar. Después la volvió a traer a la cama, y ella volvió a quedarse sin sentido hasta que abrió los ojos por la mañana y se lo encontró mirándola con una expresión hambrienta en el rostro. "Por fin" había murmurado antes de quitarle la manta, bajar por su cuerpo y, con su experta boca, llevarla al orgasmo antes incluso de estar despierta del todo. Él la había poseído otra vez después, como si no pudiera soportar estar físicamente separado de ella ni siquiera unas horas.

Ahora volvió la cabeza para mirarla, con un cálido resplandor en los ojos.

—¿Qué es lo que quieres saber? —preguntó, sonriente.

—Todo —le dijo Mia—. ¿Siempre habéis sabido cómo hacer eso, hacer que los humanos sean inmortales? ¿Y cómo funciona, exactamente? ¿Soy todavía humana, o soy algún híbrido raro? ¿Tengo también la velocidad y la fuerza mejoradas? ¿Y cambiaré alguna vez físicamente, o será este el aspecto que tendré durante el resto de mi vida?

Él se rio, levantándose sobre su codo.

—Esas son unas cuantas preguntas. Déjame empezar por las fáciles. Sí, aún eres humana. No, realmente no te has vuelto mucho más fuerte o más rápida de lo que eras, aunque estés en algo mejor forma. Sin embargo, te curas muy rápido. Si quisieras ser más fuerte, sería fácil para ti; todo lo que tendrías que hacer es empezar a levantar pesas y hacer ejercicio. Tu cuerpo se regenera ahora tan rápido que no necesita ningún tiempo de descanso, y podrías estar al nivel de cualquiera de vuestros atletas de élite en cuestión de semanas. También tienes más resistencia ahora, de nuevo por la mayor rapidez en sanar que tiene tu cuerpo. Y no, decididamente no eres un híbrido de ninguna clase. Los nanocitos imitan las funciones naturales de tu cuerpo y reparan cualquier daño: eso es realmente todo lo que hacen. Restauran tu cuerpo a su estado óptimo, así que sí, en realidad no cambiarás físicamente con el paso del tiempo. Vas a seguir siendo joven y hermosa a lo largo de los años y los siglos.

Mia escuchó su explicación con el pulso acelerándose por la emoción.

—Guau —susurró con asombro—. Ni siquiera sé qué decir. Solo... Guau.

Korum le sonrió y luego su expresión se volvió más seria:

—En cuanto a la primera parte de tu pregunta, se trata de una tecnología relativamente nueva para nosotros. Solo ha estado disponible desde hace unos cuantos milenios.

—¿Unos cuantos milenios? Eso es mucho tiempo, la verdad... —¿Podrían haber dado la inmortalidad a los humanos en algún momento de estos últimos milenios?

Él suspiró:

—Si tú lo dices.

—Korum — dijo Mia cautelosamente—, ¿qué es exactamente este mandato de interferencia? ¿Es esa la razón por la cual no habéis compartido vuestra tecnología con nosotros?

Él asintió.

—Sí. El mandato de no interferencia fue establecido por los Antiguos, y prevalece sobre cualquier ley que pueda aprobar el Consejo...

—¿Los Antiguos?

—Los krinar más ancianos que existen. Hay nueve, conocidos como los Antiguos; son los que han vivido durante millones de años. Lahur es el mayor de entre todos ellos, y se dice que ha estado vivo desde hace más de 10 millones de años.

Estupefacta, Mia se quedó mirándolo.

—¿Diez millones de años? —Hace diez millones de años, los humanos ni siquiera existían como especie. ¿Y había krinar por ahí que eran tan viejos?

—También es inimaginable para mí —dijo Korum, entendiendo su asombro—. Han visto tanto, han aprendido tanto a lo largo de sus vidas... Nada es comparable a la sabiduría de los Antiguos.

—¿Dónde están? —preguntó Mia, y se le puso la carne de gallina por todo su cuerpo al tratar de imaginarse a alguien tan anciano—. ¿Alguno de ellos ha venido a la Tierra?

—No, están en Krina. En general, son muy solitarios; pocos Krinar los han conocido, y así es como ellos quieren que sea. Yo he visto de lejos a Lahur, pero soy uno de los pocos.

Mia frunció el ceño, perpleja.

—Entonces, ¿cómo establecieron el mandato? ¿Cómo hacen que se cumpla?

—No tienen que hacer que se cumpla, Mia. Los Antiguos son venerados en nuestra sociedad; actuar en su contra es una ofensa sancionable con la muerte.

—¿Pero por qué lo hicieron? ¿Por qué establecieron ese mandato para empezar?

—No conozco sus motivaciones exactas —admitió Korum—. Pero sé que dos de ellos formaron parte del equipo de científicos que guio la evolución humana. Ellos fueron los creadores originales de tu especie. Si tuviera que aventurar una suposición, diría que todavía están supervisando el proyecto.

El ceño de Mia se hizo más pronunciado.

—Así que ¿por qué permitieron que vinierais a la tierra en primer lugar?

—Porque el Consejo, específicamente, yo mismo, Saret y algunos otros, pudimos convencerles de que era necesario para la supervivencia final de los krinar. Vuestras armas, vuestra tecnología, estaban evolucionando a un ritmo tan rápido y en una dirección tan destructiva que estabais poniendo en peligro vuestro propio planeta. Y puesto que en última instancia tendremos considerar la Tierra nuestro hogar cuando nuestra estrella muera dentro de 100 millones de años o así, no podíamos permitiros que hicierais inhabitable este planeta.

Mia digirió eso en silencio. Todavía no comprendía del todo este asunto de los Antiguos.

—Entonces, ¿cómo es que fuiste capaz de hacerme inmortal a pesar del mandato?

—Reclamándote como mi charl. —La miró con ojos chispeantes—. Se nos permite hacer excepciones con nuestras charls.

—Ya veo. —Mia le miró, recordando su afirmación de que era un honor ser una charl. Ahora podía entender por qué él pensaba así. Sí, era posible que la charl tuviera pocos derechos dentro de la sociedad K, pero tenían algo que ningún otro ser humano podría lograr: una salud perfecta y una esperanza de vida increíblemente larga. Incluso en los Estados Unidos de hoy en día, había probablemente muchos que cambiarían gustosos cualquiera de los derechos y libertades de los que disfrutaban para tener la oportunidad de ganar unas décadas de vida, y más aún si se trataba de cientos o incluso miles de años.

—¿Qué pasa con mis padres y mi hermana? —preguntó Mia, conteniendo la respiración—. ¿El mandato hace excepciones en lo que respecta a ellos?

Una expresión de genuino pesar apareció en el hermoso rostro de Korum.

—No, Mia, lo siento. No se aplica. Voy a hacer todo lo posible para mantenerlos sanos y alargar su esperanza de vida natural, pero no puedo darles a ellos lo que te di a ti.

Mia se mordió el labio dolorosamente y apartó la mirada. Ya había sospechado que ese podría ser el caso, pero todavía le causaba pesar oírselo confirmar. Seguiría estando joven y sana, mientras todo el mundo a su alrededor envejecería y fallecería. El pensamiento era insoportablemente deprimente.

—Mi vida, ven aquí —murmuró él, cogiéndola entre sus brazos—. Lo siento, de verdad que sí. Por si sirve de algo, haré una petición formal a los Antiguos en tu nombre. Pero no sé si servirá de algo.

—Gracias —susurró Mia, mirándole directamente a los ojos—. Gracias por eso, y por todo lo demás.

—Te amo —dijo él suavemente, acariciándole la espalda con la mano—. Y haré cualquier cosa por ti. Lo sabes, ¿verdad?

Mia sonrió, con el corazón rebosante de emoción.

—Yo te quiero más.

—Eso sería imposible —le dijo él con una intensidad en su voz que la sobresaltó—. Te quiero tanto que duele. Si ayer me hubieras dejado...

Tragando saliva para contener una marea de súbitas lágrimas, Mia lo abrazó con más fuerza.

—No lo habría hecho —dijo con voz ronca—. No quiero dejarte, jamás. Pensé que ya no me querías...

—Siempre te querré. —Él sonaba totalmente convencido de ese hecho.

—¿Cómo lo sabes? —le preguntó Mia con curiosidad—. No hace ni dos meses que nos conocemos. ¿Cómo sabes cómo vas a sentirte dentro de unos años?

Sus labios se curvaron esbozando una sonrisa llena de ternura.

—Ahí es donde la experiencia es un grado, mi cielo. Sé cómo me siento, lo he sabido casi desde el principio. La primera vez que te tuve entre mis brazos, la primera vez que hicimos el amor, supe que esto no era como nada que yo hubiese sentido antes. No podía pensar en otra cosa que en ti... tu sabor, tu olor, ese gesto de testarudez de tu barbilla... Pensé que estaba perdiendo la cabeza porque me estaba obsesionando con una chica humana... una chica que no quería estar conmigo, nada menos. Quería follarte, sí, pero también quería mantenerte a salvo, llevarte conmigo y no dejarte marchar jamás...

—¿Por qué no me lo dijiste? —preguntó Mia, con el

corazón dándole un salto ante sus palabras—. ¿Por qué no me dijiste antes como te sentías?

La sonrisa se desvaneció de su rostro, y su expresión se volvió seria.

—Porque estaba asustado —admitió sombrío—. Porque nunca antes me había sentido así, y no sabía cómo lidiar con ello. Por primera vez en siglos, me sentí impulsado por la emoción en lugar de la razón, y no siempre tomé las decisiones más acertadas cuando se trataba de ti. Quería tenerte, y no podía pensar en nada más allá de esa necesidad, de ese deseo. No fui lo suficientemente paciente y terminé asustándote... y como resultado tú te involucraste con la Resistencia. Yo te amaba, y todo lo que tú parecías desear era echarme para siempre de tu vida. Incluso más adelante, cuando me dijiste que me amabas, no estaba seguro de si realmente te sentías de esa manera, o si solo estabas llevándome la corriente, dándome lo que yo quería...

Mia sacudió la cabeza, incapaz de creer lo que estaba oyendo. Él siempre le había parecido tan invulnerable, y darse cuenta de que ella había tenido el poder de hacerle daño todo ese tiempo era realmente aleccionador.

—No, Korum —murmuró ella, levantando su mano para acariciarle el rostro— Me enamoré de ti allí en Nueva York. A pesar de que creía que querías perjudicar a mi especie, a pesar de que tenía miedo de terminar siendo tu esclava sexual, aun así me enamoré de ti... Y ahora no puedo vivir sin ti...

Él respiró hondo y la apretó con más fuerza contra él, enterrando la cara en su pelo.

—Y yo no puedo vivir sin ti, cariño —susurró—. No creo que pudiera dejarte marchar, ya no...

—¿Entonces por qué lo hiciste? ¿Por qué intentaste dejarme marchar ayer?

Él se apartó, mirándola de nuevo.

—Porque me di cuenta que no podía obligarte a amarme, a querer estar conmigo. —Una amarga sonrisa apareció en sus labios—. Podía conservarte conmigo hasta el final de los tiempos, pero no podía obligarte a amarme. Ya no era suficiente para mí solo tenerte a mi lado. Quería más... quería que me amaras libremente. Pensé que te alegrarías de que te hicieran inmortal, pero en vez de eso estabas enfadada... Y entonces supe que no podía hacerte eso, no podía obligarte a quedarte conmigo contra tu voluntad.

—Oh Korum —susurró Mia—, no es en contra de mi voluntad. No ha sido contra mi voluntad desde hace mucho...

Su expresión se suavizó nuevamente.

—Me alegro —dijo con voz queda, apartándole algunos cabellos de la cara—. Quiero que seas feliz conmigo. Jamás pretendí hacerte sentir como una esclava. Simplemente no podía soportar la idea de que nada te ocurriera si posponía el procedimiento hasta que tú te hubieras podido adaptar a Lenkarda y te hubieras acostumbrado a mí. Pensé que te daba algo que querrías...

—Sí. Lo quiero —dijo Mia con honestidad—.

¿Cómo puedes dudarlo? Me has dado un regalo de valor incalculable, y no quise darte a entender lo contrario... Pero, Korum, ¿podrías por favor prometerme una cosa?

Él la contempló con una mirada atenta:

—¿El qué?

—¿Podrías por favor no volver a hacerme nada sin mi consentimiento nunca más? ¿Incluso aunque creas que es lo mejor, incluso aunque estés seguro de que yo estaría de acuerdo?

Él vaciló un segundo y luego asintió a regañadientes. Ella podía ver lo mucho que le costaba hacerle esa concesión, lo mucho que eso iba contra su naturaleza. Pero ahora él le había dado su palabra, y ella sabía que la mantendría.

—Gracias —le dijo, acariciándole el hombro—. Esto significa mucho para mí.

Él sonrió y se inclinó hacia ella, dándole un suave beso.

Cuando él se apartó, Mia puso una cara muy seria y le preguntó:

—¿Sabes qué otra cosa significaría mucho para mi justo ahora?

Él la miró algo receloso.

—¿El qué?

—Un delicioso desayuno —le dijo, y vio como se le iluminaba la cara con una deslumbrante sonrisa.

~

EL VIERNES POR LA MAÑANA, salieron de vuelta hacia Lenkarda.

El resto de su visita a Florida había estado exento de incidentes, y su familia se había puesto triste al verlos marchar. Korum prometió volver a traer a Mia un par de días, antes de que acabara el verano, y eso le hizo ganarse un abrazo lloroso de su madre y un sincero "gracias" de su padre. Marisa había estado particularmente emocionada, dándole efusivamente las gracias a Korum por todo lo que había hecho por ellos y luego sonrojándose intensamente cuando él le dio un beso de despedida en la mejilla.

—Voy a echarles de menos —dijo Mia mientras conducían hacia el aeropuerto donde él tenía previsto crear su nave—. Realmente desearía poder verlos más a menudo.

—Y podrás —le dijo Korum, con los ojos en la carretera—. Una vez me asegure de que es totalmente seguro, no hay motivos para que no puedas dejarte caer cada dos semanas o así. No se tarda tanto en llegar aquí desde Lenkarda.

—¿Desde Lenkarda? —Mia preguntó delicadamente—. Pensé que íbamos volver a Nueva York en otoño...

Korum suspiró:

—Si todavía quieres hacerlo, entonces sí.

—¿Por qué no iba a querer?

Él se encogió de hombros.

—Realmente no necesitas el título si vas a continuar trabajando en el laboratorio de Saret. No es que vayas a aprender mucho más en clase que lo que aprenderías estando en Lenkarda...

—¿Eso es lo que te gustaría? —preguntó Mia—. ¿Que decidiera no volver a la universidad?

—Yo prefiero Lenkarda a Nueva York —admitió él —, pero no pasa nada si decides terminar la carrera. Sé que todavía es importante para ti, y te prometí que te llevaría de vuelta para el curso siguiente. Nueve meses no suponen nada en el orden general de las cosas, y si así te quedas más tranquila...

Por primera vez, Mia pensó seriamente en la posibilidad de no terminar sus estudios. Korum tenía razón: lo que estaba aprendiendo en sus prácticas era ir más allá de cualquier cosa que la universidad tuviera que enseñarle. Y si Lenkarda iba a ser su hogar, un título universitario carecía de sentido. Y, ¿le permitiría Saret volver al laboratorio después de una ausencia tan larga? Ella odiaría perder esa oportunidad para escribir unos cuantos trabajos más y estudiar para unos pocos exámenes. Necesitaba discutir el tema con su jefe, y pronto, decidió Mia.

Llegaron al Aeropuerto Internacional de Daytona Beach, y Korum ensambló la nave en una sección lejana, fuera de la vista de cualquier otro ser humano. Cuando la nave despegó silenciosamente, Mia se acordó de lo asustada que había estado cuando salió de Nueva York y voló hasta Lenkarda por primera vez. ¿Eso había sido hacía solo tres semanas? Parecía como si hubiera pasado toda una vida desde entonces.

La chica que había dejado Nueva York estaba

asustada y traumatizada, sin tener claro su destino y e insegura acerca de si podía confiar en el hombre al que amaba, a quien había considerado el enemigo, a quien había traicionado.

Ella ya no era esa chica.

Esta Mia se sentía totalmente segura sobre el amor de Korum.

En los últimos días, su relación había sufrido otro cambio sutil más. Ahora había una franqueza en ella que antes había estado ausente. Hasta que habían tenido esa discusión, hasta que él le había dado la posibilidad de elegir, Mia todavía había tenido dudas acerca de su relación. Había sido una sensación incómoda, saber que él tenía todo el poder y no tenía reparos en utilizarlo, y ahora ella se daba cuenta de que ella había reprimido una parte de sí misma como resultado, que inconscientemente había seguido resistiéndose a él.

Ahora, sin embargo, todo era diferente, lo sentía diferente. Sí, seguía siendo su charl, pero ya no sentía que él fuese su dueño. Él la amaba tanto como para dejarla ir, para renunciar a su control sobre ella, y ese conocimiento era como un bálsamo para su alma, aliviando las cicatrices dejadas por el comienzo tumultuoso de su aventura amorosa.

Cada noche, después de cenar con su familia, habían caminado por la playa solamente hablando. Ella se había enterado de algunas de las relaciones pasadas de Korum (había habido muchas) y sobre el hecho de que él nunca había estado enamorado antes. De hecho, se había creído incapaz de estarlo.

—La profundidad de mis sentimientos hacia ti me cogió realmente por sorpresa —le confesó, y ella se dio cuenta de nuevo de lo difícil que a él le había resultado dejarla ir. El hecho de que él lo hubiera hecho le demostraba que sus sentimientos eran reales, que su relación sexual podría convertirse en la genuina pareja que ella siempre había esperado que fuera.

Y ahora, mientras su nave volaba hacia Costa Rica, Mia estiró el brazo y apretó la mano de Korum.

—Te quiero —le dijo y vio como una cálida sonrisa aparecía en su hermoso rostro.

Era imposible que su vida pudiera ser mejor.

Ellos estaban regresando.

Saur había fracasado, pero el krinar había sospechado que lo haría. Korum era un luchador demasiado bueno para que lo asesinaran tan fácilmente. Por supuesto, no había contado con que Mia saliera herida. Esa parte había sido inaceptable. Si su enemigo no hubiera matado a Saur, el K lo habría hecho él mismo.

Ella pronto estaría otra vez cerca de él. El krinar levantó la mano y la miró, imaginándose a sí mismo tocando su carne delicada, acariciando esa piel sedosa. Ella sería tan pequeña, tan frágil entre sus brazos. Tan vulnerable. Podría hacerle todo lo que quisiera, y no sería capaz de resistirse.

Su polla cobró vida ante esa idea, y él maldijo su aparente incapacidad para controlarse. Anticipándose a su llegada, se había aventurado a salir a un club-X cercano y se había dado un atracón de chicas humanas.

Las tres habían sido bonitas, con ambiciones de hacer carrera en Hollywood. Una incluso tenía el pelo rizado, pero era más bien de un tono rubio ceniza que no le había resultado tan atractivo ni de lejos. Se las había tirado durante horas, pero aun así, había dejado el local sin quedarse satisfecho.

La deseaba a *ella*.

Y pronto podría tenerla... y cualquier otra cosa que deseara. Su semana había sido bastante productiva.

Unos días más, y lo tendría todo listo.

¡Gracias por leer *Contactos obsesivos,* el segundo libro de la serie de *Las Crónicas de Krinar*! Espero que lo hayas disfrutado. Si es así, apreciaría enormemente que nos dejaras un comentario porque vuestras opiniones me motivan a escribir, y ayudan a otras personas a descubrir mis libros.

La historia de Korum y Mia termina en *Contactos recordados.*

Si te han gustado *Las Crónicas de Krinar,* puede que también disfrutes de estas obras de romance oscuro contemporáneo escritas por Anna Zaires:

- *Secuestrada* – La historia de Julian & Nora, un romance oscuro

Si quieres que te avisemos cuando salga el próximo

libro, regístrate para mi lista de correo electrónico de nuevas publicaciones en www.annazaires.com/book-series/espanol/.

Si te ha gustado este libro, tal vez te interese mi trilogía de romance oscuro contemporáneo, *Secuestrada*. Por favor, vuelve la página para leer un breve extracto.

EXTRACTO DE SECUESTRADA

Nota del autor: *Secuestrada* es una oscura trilogía erótica sobre Nora y Julian Esguerra. Los tres libros se encuentran ya disponibles.

Tengo diecisiete años cuando lo conozco.

Diecisiete años y estoy loca por Jake.

—Nora, vamos, me aburro —dice Leah, sentada conmigo en las gradas viendo el partido. Fútbol americano. No sé nada de fútbol, pero finjo que me encanta porque es donde puedo verlo. Allí, en ese campo, mientras entrena cada día.

No soy la única chica que mira a Jake, claro. Es el quarterback y el más buenorro del mundo... o por lo menos de Oak Lawn, un barrio residencial de Chicago, Illinois.

—No es aburrido —le digo—. El fútbol es divertidísimo.

Leah pone los ojos en blanco.

—Ya, ya. Anda y ve a hablar con él. No eres tímida. ¿Por qué no haces que se fije en ti?

Me encojo de hombros. Jake y yo no nos movemos en los mismos círculos. Las animadoras se le pegan como lapas y llevo observándolo bastante tiempo para saber que le van las rubias altas y no las morenas bajitas.

Además, por ahora es divertido disfrutar de esta atracción. Sé qué nombre tiene este sentimiento: lujuria. Hormonas, así de simple. No sé si me gustará Jake como persona, pero me encanta como está sin camiseta. Cuando pasa por mi lado, noto que se me acelera el corazón de la alegría. Siento calor en mi interior y me entran ganas de removerme en el asiento.

También sueño con él. Son sueños sensuales y eróticos donde me coge la mano, me acaricia la cara y me besa. Nuestros cuerpos se tocan, se frotan el uno contra el otro. Nos desvestimos.

Trato de imaginar cómo sería el sexo con Jake.

El año pasado, cuando salía con Rob, casi llegamos hasta el final, pero entonces descubrí que se había acostado, borracho, con otra chica en una fiesta. Acabó arrastrándose cuando me enfrenté a él, pero ya no podía fiarme y rompimos. Ahora me ando con mucho más ojo con los chicos con los que salgo, aunque sé que no todos son como Rob.

Pero puede que Jake sí lo sea. Es demasiado popular

para no ser un mujeriego. Aun así, si hay alguien con quien me gustaría hacerlo por primera vez, ese es Jake, sin duda alguna.

—Salgamos esta noche —dice Leah—. Noche de chicas. Podemos ir a Chicago a celebrar tu cumpleaños.

—Mi cumpleaños no es hasta la semana que viene —le recuerdo, aunque sé que tiene la fecha marcada en el calendario.

—¿Y qué? Podemos adelantar la celebración.

Sonrío. Siempre está a punto para la fiesta.

—No sé. ¿Y si vuelven a echarnos? Esos carnets no son muy buenos…

—Iremos a otro sitio. No tiene por qué ser el Aristotle.

El Aristotle es el club más molón de la ciudad. Pero Leah tenía razón… había otros.

—De acuerdo —digo—. Hagámoslo. Adelantemos la fiesta.

Leah me recoge a las nueve.

Va vestida para salir de fiesta: unos vaqueros ceñidos oscuros, un top brillante sin tirantes de color negro y botas de tacón hasta las rodillas. Lleva la melena rubia completamente lisa y suave, que le cae por la espalda como una cascada radiante.

Sin embargo, yo aún llevo puestas las zapatillas de deporte. Tengo los zapatos de tacón dentro de la mochila que dejaré en el coche de Leah. Un jersey grueso esconde el top sexi que llevo. No me he maquillado y llevo la melena castaña recogida en una coleta.

Salgo de casa así para no levantar sospechas. Digo a mis padres que me voy con Leah a casa de una amiga. Mi madre sonríe y me dice que me lo pase bien.

Ahora que casi tengo dieciocho años, no tengo toque de queda. Bueno, quizá sí, pero no es oficial. Siempre y cuando llegue a casa antes de que mis padres empiecen a preocuparse, o por lo menos les diga dónde voy a estar, no pasa nada.

Cuando subo al coche de Leah empiezo a transformarme.

Me quito el jersey, que revela el ajustado top que llevo debajo. Me he puesto un sujetador con relleno para aprovechar al máximo mis encantos, algo pequeños. Los tirantes del sujetador están diseñados inteligentemente para ser bonitos, así que no me da vergüenza que se me vean. No tengo unas botas tan llamativas como las de Leah, pero he conseguido sacar a hurtadillas mi mejor par de zapatos negros de tacón. Me añaden unos diez centímetros de altura. Y como necesito hasta el último centímetro, me los pongo.

Después, saco mi neceser de maquillaje y bajo el visor para mirarme al espejo.

Unos rasgos familiares me devuelven la mirada. Mis ojos grandes y marrones y las cejas negras y muy definidas dominan mi pequeño rostro. Rob me dijo una vez que parecía exótica, y sí, algo así es. Aunque solo tengo una cuarta parte de latina, siempre estoy algo bronceada y mis pestañas son más largas de lo normal. Leah dice que son postizas, pero son auténticas.

No tengo ningún problema con mi aspecto, aunque a veces me gustaría ser más alta. Es por los genes mexicanos. Mi abuela era bajita y yo también lo soy, aunque mis padres tienen una altura normal. Y no me preocupa, lo que pasa es que a Jake le gustan las altas. Creo que ni siquiera me ve en el pasillo porque estoy por debajo del nivel de su vista.

Suspiro, me pongo brillo de labios y sombra de ojos. No me paso con el maquillaje porque a mí me funciona más lo sencillo.

Leah sube el volumen de la radio y las nuevas canciones pop llenan el coche. Sonrío y empiezo a cantar con Rihanna. Leah se une y ahora las dos estamos cantando a voz en grito la de S&M.

Sin casi darme cuenta, ya hemos llegado al grupo.

Nos acercamos como si fuéramos las reinas del mambo. Leah sonríe al portero y le enseñamos nuestros carnets. Nos dejan pasar, sin problemas.

Nunca habíamos estado antes en este club. Está en una parte del centro de Chicago más vieja y deteriorada.

—¿Cómo descubriste este sitio? —grito a Leah para que me oiga por encima de la música.

—Me lo dijo Ralph —grita ella y yo pongo los ojos en blanco.

Ralph es el exnovio de mi amiga. Rompieron cuando él empezó a comportarse de forma extraña, pero, por algún motivo, siguen en contacto. Creo que ahora él está metido en las drogas o algo así. No lo sé seguro y Leah no me lo quiere contar por lealtad a él. Es un tío muy turbio, y que estemos aquí porque nos lo haya recomendado él no me tranquiliza en absoluto.

Pero, bueno, da igual. La zona de fuera no es lo mejor, pero la música es buena y me gusta la gente variada que hay.

Estamos aquí para pasárnoslo bien y eso es exactamente lo que hacemos durante la hora siguiente. Leah consigue que un par de tíos nos inviten a unos chupitos. No nos tomamos más de una copa. Leah porque tiene que llevar el coche y yo porque no metabolizo bien el alcohol. Puede que seamos jóvenes, pero no somos tontas.

Después de los chupitos, bailamos. Los dos chicos que nos han invitado bailan con nosotras, pero poco a poco nos vamos alejando de ellos. Tampoco son tan monos. Leah encuentra a unos buenorros de edad universitaria y nos ponemos a su lado. Entabla conversación con uno y yo sonrío al verla en acción. Se le da muy bien esto del flirteo.

En esas que la vejiga me dice que tengo que ir al baño. Así que los dejo y allá que voy.

Ya de vuelta, pido al camarero un vaso de agua. Después de bailar me ha entrado sed.

El chico me lo da y me lo bebo de un trago. Cuando termino, dejo el vaso en la barra y levanto la vista.

Me topo con un par de ojos azules y penetrantes.

Está sentado al otro lado de la barra, a unos tres metros de mí. Y me está mirando.

Le devuelvo la mirada, no puedo evitarlo. Es el hombre más guapo que haya visto en mi vida.

Tiene el pelo oscuro y un poco rizado. Su rostro es de facciones duras y masculinas, con rasgos simétricos. Tiene las cejas rectas y oscuras por encima de los ojos, que son increíblemente claros. Y una boca que podría pertenecer a un ángel caído.

De repente me acaloro al imaginar esa boca rozando mi piel y mis labios. Si fuera propensa a ponerme roja, ahora mismo me habría puesto como un tomate.

Él se levanta y camina hacia mí sin dejar de mirarme. Anda sin prisa, tranquilo. Se lo ve muy seguro de sí mismo. ¿Y por qué no iba a estarlo? Es muy guapo y lo sabe.

Al acercarse, me doy cuenta de que es grande. Es alto y fornido. No sé qué edad tiene, pero supongo que se acerca más a los treinta que a los veinte. Es un hombre, no un chiquillo.

Se coloca a mi lado y tengo que acordarme de respirar.

—¿Cómo te llamas? —pregunta en una voz baja, pero audible por encima de la música. Oigo su tono profundo a pesar de este entorno tan ruidoso.

—Nora —respondo con voz queda, mirándolo. Me he quedado fascinada y estoy segura de que él lo sabe.

Sonríe. Al separar esos labios tan sensuales deja entrever unos dientes blancos y rectos.

—Nora. Me gusta.

Como él no se presenta, me armo de valor y le pregunto:

—¿Cómo te llamas?

—Puedes llamarme Julian —dice, y miro cómo mueve los labios. Nunca me había fascinado tanto la boca de un hombre.

—¿Cuántos años tienes, Nora? —me pregunta a continuación.

Parpadeo.

—Veintiuno.

Se le ensombrece la expresión.

—No me mientas.

—Casi dieciocho —admito a regañadientes. Espero que no se lo diga al camarero y me echen de aquí.

Asiente, como si hubiera confirmado sus sospechas. Entonces levanta la mano y me toca el rostro. Suavemente, con cuidado. Me roza el labio inferior con el pulgar como si sintiera curiosidad por su textura.

Estoy tan sorprendida que me quedo allí plantada. Nadie me lo había hecho antes, nadie me había tocado así, como si nada, de aquella forma tan posesiva. Siento frío y calor a la vez, y un escalofrío de miedo me recorre la espalda. No vacila en sus gestos. No pide permiso ni se detiene a ver si lo dejo tocarme.

Me toca sin más. Como si tuviera derecho a hacerlo. Como si yo le perteneciera.

Con la respiración agitada y entrecortada, doy un paso atrás.

—Tengo que irme —susurro, y él vuelve a asentir,

mirándome con una expresión inescrutable en su hermoso rostro.

Sé que me deja ir y me siento agradecida porque algo en mi interior me dice que podría haber ido más allá, que no sigue las normas establecidas.

Que seguramente sea la persona más peligrosa que he conocido jamás.

Me doy la vuelta y me abro paso entre la muchedumbre. Me tiemblan las manos y el pulso me late con fuerza en la garganta.

Tengo que salir de allí, así que cojo a Leah y le pido que me lleve a casa en coche.

Al salir de la discoteca, miro hacia atrás y vuelvo a verlo. Sigue mirándome.

A su mirada se asoma una oscura promesa; algo que me hace estremecer.

Secuestrada ya está disponible. Para saber más y registrarte para mi lista de nuevas publicaciones, visita www.annazaires.com/book-series/espanol/.

SOBRE LA AUTORA

Anna Zaires es una autora de novelas eróticas contemporáneas y de romance fantástico, cuyos libros han sido éxitos de ventas en el New York Times y el USA Today, y han llegado al primer puesto en las listas internacionales. Se enamoró de los libros a los cinco años, cuando su abuela la enseñó a leer. Poco después escribiría su primera historia. Desde entonces, vive parcialmente en un mundo de fantasía donde los únicos límites son los de su imaginación. Actualmente vive en Florida y está felizmente casada con Dima Zales —escritor de novelas fantásticas y de ciencia ficción—, con quien trabaja estrechamente en todas sus novelas.

Si quieres saber más, pásate por www.annazaires.com/book-series/espanol/.